무제
시편

무제 시편

高銀 無題詩篇

고은 시집

창비

옛 시에서는 '곳(處)'이 '때(時)'이다. 이 말이 후대의 내 말인 줄
누가 알았으랴. 나에게 시의 '때'가 곧 시의 '곳'인 것.

'죽을 때도, 죽어갈 때도 시를 쓸 수 있어?'라고 내가 나에게 묻는
다면 즉각의 자문자답은 다음과 같을 것이다.
'쓸 수 있다. 쓸 수 없다면 죽을 수 없을 것이다'라고.
정녕 이렇다면 시는 죽음 앞에서, 죽음 속에서 시이다. 궁극도 근
원도 굳이 필요 없다.

『서동시집』에서 괴테는 자기 자신을 '시들의 저자'라고 말한다.
그대로 본뜬다면 나 또한 이 시편들의 저자이다.

이것은 베네찌아에서 보낸 내 80세 절반에 걸쳐 나와버린 것들이
다. 시의 유성우(流星雨)가 밤낮을 모르고 퍼부어내렸다. 귀국 다음
날부터 그런 노릇이 시차 따위도 없어진 채 조금 이어졌다. 이런 내
시의 행위는 어쩌면 한반도 일대의 빈약한 고대 시가에 대한 후대

의 벌충일지 모른다는 것, 듬성듬성한 근대시에의 혈연적인 보강인
지 모른다는 것에 어느만큼 연유할 것이다. 나 자신이 나 이전이기
때문이고 나 이후이기도 하기 때문이다.

이것의 부록은 출국 전까지 몇군데에 발표했던 것들인데, 시집
『내 변방은 어디 갔나』(창비 2011) 이후에 해당한다. 따로 묶어둘까
했는데 그것들이 여기에 따라붙었다. 내 안성 시대를 마감하는 의
미이기도 하다.

애초에는 오래 구상 중이던 장시(長詩)의 초고 나머지를 이어보
고자 했다. 국내의 다반사가 아닌 해외 체류의 시간에 내리닫이로
쓸까 했는데 그곳 역시 나를 놔두는 곳이 결코 아니었다. 나는 서유
럽 남유럽 그리고 남아프리카에 걸친 여러곳의 뜨거운 무대 위에
찢겨 가 있었다.

이렇듯이 시간의 마디마디로는 장시의 지속 율동이 가능하지 않
았으므로 그 대신 여느 시들이 그 공복을 채우기 시작한 것이다. 필
연이 우연한테 졌다.

생득관념은 아주 오래되었다. 동방에서는 '생이지지(生而知之)'
이고 저쪽에서는 플라톤의 주장이기도 하다. 그러고 보니 말라르메
도 어디선가 '노래는 타고난 샘으로부터 솟아난다'고 그답지 않게
말한 적 있다.

그런데 이런 관념은 내 앞에서는 다른 분위기를 자아낸다. 나에
게는 그것이 바로 유아성(幼兒性)으로 바뀌어버리기 때문이다. '철
학적 아기'라는 것이 '예술적 아기'를 가능케 한다면 나야말로 시
의 아기인 것.

시와 관련될 때나 그렇지 않을 때나 나는 거의 동시석으로 아직도 덜 자란 삶이다. 그러므로 노년이란 나에게는 비역설적으로 유년이기도 하다.

이런 사실로써도 내가 누구의 예(例)로 말해지지 않기를 바란다. 지금껏 지니고 있던 한마디를 아껴둘 까닭도 없이 내뱉는다면 나는 시를 처음으로 쓰는 것처럼 쓴다. 그래서 뜨겁고 울고 싶고 밤을 몽땅 통해버리고 싶은 것이다.

만약 내 시가 진실의 기념이라면 동시에 그 기념은 아기의 진실이기도 하고 멍텅구리의 진실이기도 해야겠다.

밤도 여러개로 쪼개어졌다. 새벽도 맨숭맨숭했다. 이런 시의 철야에는 내 진부한 괴력난신(怪力亂神)이 제멋대로 출몰하기 마련이다. 시에 대한 아기의 회의도 이따금 생겨난다. 세살 적 '왜?' '왜?' '왜?'처럼 말이다.

과연 시는 시인가, 아니 시는 시가 아니어야 하지 않는가, 시가 시에 꼼짝달싹하지 못하고 갇혀 있는 것은 아닌가가 그것들이다. 이럴 때 내 시의 55년은 영락없이 시의 영년(零年)에의 깨달음이 있어야 하는 유아기의 세월을 회고할지 모른다.

아이고.

시가 아닌 시가 이 세상의 어디에 호락호락 허여되겠는가. 시는 더욱 시이기를 다그치는 시의 역사 본류의 가녘에 어떻게 시가 아닌 시의 생태가 가능한가.

한번 벌떡 일어서서 말해본다. 비약이 논리를 물리친다. 시가 시에 지나지 않는다면 그것은 시의 죽음밖에 더 되겠는가.

이같은 막된 시적 이단으로 나는 시가 아닌 시에의 불온한 꿈을 내 삶의 숙명 속에서 이끌어낸다.

시로부터의 해방인 시, 시로부터 시 아닌 시에의 하염없는 지향의 시. 이런 시의 천연(天然)이 과연 내 무의식의 진동에도 맞닿아 있다면 그것으로 시와 우주의 선험적인 일치를 감지할 성부르다.

그간 시를 강박하기로 시에의 존엄을 꾸며왔다. 이를테면 모더니즘의 공과(功過)에서 지적될 만한 시대의 내적 억압 그리고 언어의 유아독존 행태와 컨텍스트를 저버린 텍스트의 사례들이야말로 시의 자재(自在)를 가로막는 장애였을지 모른다.

시가 시 자신의 속박이라면 이로부터 우주 속의 한낱 궤도 일탈인 자유를 못마땅해할 까닭이 없다.

시 몇만년의 시간 또는 시 몇천년의 시간이 이미 시를 담고 있는 어항이 되고 만다면 그 어항 밖에도 죽음이고 어항 안에도 죽음이라는 사실을 누가 방치되기 바라겠는가.

지난날 옛날 옛적의 시사(詩史) 이전 조상시(祖上詩)가 노닐던 그 어항 없는 '한데'의 물속에서 유유히 헤엄쳐오는 고기들의 영역이나 그 물 위에 전신의 그림자를 내리는 하늘 속의 비상과 맞먹는 땅속 깊은 용암의 동작은 인문 구조의 질서가 다 영접할 수 없다.

나는 처음의 초현실 ── 초현실주의의 그것이 아님 ── 과 나중의 현실 ── 사실주의의 그것이 아님 ── 을 살아온 내 삶의 자원(資源)으로부터 하나의 기억을 읽어낸다. 내 의식의 제도는 무의식의 자연에 대한 향수에 굶주려 있다는 사실 말이다. 이런 경우 필경 나는 문법의 내란을 도모한다. 그것은 화석으로부터의 생의 재현이기도 하다.

시가 아닌 시, 시로부터의 내란과 야생, 때로는 시의 역사와 내 시의 몇십년을 초토화하는 내 폐허주의는 내 시가 시작한 고향에 더이상 해당되지 않는다. 이제 그것은 미래의 폐허이다. 시의 시작이 있는 텅 빈 곳 말이다.

이런 말년의 백일몽은 지난날 고문당하며 그 고통 속에서 시가 떠오르고 또는 토사곽란의 홍통 속에서도 시가 달려들고 꿈속에서 시가 단골 술집의 술꾼처럼 들어앉는 실례(實例)들을 통해서 현실에 접속되었다.

무기(無記)에서보다 시의 운명이 열리는 데가 어디에 있겠는가. 내 무의식의 종자야말로 종자론(種子論)을 가능케 한다. '그냥'이라는 것만큼 나의 이유인 것은 없다.

나는 올 첫여름 5월 아프리카 남단 희망봉에 올라 돌연히 이 시집의 머리말이 시집의 과정에 앞서 먼저 나왔다. 시가 무죄이기를, 시의 무기(無期)로 모든 시의 죽음 그다음의 눈부신 순환이 있기를 내 생존 밖의 소원으로 삼았다. 희망봉은 내 아홉살 때 그대로 거기 인도양과 대서양의 합궁(合宮)을 지켜보고 있었다.

나는 가차없이 희망봉이라는 이름을 그곳에서 가지고 돌아섰다.

시집 '무제 시편'이란 이름은 오만이거나 하심(下心)이거나 할 것이다. 그렇더라도 구애받지 않는다. 다만 이런 '무애시론'의 그늘이 이것에도 드리워져서, '어떤 것도 예술일 수 있다'는 어느 선언을 '어떤 것도 시이다'라는 모험으로 삼지는 않고 있다.

자유는 초단계적인 문법의 기억이기도 하다. 무법(無法)의 법이 그렇겠다. 그러므로 유아로서의 생득관념은 그 관념을 타파하는 과도한 단련으로서의 고행인지 모른다. 원광(原鑛)은 풍화로도 정련된다.

아마도 이 행성의 인문은 자신의 명맥을 통해서 잃어버린 것이 무엇인가를 통렬하게 깨달을 것이다. 그것은 과거를 다 놓쳐버린 데에서 생기는 건달의 회한 이상으로·여태껏 있어본 적 없는 것에의 갈망을 발견하는 일이기도 하다.

시의 운세는 아예 없다. 시는 성주괴공(成住壞空)의 대상이 아니다.

이로부터 내 여생의 일은 이제까지의 별권(別卷)이 아닐 것이다. 새로 펼쳐야 할 본권(本卷)이다. 나의 정본(定本)은 없다.

언어를 놔두라. 스스로 어긋나게 하라. 스스로 미쳐 날뛰게 하라. 스스로 자지러져 불타고 물결치게 하라.

술이 익는 시간을 다 내주어라. 잊어버려라. 모든 은유가 자연이 되도록 문법 파괴와 문법 준수의 규범이 그저 단풍 들도록 내버려두라. 계절의 꽃, 지역의 꽃들이 되도록 하라. 모국어가 외국어가 되게 하라. 언어의 자연발효! 언어의 축배와 고배! 언어로서의 취흥 도도의 철야! 본디 흥(興)이란 술이다. 도솔천의 소마주일 터, 올림포스 구름 속의 넥타르일 터.

영혼의 나이가 몇백만년인 것에 앞서 물질의 나이가 몇억만년인 것, 암흑물질의 억겹인 것의 합산(合算)으로 마침내 언어의 물질성을 이제 승인해야겠다.

'하늘에 꽃비 내리고 땅 위의 돌멩이가 고개 끄덕이는(感得天花石點頭)' 시는 망상이 아니라 엄연한 내 하루하루이기를 바라며 모국어는 또다시 어린 나를 호명한다. 거기도 그랬다. 뻬뜨라르까는 '이딸리아는 시인을 불러내는 땅'이라 했다. 나는 한반도의 아픈 영광이야말로 때려죽여도 때려죽여도 살아나는 시의 땅이라고 되받는다.

　시는 절경(絶景)의 꽃이 아니다. 폐허의 꽃이다. 귀국 5일 전 로마 꼴로세움 옆의 커다란 폐허 마센찌오 야외극장에서 내 시가 밤중의 대기 속으로 퍼져나갔다. 폐허야말로 유적(遺蹟)이야말로 시의 미지(未知) 그것이었다.

　나를 더 갈 데가 기다린다. 나의 길은 더 가야 할 시의 길이다. 또한 이 길은 속박조차도 자유인 그 길이다. 근세 산중 불교의 어느 시기 노승은 6세 동자승 이래 몇 단계의 계율을 더이상 지계(持戒)의 삶으로부터 내버리는 사계(捨戒)의 여생을 산다. 내 새로운 시의 시대가 시의 계율이 없는 시대이기를 바란다.

　창비 문학출판부 박신규 형과 내 원고를 한장 한장 다 정리해준 박문수 형을 비롯해서 감사할 벗들을 명심한다.

2013년 하반기
고은

무제
시편

하령에게 차령에게

무제 시편 1

후딱 왔다
후딱 간다
정상의 꽃
저 아래
내 만성(慢性)의 번뇌 행렬

무제 시편 2

푸른 하늘이 무섭다
밤하늘이 무섭다
성나지 않은 바다가 무섭다
시베리아가 무섭다

여기서 나는 시퍼렇게 싹튼다

무제 시편 3

감히 나는 내가 흑조(黑潮)임을 선언하노라
내가 뭍 골짝 개울이 아니고
허허벌판 난바다를 휩쓸어
나의 길 한 마당을 이룬 흑조임을 선언하노라

감히 나는 달의 맹방(盟邦)임을
새삼스러이 선언하노라
지상의 아수라 국가들의 수교 따위가 아니라
나의 영원한 위성 달빛과의 우정을 선언하노라

때마침 오늘밤은 만월이므로
나는 자제하기 어려운 정욕(情慾)으로 울창하노라
내 전신은 밀물이다가
해일 직전이노라

태평양으로 가라
거기 태평양 전체의 평야 가득히
달빛의 야만을 퍼부어내리는
그 절경(絶景) 속으로 가라

바다 흑조 잉잉거리노라 늠름한 유아독존이노라

보라 달의 인력을 만나는
바다의 호응이
얼마나 장려한 흠모의 연심(戀心)으로 내달려
벅찬 태평양 한복판에
해마다 4천 마일을 돌아치는 흑조를
나의 긍지를

과연 이 난바다 흑조의 힘이
어찌 태평양 그것뿐이랴
저 남극의 대양
인도양
대서양
아니 바다 구석구석까지의 파도들 다 껴안아
지상의 바다 전체를 죽음으로부터 건져 올리노라

그 어느 바다 연해인들
그 어느 대륙 연안인들 곶인들
그 어느 반도 부속 도서인들
그 어느 암초 산호초인들
아 그 어느 심해 해저인들
나의 의지 고루 펼쳐져 가 있음을 선언하노라

나는 나의 운명 흑조로 하여금
바다의 생명을 바다 전체에 부여하노라
그리하여
나의 맹방이며
나의 충직한 위성인 달의 우정과
달의 형제이며
지상의 흑조인 나의 멍든 월경으로
세상의 온 바다를 돌고 도는 영웅의 여정(旅程)을 선언하노라

맞이하라
내 4천 마일의 흐름으로
극치가 얼마나 오래된 것인가를
절정이 얼마나 아득한 것인가를
뭇 생령과 뭇 망령들이 깨닫는 흑조인 내 가슴을
그대들의 환대로 맞이하라
밤새도록
나의 감사로 파도치리라
어둠으로
끝내 먼동으로 파도치리라

나는 흑조임을 선언하노라 내 절망과도 같은 명예로 선언하노라

제자리에 돌아오는 2만년 뒤
지난날의 나 자신을 통 모르는 오늘을
아 오늘의 동정(童貞)과
오늘 이후의 혼혈로 선언하노라

아 이윽고 내생의 흑조가 나 자신임을 선언하노라

무제 시편 4

벚꽃 우르르르 피우려고
땅속의 뿌리네들
땅 위의 줄기 가지 우듬지네들
온몸의 힘 다 쓴 나머지

마침내 눈부신 벚꽃 세상이러라

바람 와
그 벚꽃 아쉽게 진 뒤
할 일 다한
벚나무 시름시름 앓으면서
가지들 삭아가면서
뿌리들 썩어가면서
여름
가을
겨울을 견디어내는 벅찬 삶이러라

연어 귀향
그 몇천 킬로미터의 거친 바다 건너
살점 너덜너덜
물속 돌더미에 부딪고

나뭇가지에 걸리고
벼랑 끝
목숨 걸고 뛰어오르고 오르는 동안
1할 미만으로 살아남는 동안
다 망가진 몸으로
잊지 못하는 고향에 와
알 낳아버리고
허깨비 목숨 놓아버리는 처절의 삶이러라

하기사
채마밭 쑥갓 상추 한포기도
다 그런
전심전력의 삶이러라
이런 숙연한 삶 가녘에
내 삶은 송구스러운 더부살이의 삶이러라

가을이여
바로 이어지는 굶주리는 내년의 봄이여

무제 시편 5

나의 기원이 있다 무딘 돌의 기원이 있다

돌아오는 길
전철 옆자리
일용직의 엄마와 딸
무어라 무어라 주고받는 말을 듣는다

오 한국어의 무명(無名)이여

돌아와
국어사전을 꺼내어
잠든 말들을 본다
잠깬 말들이 나를 본다

내 가슴팍에서 피 도는 소리가 니은니은미음미음 난다

너 한국어야 부디 3백년만
숨 쉬거라 숨 내쉬거라
3백년만 죽지 말고
기어이 살아 있거라

그러면 그뒤의 천년 불가피한 공작석(孔雀石) 같은 변화무쌍이 오
리라

무제 시편 6

네 눈먼 폭풍 공허의 그 푸른 하늘 속
어떤 눈동자의 과녁도 용납지 않는
거기에
어찌 너 말고
어떤 생애의 현재이겠느냐

너만이다
오직
너만이다
너만이다

내년 가을에 다시 오라
너를 그대로 빼다 박은
네 새끼의 맹목과 함께
다시 오라

네 자존의 상승과 오만한 하강
그 날갯짓 한 자락도 그만둔
그 완벽한 공중부양의 위엄으로

대지를 내려다보거라

대지의 미천한 것들과
대지의 긍지를 내려다보거라
너의 만번 무심과 단 한번의 관심으로
언제까지나 목마른 세상 내려다보거라

어찌 너 말고
누구의 생애 다음의 모르는 생애이겠느냐

네 고향 몽골 고비의 밤
일제히 가득 차는 기립 박수의 갈채로
그 커다란 밤이
별똥별 불러 답례하는
거기에
가장 불온한 내 전생의 이데올로기 아직 남아 있느냐

다시 오라
너 나의 독수리야
너 내 오만방자의 단짝
독수리야

무제 시편 7

그 아주머니의 눈
화우(花雨) 한나절
그 지는 꽃잎들
그 지상을 덮는 꽃잎들 지르밟는
그 아이 밴 아주머니의 눈

3년 뒤인가

그 갓난아이의 눈
제비가
제비인지 모르는 눈

그날밤 꺼버리기 전의 불빛에 빛나는 청년의 눈
반드시 실패할
혁명의 눈

그 할아버지의 눈
병원행인가
양로원행인가
마지막으로
돌아다보는 집

돌아다볼 수도 없는
두고 온
북한 청천강 기슭의 고향
그 할아버지의 눈물샘 말라버린 눈

그 눈들로 하여금
다들 살아왔군
살다 떠났군

무제 시편 8

닭을 그리느니 메추리가 되지 말고
닭이 될지어다

닭이 되느니 닭이 되지 말고
까투리가 될지어다

어쩌누
이도 저도 아니라니 바로 거기야

무제 시편 9

죽어
이 영구 정지의 조각으로
벌판의 질주를 가득 채우고저

죽어
이 침묵의 음각으로
커다란 포효로 밤을 지새우고저

죽어
이 무기교의 의지로
이 세상의 그리움들 다 불러들이고저

죽어
이 무한응결의 비애로
이 세상의 야만들 다 묻어버리고저

너 울산바위

무제 시편 10

여기 풀섶 묘비가 쓰러져 있다
여기 가까스로 해독할
뭉개져버린 묘비명 남아 있다
읽지 말라
읽어라

나의 시는
다른 시를 죽였다
나의 언어는
어제의 언어와
내일의 언어를 쫓아냈다
모든 언어는
모든 시대를 등졌다
모든 삶은
모든 삶의 9할을 놓쳤다

그 피와
그 피눈물과
그 뼈와 살점의 고통들을
그 순결한 욕망들을
그 명한 희망들을

가장 먼 곳에서
흰 구름과 아지랑이로 지웠다

너무나 미혹의 언어로
너무나 매혹의 언어로
진실이 아니라
진실의 그림자에 매달렸다

나의 시는 죄이다
나의 시는
징벌을 앞두고
징벌을 모른다

마신 술아 토해낸 술아 내 밉고 미운 동지야

무제 시편 11

오늘 오만불손의 묵언이던 내가 모처럼 입을 연다

나의 고독은
태양의 고독을 안다
그 불타는 고독 이외에는
아무것도 용납하지 않는 고독을 안다

나의 고독은
명왕성의 고독을 안다
그 만겹 빙벽의 고독을 안다
그 혹한의 침묵 이외에는
어떤 것도 필요 없는 고독을 안다

오늘밤은 상심의 내가 우주의 눈물을 흘리는 밤이다

나의 고독은
토성 및 토성 고리의 고독이다
그렇지 않고서야 나도 토성도 허망이다

무제 시편 12

무슨 공허같이
심해 투명어 유리오징어같이
저리 투명한 하늘이었다
저 하늘 밑에
먹구름 있고
뭉게뭉게 흰 구름 있고
그 밑에 감히 나도 있다

날 저물어
하늘 속 조각달 나오면
나는 초저녁 말뚝에 나를 맨다

너 그만 떠돌아라 네 곳이 너무 많다

무제 시편 13

그 사막 서녘
그 사막 어디에
어쩌자고
어쩌자고
뜻밖의 바위 하나 솟아나와서
그 바위 위
뜻밖의 새빨간 꽃 하나 나와서
사흘 갈까
나흘 갈까

내 혓바닥 밑 싹 말라버린 대낮이고
밤이면
살 속의 뼈 시퍼렇게 멍든 추위뿐인
그 사막 서녘

그 꽃 하나
강한 죽음 앞둔 강한 삶
닷새일까
엿새일까

탈레반의 총소리가 거기까지 왔다

무제 시편 14

태양은
태양에 다가가는 모든 것을 포옹한다
뼈도 없이
재도 없이 태워버린다
거절도 없이 환영도 없이
우주의 원시로 포옹한다

태양은 태양의 고독이다

우주의 우연으로
자신의 행성 몇개를 출산한
양성(兩性)의 육친으로
빛을 준다
열을 준다
운명을 뿜어준다
그 어떤 보답도 필요 없다
주는 것뿐이다
주는 것 말고
받는 것을 전혀 모른다
그러므로 주지 않고 주는 것뿐이다

행성들을 내던져
저마다 떠돌게 할 뿐이다
그것들을 결코 불러들이지 않는 고독이다

지구 너는 왜 혼자 시끄러우냐 하고
왜 너는 너를 죽은 별로 만드느냐 하고
꾸짖지도 않는다

태양은 언젠가 다 타고 없어진
자신의 긴 시간 앞에서
어떤 두려움도 없는 태양의 고독이다

태양은 자신이 태양인 줄도 모르는 고독으로 뜨겁다

태양계의 어느 자전과 공전
타자 없이
타자 없이 돌 수 없는
그날들의 일몰
그날들의 일출들

캄캄한 염통을 꺼내 먹을

타자 없이
숨 쉴 수 없는
숨질 수 없는
정든 고향 어이하나

불구경이 끝났다
장례식이 끝났다

아프리카 아이의 퀭한 눈구멍
유니세프 광고가 끝났다 어이하나

무제 시편 15

저 산꼭대기의 비애야

저 산 밑의 천길만길
심연의 비애야
이제까지 그대들의 캄캄한 미지를
나의 비애로 삼았느니라

조각달아
그대 푸르디푸른 울음을
감히
내 울음으로 삼았느니라

죄와 벌의 땅 여기에서
내 백년의 비애를
내 백년의 울음을
노예의 무죄와 아름다움으로 삼았느니라

조각달아

나는 그대에게 갚을 것이 너무 많다
오늘밤도

너를 내 빚투성이 과거로 삼았느니라

무제 시편 16

무엇이 되고 싶은 날 살구꽃 핀 날

원컨대 내가 서둘러
해오리가 된다
포르릉
포르릉
새로 날아오른다

바위 서넛도 수군대면서
조금 뒤
허물없이 구름이 된다 두둥실 뜬다

가버린 누구의 원혼이 원한 풀어버린 몸으로 온다 바람이다
맞이하라 온 세상의 변신인 바람을 바람의 무엇을

무제 시편 17

턱없이
30년 전의 김완하가 생각난다

김완하
오늘 쓴 것
모레나
글피
다시 써보아
천재는 둔재의 친구일세

그 김완하가 생각난다
턱없는
남아프리카에서

김완하가 그의 연구실에서 매미 소리를 들을 때
그는 매미만이 아니다
매미가 앉아 있는 나뭇가지다
그 나무 전체가 우는 소리를 듣는다

김완하가 있는 한국 대전은
여기서 일만 몇천 킬로미터 저쪽

그런데 여기서도
그 매미 소리가 들린다

환청의 진실!

한국은 늦은 봄
여기는 늦가을
떠나버린 매미 소리
떠나지 않은 매미 소리

여기 와서
내 인조고막의 귀는 깊고 깊다
드디어
세상 전체가 우는 소리
나는 그 소리 속에 파묻혀 있다
적막이란 귀먹먹이란
끝내 세상의 모든 통곡에의 난청인 것

나는 오지 않은 매미 소리이다
가버린 매미 소리이다

오늘도 이곳 뉴스는
만델라의 상태이다
아파르트헤이트가 다시 올 꿈을 꾸는 상태이다

무제 시편 18

하늘은 녹슬지 못한다 구름은 녹슬 줄 모른다
지상의 쇠붙이가
한평생의 녹슨 삶으로 퍼렇구나
시뻘겋구나

녹! 너야말로 역사의 원색이구나

나 또한
나라는 허울의 짐 져 나르느라
살 속의 뼈들이 거뭇거뭇 녹슬었구나

간밤 꿈에
내 녹슨 뼈들
여기저기 흩어져 있는
모래바람 뒤의 모래언덕에서 불거져나왔구나

6천년 동안 사람들이 말해온 것
넋이라는 것
얼이라는 것
어차피 그런 것들도 뒤따라
풀에도 풀의 넋이 물에도 물의 넋이 녹슬어

붉은 노을이 되었구나

내 머리 위 가로질러 나는 기러기야 괜히 너한테 물어본다

너는 네 녹슨 넋 어디다 두고 가느냐

무제 시편 19

불구경이 끝났다
화재가 진압된 밤은 허망하다
초상집 딸의 통곡을 들은 밤은 음란하다
누구의 절망 따위 슬픔 따위
도저히 나의 것이 아니다

굶주린 아이의 화면 앞에서
나의 짤막한 연민은 위선이다

저 영광은 쓰고
저 시련은 다디달다

타자는 날이 갈수록 더 타자이다
시간은 너무 촘촘한 바늘 주머니이고
공간은 너무 빽빽하다
인간은 인간으로부터 아득하다

타자는 천박한 여인네 만찬장에서
매일 3회 내지 7회쯤
경멸할 강북이다
불호령할 연변 조선족이다

정론(政論)은 잡담 밑에 있다
브라만에게 불가촉천민
바리새에게
나사렛이다
사마리아이다

타자는 제국에게
식민지이다
점령지이다
타자는 90프로의 가난이다 비정규직이다

신도시의 포스트모더니즘에게
구시가의 리얼리즘이다
전두환에게
광주 폭도들이다

현재에게
과거이다 과거의 과거이다

무제 시편 20

백년의 아이가 선잠 깨어 칭얼칭얼 말한다
바다에는
바다 밑이 없다고

그렇다

언제나
네 얼굴은
네 얼굴의 꿈이라고

세계는
세계의 무엇이라고

저것은
저것 이하
저것 이상
저것 이외라고

무제 시편 21

초신성!
네가 있어야
내가 있다

초신성!
네 우연이
내 애달픈 필연이다

의미들의 고된 삶이
무의미를 갈망한다
태어나자마자
너
죽어버리자마자
너

너 초신성의 화점(華點)! 내 어느 초신성!

무제 시편 22

지그시 눈 감는 날이 있다
기도가 아니다
기도가 아니다

지그시 눈 감는 날이 있다

화두가 아니다

그냥 무엇이나 오도록
무엇이나 못 오도록
지그시 눈 감는 날이 있다

의식들아
감각들아
내가 네놈들의 말구종이 아니다

지그시 눈 감는 밤이 있다
먼 곳이 무릎 맞댄 이웃인 밤이 있다

무제 시편 23

다른 지방에 갈지어다
다른 민족에게 갈지어다
나는
거기서 돌아오는 누구이리라

그렇지 않은 나는
어느 누구도 아닌
어느 누구의 목내이(木乃伊)이다

필생(畢生)으로 갈지어다
꽃 없이
영광 없이

무제 시편 24

내 낙서 볼래?

데리다 좋을시고
하버마스 좋을시고

나는 옛날 괘종시계 불알 얼씨구절씨구

무제 시편 25

확인한다
고뇌야
뇌 피질의 고뇌야
영혼이라는
물질 극북(極北)의 번뇌야 너 저기 가 있어라
너 없이
갠 하늘 아래서
확인한다

여기는 오전 일곱시 베네찌아 쌘마르꼬 광장
아무도 없다
아무것도 없다
아무도 없을 때가
가장 낯설다

낯선 곳에 서서
그동안 구역질 나게 진부했던 내가
전혀 새로워진다
나는 타아 속에서만
타아의 부재 속에서만 처녀이다

옛날이야기 속의 동남동녀야
인신공양의 순결아
나는 노파가 아니다
나는 숙달의 갈보가 아니다
울음 뚝 그친 아이이다

낯선 곳은 낯익은 것을 다 분쇄한다

돌아가서
내 진부했던 삶의 파쇼를 타도해 마지않을
혁명의 맹목으로
내 포위와 점령의 작전은 종료된다
내 완전무장의 시로
내 혁명의 서정시로

그다음이 있다
바로 그 시들을 숙청한다

혁명은 영구 혁명이다 혁명은 혁명의 적이다

낯선 아침

내려앉은 배고픈 비둘기를 두고
나의 집 싼딴젤로 광장으로 간다

무제 시편 26

눈이 그쳤다

가난한 사람이 집을 나서면
더 가난하다
가난한 사람의 발자국이
눈 위에
오종종 찍혀 있다

나온 개가 가다가
뒤 돌아다본다
개의 발자국
순하디순하다

왜 이다지 눈 온 세상은 서럽도록 서럽도록 부자냐
딸부자냐
아들부자냐

무제 시편 27

제주도 1만 신들이여
일본열도 8만 신들이여
공자 이전
중국 선사(先史) 백만의 괴력난신들이여

고대 그리스 신화 속 신들과 영웅들이여
고대 인도 8억 8천만 신들이여
현대 인도 3억 3천만 신들이여
날마다
아침마다 또 태어나는 아직 이름 짓지 못한 신들이여

바람신이여
이슬비신이여
소나기신이여
구름신이여
땅신이여
풀신이여
나무신이여
소나무신이여
잣나무신이여
다람쥐신이여

멧돼지신이여
멧돼지 새끼신이여
번개신이여
별신이여
달신이여
해신이여
시냇물신이여
강물신이여
바다신이여
바다 밑 용궁 용왕신이여
용궁 용민들이여
산신이여
가가호호 가신들이여 조왕신들이여
길신이여
논신이여 밭신이여
옥수수신이여
쌀신이여 보리신이여
밀신이여
과일신이여
참치신이여
가자미신이여

노르웨이 연어신이여
한국 연어신이여
지진신이여
화산신이여
고대신이여 내일신이여
알라여
여호와여
천룡팔부 신장이여
할머니신이여
증조할아버지신이여
우주 은하수 각계의 신들이여

그대들에게 바칠 공물 여기 있다
오 내 허접한 인신공양

아나
아나
내 말라비틀어진 번제물 어서 잡수어라

무제 시편 28

땅 밑에
물 있고
불 있단다

너 또한 그렇단다

네 몸속
불 있고
물 있단다

허공 속에도
물 있고
불 있단다

올데갈데없는 네 마음속
물 있고
불 있단다

고슴도치야 천년 뒤 네가 나란다

무제 시편 29

아 나에게 전우가 없습니다

소위 지자체마다
파렴치하게
몰염치하게
스타디움 따위가 솟아올랐습니다
무지몽매하게
엄청난 청사(廳舍)가 솟아올랐습니다

질세라 이길세라

삼엄한 충혼탑들이 솟아올랐습니다
한번 해병이면
영원한 해병이다
라는 거무죽죽한 현무암 석탑도
완강한 적의를 품고 솟아올랐습니다

6·25사변
월남전
그뒤의 추모탑도 솟아올랐습니다

그럼에도 해마다 몇번의 격렬한 관제시위 말고는
우리 모두 흩어져버렸습니다
어찌 전쟁만이겠습니까
혈족도 해마다 한번 찾아오는 제삿날 말고는
우리 모두 흩어져버렸습니다
증조할머님 함자는커녕
할아버님 함자는커녕
아니
어느날은 긴가민가
아버님 어머님 함자는커녕
다 잊어버린 오후의 나 하나 덜렁 긴 그림자입니다
누구도
누구도
다 지나가버린 그림자 곧 지워지는
저녁 어스름 꺼므꺼므합니다

있어야 할 전우 하나 있어야 합니다
그런데
나에게는 전우가 없습니다
도무지 너 죽으면 나도 죽는 전우가 없습니다
아무리 뒤져보아도 내 가슴속에는

전우의 기념탑이 솟아오른 적 없습니다

아 나에게는 반기(半旗)의 추모가 없습니다
전기(全旗)보다
몇 곱절 신성한
반기의 하루가 없습니다

내 이웃은 내일모레이면 벌레 울음소리일 따름입니다

무제 시편 30

간밤 철부지로
톈산(天山)에 오르는 꿈을 꾸었느니라
어쩌자고
칠삭둥이로
칠삭둥이 문수동자(文殊童子)로
저 톈산에 감히 오르는 꿈을 꾸었느니라

톈산 만년설 칼 서슬 진 능선 위
그 완벽한 능선의 긴 등 너머로
그 굳센 눈구덩이 뚫고
빼꼼히
삐죽빼죽 토라져 돋아난
설련(雪蓮) 꽃을 보고 말았느니라

생시인지 생시 아닌지
잎새는 금방 새파란데
그 새파란 잎새 받쳐
하얀 꽃송이 아무 뜻 없이 아리따웠느니라

하얀 세상에 더욱 하얀 꽃이었느니라
무(無)에 무였느니라

눈멀어 내려가지 못하고
그저 어린 시절의 어머니만 마구 불러댔느니라
불러대다가
불러대는 소리 안 나오다가
천만다행으로 꿈 깨어났느니라

먹새벽에도
내가 나 보는 눈 새로 생겨나
몇십년 뒤의 늙어빠진 송장의 살가죽 삭은
형형한 눈빛의 해골 하나였느니라

그런 내 해골의 꿈에 언제 톈산의 설련 꽃 또 피어나겠느뇨

단념할 것!

무제 시편 31

이제껏 '무제'라는 제목의 것 1천편쯤 나갔을 터

나 독한 가뭄에 살점 타들어 불붙는다

나는 탄다
내 살은 한줌의 바람
내 뼈는 한줌의 재가 된다

탄압의 광장
계엄의 감옥
또 있다
박탈의 수용소
자본의 거리 저쪽으로 떠내려간다

보잘것없는 나
살아남은 나
의식불명이다가 신 내린
선무당인 나
비난과
홍소에 갇힌 나
헛소리 내지르는 나

지푸라기
스티로폼 조각
토목공사 막대기
선녀(仙女) 같은 비닐 조각 너울
죽은 고양이 따위와 더불어
진흙탕 물에 두둥실 떠내려간다

차라리 유일무이한 축복이냐
새벽 두시쯤
그 상처 위에
다시 상처를 내는 달빛의 고대(古代) 거기
나는 십이지장으로 울면서 떠내려간다

옛날 정월 보름 전날 밤
대 잡은 아버지의 손 떨림
대의 떨림

나는 겉으로는 아무도 모르게 나도 모르게 운다
겉으로는 코 풀고 속으로 울면서 떠내려간다

무제 시편 32

벼 익은 들녘

할아버지
아버지
아버지
아버지
아버지

아버지
광주리 점심 이고 오는
어머니

무제 시편 33

무슨 겨울이냐
무슨 가을이냐
무슨 이른 봄이냐
장미는 늘 뻔뻔하게 피어 있다

철면개화(鐵面開花)!

고도성장의 아시아
어느 나라의 밤
인어 가수의 밤
나노의 밤
성형의 밤
카지노의 밤
삼성과 애플의 밤
원전의 휘황찬란한 네온싸인의 밤
캘리포니아 영어의 밤
저 캄캄한 북핵의 밤

나는 동북아시아 바닷가의 모래알이고 중앙아시아의 모래알이다
징징 우는 애비 없는 모래알이다

무제 시편 34

열흘 만의 나들이 길

애승애승
나 어릴 때
키 큰
아버지가 주신 돈은
성큼 아버지셨다
외할머니가 주신 돈은
추운 날
따스하신 외할머니셨다

얼마 만인가

아내가 주신 돈이
오랜 아내이셨다
집의 아내와
내 가슴속 아내로
두 아내이셨다

나는 서울 간다

기흥인가
신갈인가

오늘 열두시 반
종로경찰서 옆 식당에서
서해성
고명섭을 만나러 간다

반주 한잔이 프리드리히 빌헬름 니체 안주로 산절로 수절로 스무
잔이나 되리라

무제 시편 35

가을!
이 전생애에 걸쳐서 감사해야 할 가을!
나는
내 언어의 가을에 들어섰다

이윽고 내 언어의 가을에
가을이 왔다
어떤 인간의 입안에 우물거린 적 없는 언어로
가을이 왔다

나는 나 자신을 향해
나의 가을을 명명한다
나는 나 자신을 향해
나의 가을을 경배한다

이윽고 가을의 언어가 나의 가을이다

무제 시편 36

오늘은 감방 그 시절로 돌아가
벽과
벽 사이
메아리 져가는 소리를 듣는다
쿵 쿵
쿵
주고받던 소리를 듣는다

오늘은 특별 감방
창구멍 없는
한평 반 암실 감방
내가
나에게
속삭인다

오늘은 대구 감방
2층 12개 방을 다 비운
제13방
내가
나에게
속삭이지 않는다

외부가 없어서
내면이 있다
안경 속
내면이었다

오늘은 감방 그 시절에서 돌아와
이딸리아 오스트리아 티롤 일대
알프스의 흰 절벽과
절벽 사이
마주 선 허공으로
며칠 뒤 닥쳐올 눈폭풍을 기다린다

또 오늘은
저 시리아에서
저 아프간에서
저 이라크에서
저 팔레스타인에서
저 발리에서
총 맞은 시체들 떠내려오는 썩은 강물이 넘친다

오늘은 누구의 공룡 화석이고 누구의 공룡이다

무제 시편 37

멋쟁이 릴케는
아기 적에
바지 대신 치마를 입었다
르네였다
그뒤 라이너였다

멋쟁이 릴케는
마흔살 바람의 삶으로
인명록 1천2백명이
그의 내면 서간의 대상자였으나

나에게는 인명록이 없다

아 편지의 대상 없는 나는
내가 아니다

나는 칼과 삽이 쇠라는 것을 모른다
편지와
일주일에 몇번의 전화로
전혀 다른 것을 모른다

아 죽기 전에 편지 열한통만 쓰런다

무제 시편 38

그늘에 가려진 천재 엥겔스의 전망을
나의 덕망으로 삼고 싶을 때가 있었다
뒤에 서 있던
둔재 엥겔스의 우정을
나의 우정이 시늉할 때가 있었다

그가 말했다
사회생활의 발전은
정확한 곡선이 아니라
그냥 아무렇게나 그려지는 나선이라고

플라톤보다 신플라톤파보다
훨씬 어진 말씀이겠다

하기사
저 원시공산제 느리고 느리셨다
'공산제'는 무슨 '제'
그냥 그랬다

석기시대로부터 철기시대에 이르기까지
제법 느리고 느려서

3만년 내지 4만년이나 걸렸다
그뒤
이른바 노예제 1천5백년
봉건제 1천년
자본제 2백년이 내 삶의 지배 형식이었다

맙소사
사회주의란 겨우 몇십년
피로 태어났다
돈으로 죽었다

내가 나한테만 말하겠다

자본주의는 전기도 후기도 없다고
지구 인류의 장송곡이
자본주의라고

무제 시편 39

80세로세

멈춰라
다 왔으므로
더이상 갈 곳이 없다
내려라
망가진 수레로는
더이상 갈 수 없다

천만의 말씀!

나의 무한은 악무한(惡無限)인 줄
그대들 왜 모르나?

무제 시편 40

가는 것은 사납다
강물은
강기슭을 할퀸다
물러가는 추위는
새로 돋은 떡잎을 바로 짓이겨 죽여버린다
일찍 피어난 꽃송이라니
너도 죽여
다시 피어날 꽃들의 넋이 우짖는다
일하러 갈 엄마는
이제 막 모락모락 김이 나는
아기의 울음소리를
젖 물려 없애버린다

봄

너무 들뜨지 말아야지
몸조심으로 갸웃이 돌아앉아
홀로 옷깃 고쳐 여미며
숨긴 가슴으로 반가워해야지

저쪽에서 늙은 겨울 나머지가

느닷없이
까닭없이
으르렁 눈보라를 낳으시는지 몰라
저쪽 15센티미터 두께의 얼음을
호수 위에
희디흰 무쇠판으로 깔려는 꿍꿍이속이신지 몰라

그러나 봄

어느 언덕배기
어리디어린 엉겅퀴의 보드라운 여린 솜털
눈뜨시는지 몰라
올 여름날 불볕 속 사나운 가시들
꿈꾸시는지 몰라

아냐
여름의 끝
늙은 여름이야말로
오는 가을의 그 새로운 꿈을 증오할 터
늙은 더위야말로
아궁이 거기서 살아남아

가을을 한사코 거부하는지 몰라

무제 시편 41

오늘의 넋두리

미움이되
한 자락 흰 구름의 미움이거라
하룻밤 풋사랑이되
저 북태평양 복판에 널린
오도 가도 못하는 벅찬 파도 소리 위
동트는 하룻밤의 허망이거라

원 세상에!

미움과 미움 나부랭이 없이
미움도 모르는 사랑 나부랭이 없이
이 무슨 삶이더뇨 누리더뇨

어이 나비 거미
그대들도
공짜배기 한평생 아니거든
너는 나의 미움이듯
나는 너의 미움이듯
한평생은

다른 생의 미움 나부랭이 남은
이슬인지
번개 우레인지
누가 알리

무제 시편 42

하루의 동화(童話)가 저물었네

어깨에
거미줄 내려앉았네
어디 갔다 왔니?
목덜미에 검댕이
흠뻑 묻어 있네
어디 갔다 왔니?
어머나
어머나
두 다리 오금에
옛날이야기
썩은 동아줄 한토막 둘렀네
어디 갔다 왔니?
손목에
수갑 감겼네
심청가 옥중가 십장가(十杖歌) 듣고 왔니?
오마싸랴
오마싸랴
에그머니나
염습한 식은 몸이신가 저승 몸이신가

오싹 헛것들 고뿔 들었네
막된 이승 무엇이 그리워서
또 왔나?

무제 시편 43

더이상 숨길 수 없구나

갓난아기야
누구의 마음속에나
적이 들어 있단다
사랑보다
훨씬 앞서서

젖먹이 아기 옹알이에도
지는 단풍 잎새에도
적의 기억이 들어 있단다
한여름
녹음의 기억보다
훨씬 뒤까지

그래서 자장가는 군가(軍歌)란다 그래서 여느 세상 무서운 세상
이란다

무제 시편 44

히말라야조차 별수 없이
햇빛 쪽 네팔
안나푸르나
제1봉
제2봉
제3봉의
눈부신 백색 백황색의 정적

그 너머
티베트
다울라기리 봉의
눈 감은 그늘 속 백색 회백색의 고독

왜 내 등 뒤에도
언제나 망자(亡者)의 달빛인가

싫다!

나는 홱 돌아쳐
머무는 앞을 사절한다
또 나는 홱 돌아쳐

뿌리 내리는 앞을 타도한다

가슴 던진다
등뼈
하나하나 빼내어
지향 없이
방향 없이 던진다
고시레 던진다

세계 만물아
왜 앞만 바라보느냐
왜 앞으로만 달리느냐
왜 앞으로만
네 낯짝을 과시하느냐

네 뒤의 통곡에 귀 기울일지어니
네 뒤와
네 뒤의 긴 미완
네 뒤의 억겁 난바다 파도 소리를
어찌하려느냐

나무들아
생쥐들아
풀들아
늙은 코끼리들아
바위들아
옛날 옛적의 바위인 모래들아
진흙탕 국물아 둠벙들아
돌아라

나도 끝내 돌고 돈다
뒤 없이
앞 없이
현기증의 진리로 돈다

태양의 뒤
별의 뒤
나의 뒤가 사라지는 동안
나는 기뻐 운다
하도 기뻐 백년을 운다

무제 시편 45

달팽이로 가게
빠릿
빠릿
예쁜 도마뱀으로 가게

겨울잠 푹 자고 나와
어슬렁
어슬렁
어미 곰으로 가게

성난 코끼리 패거리로
쿵쾅
쿵쾅
쿵쾅
내달려가게

이렇게 가고 가는 길이니
자네도
덧없는 자네 그림자 데리고
어느만치 청승맞게 가게

무제 시편 46

10년 뒤에도
또 그러나로부터 시작하고 싶었다
내 청소년은 진화론이 아니다
그것만은 창조론이다

또 그러나로부터 시작하고 싶었다
때가 왔다고 벌떡 일어나서
그러나
그러나
그러나로 시작하고 싶었다

때가 오지 않았다

아이에게는
때가 오지 않는다
화석에게는
때가 오지 않는 것처럼 온다

내가 고구려 조의선인(皁衣先人)인 양
오지 않는 때를
달려가 붙잡아왔다

살쾡이 한마리 붙잡아왔다
동여맨 밧줄 풀어
나의 포로로
나의 동트는 햇빛으로 삼았다

무엇이든 처음이 온전한 적은 없다
어설픈 날씨이고
뜬 해가
뜬 구름장 속에서 나올 줄 몰랐다

피 묻은 시체가
즉각 폭삭 썩을 줄 몰랐다

그러나라고
나무 잎새들 중의 누군가가
풀잎들 중의 누군가가
바람을 불러들여
흔들거렸다
수군거렸다

그러나

그러나라고
그 바람이 빠져나가
먼 곳의 무언(無言)에 닿았다

태풍의 시작이었다

그러나
그러나

무제 시편 47

심지어

잎
진눈깨비
치마

이런 낱말이 온전히 각각 시이다

내 55년간의 보수주의가
이런 파국에 이르렀다 파국 즉 궁극

타전(打電)한다

서해
남해
동해
베링 해

시를 타전한다

무제 시편 48

허리 잘린 도마뱀이
빠르게
재빠르게
달려간다
뛰어간다
날아간다

어디로?

저기로 저기로

목 잘린 수탉이
수탉답게시리
달려간다
솟아오른다
벼랑과 벼랑 사이
건너간다

저만치 울 밑
오토바이에 부딪혀
쓰러진다

두 다리가 파르르르 떤다

도는 별들이
돌지 않은 별이 되었다가 다시 돈다 삶은 새롭다

아니다

지하철 3호선의 어디선가
5호선이 가로지른다
장님 지팡이가
점 찍으며
객차와 객차 사이를 지나간다
몇번의 역을 지나자
눈 뜬 지팡이가 다시 온다

압구정역에서
옥수역 건너
금호동 쪽 하늘이 흐렸다
있다가
없다가

푸른 하늘 조각이 내려온다

지하철 방송 북한스파이 산업스파이 신고하라고 한다

목적지는 없다

무제 시편 49

쉿!

나는 둘이 된 적이 있어
셋이 된 적도 있어

언젠가
나는 아홉이 된 적도 있었을 거야
그때
나는 누가 나인지 몰랐을 거야

나는 하나로는 비겁해
하나로는 치사해
하나의 확신으로는 추악해

나는 죽도록 하나가 싫어

하나라니
하나라니
하나라니
하나는 8만일 거야 8만 4천일 거야

포플러나무 잎새들일 거야 술 먹은 되새떼일 거야

무제 시편 50

밀물 낭창낭창 차올랐구려
이제
떠날 수 있구려

노 저어

죽 젓듯
국 젓듯
출출해진 배 속으로
서글프지 말도록 뒤돌아보다가
떠날 수 있구려

저 난바다 동서남북
그 어드메도
일가친척 하나 없으니

나는 달랑 울지 못할 나 하나로 있구려

무제 시편 51

옛날 조선의 농한기는 참 느긋느긋하기도 하였지
저 서천축
마하트마 간디 옹께서도
그곳 건기 농한기깨나
진작 터득하셨는지 몰라
그래서 그 물레질 사뭇 느릿느릿 돌기도 하였지
옛날 조선의 농한기 빈 무논 여기저기는
미련이 좋아
활개 한번 치는 것
반나절이듯
그 황새 날개의 나이 지긋한 게으른 활개도 더러 있었지

세벌김 매고 난
호미씻이 뒤
낮잠 늘어졌지
얼씨구씨구
눈 비비노라면
벌써 해 설핏하였지
남은 무더위
그대로 꼬리도 길었지

가을걷이 뒤
해거리 지붕 이엉 마치면
뭇국 후루룩 먹고
짚 울타리 개구멍으로
십리같이
이십리같이
이웃집 다녀왔지

겨울 눈 수북수북 내리는 날들
푹 쉬는 도리밖에 없노라면
어메 아부지의 뼈 쑤시는 구들장
거기 옴팍하니 뜨뜻하였지

그제야
어메는 아부지의 마누라고
아부지는 어메의 지아비 되어
늦둥이 하나
쏨빡 배셨지
얼씨구씨구

한번 병나 폭삭 늙어도

그 늙은 삭신으로 저무는 날들
하도나 많고 많았지

무제 시편 52

오늘밤 주막거리에서야
서라벌 지귀 얘기나 하기에 안성맞춤인가 해

저 서라벌 알거지 지귀가
길바닥에 나앉아
어이없게도
천부당만부당이게도
금상(今上)의 선덕여왕 마마를
짝사랑하다니 원

아냐
짝사랑이야말로 진짜 사랑이야

그런 짝사랑이
기절초풍의 그 짝사랑이
서라벌 저자에 퍼져가
웃음거리였으니
동해 수적(水賊) 왜적이 물러간 뒤
달포 만에
마음 놓은 웃음거리였으니

어느날 여왕마마
궐 밖 행차로
백성들의 가을걷이 살피고
돌아가는 길
잠시 어가(御駕) 멈춰
저 멀리
토함산 쪽 경개 내다보던 중
눈길 내려
저만치 길 가녘
밭두렁에
사람인지 뭣인지 뻗어 있는 것에
눈길 멎어

뭣인고?

호종 말단이 달려갔다 와
아뢰기를 고패 떨어뜨려 주저주저하매

아뢰라 아뢰렷다

엄한 분부이기에

저
저
저
지귀라는 거지이옵니다
저
저
저
감히 천벌 받을
저
저
저
감히 마마를 사모하고 다닌다는
미친 거지 지귀이옵니다

마마 방백(傍白) 한마디

아 그이시구면

마마께오서
몸소 어가에서 내려와

잠든 거지 지귀의 누더기 가슴팍 위에
팔찌를 끌러 얹어주고

어여 가자꾸나
하여
어가 서둘러
궐내로 돌아간 뒤

만뢰구적(萬籟俱寂)

산내림바람 일고
새들 모여 시끄러우니
잠 부스스
깨어난 지귀
가슴팍의 팔찌 느끼고

몽매(夢寐)로 사모하옵는 여왕마마의 팔찌!

미쳐 날뛰어
기뻐 날뛰어
이히히히 웃어젖히다가

어응어응 우짖다가
으득으득 흐느끼다가
댕기 같은 눈물 흘리다가
피 멎다가
피 돌다가
그만 가슴팍 불 일어나
그 불길로
모가지
대가리
몸통
두 다리 두 팔 다 타들어
기어이 잿더미 한줌
뼈 한줌 되고 말더군

이 지귀 사랑의 천연발화(天然發火)

이 마음의 불
제법이지
이 마음의 불이
곧 온몸의 불이므로
제법이지

후세의 우리네들 또한 바라는 바
어느날
스스로 내 가슴 불 일어나
스스로 재가 되는
그런 짝사랑의 뒤 이을 바

하기사
저 찰스 디킨스의 한 소설 인물
그 녀석도
그런 자연발화의 불길로
제 목숨 지워버리더군

자 먼동 트는데 다시 눈 좀 붙이게나

무제 시편 53

옛 야보 도천에게 한마디 넌지시 던져보건대

그대가 뇌까리셨지
오늘은 조금 수고하고
크게 얻었노라
(今日小出大遇)

순 얌체로군

오늘은 크게 수고하고 조금 얻었노라
(今日大勞小得)

이런 내 빈정대기도 순 멍청이로군

헌데 말이지
천년 전의 그대나
천년 뒤의 나나
정색으로 말하자면
장사꾼의 장사 솜씨는
손익 그것에 있거늘
아냐

장사꾼의 장사 솜씨야
무손익 거기 있거늘

그대나 나나 다 쪼잔쿤!

무제 시편 54

어디서 오신 내면의 날이 오늘입니다
비가 오시면
오래전 가신 어머니가 와서
잠든 나를 가만가만 깨우십니다
생시인 듯
꿈인 듯
어머니의 옥색 치맛말이
다 젖으셨습니다

비가 오시면
이 세상에 계신 적 없는
누님이 와서
잠 오지 않는 나를
자장자장 재우십니다

어찌
비 오시는 소리가
이 세상의 빗소리이기만 하시겠습니까
어찌
비 오시는 소리가
저 세상의 빗소리이기만 하시겠습니까

이런 날에야
나 또한 누구의 내면이 되어 마지않습니다
황공합니다
황공합니다
나도 누구도
빗소리 들으며 비에 젖어 눈 감았다 떠 살아 있습니다

무제 시편 55

제주도에는 틀림없이 한라산이 계시지
제주시 이도동 허영선이는
날마다
한번
또 한번
한라산을 바라보시지

한라산 보며
2학년이
3학년 되시지
한라산 구름 보며
어느새 5학년이시지

오늘은 구름 덮고 푹 주무시나봐
오늘은 구름 속에 숨어 계시나봐
오늘은 구름 속에 잠겨
안 나오시나봐

오늘은 구름으로 구름 밀어낸 뒤
푸른 하늘 속
한자 더

한자 반 더 높이 계시나봐

그런 한라산 밑 허영선이는
어느새
동백꽃 지고
동백꽃 지고
5학년 2학기이시지

무제 시편 56

귀들아
귀들아
귀들아 쫑긋쫑긋 열려라
세상의 종(鐘)들 모조리
난타할
폭풍이 오고 있다
세상의 파도들 모조리 모조리
아홉길로 파도칠
태풍이 오고 있다

그토록 내 반생애로 빌었던
그날이 오고 있다

모든 침묵
모든 구석진 정숙(靜肅) 망해버린
내 절규가 오고 있다

깃발 올려라
죽어버린
오색 깃발 올려라

다 찢어지며
너덜너덜
깃발의 해골로 휘날릴
그날이 오고 있다

귀들아
귀들아 구멍 뚫려라
그대들의 고막 뚫려
끝내 아무런 절규도 들을 수 없을 때까지

그날이 오고 있다
마침내
해방의 질풍노도가 오고 있다

무제 시편 57

경배할지어다

육신 한덩어리 납시었도다
소위 영혼
소위 정신
그런 무일푼 상거지 아니라

불그데데 미디엄으로 익으옵신
안심
등심
꽃등심 몇덩이 스테이크의 성은망극으로
위풍당당 납시었도다

오 육체와
오 육체 일백배 강(强) 금융의 혹성
주가 폭락 뒤의 반등(反騰)이여

경배할지어다
경배할지어다
6천년의 노비(奴婢)로 경배할지어다

무제 시편 58

독백은 자유가 아니다 주박(呪縛)이다
나 혼자로
내가 고귀하다니
필벌(必罰)의 천벌일 터

내 호흡은 아픔으로도
그만둘 수 없다
내 밥상은 슬픔으로도
그만둘 수 없다

하늘은 몇억만번의 만족으로도
채울 수 없다

어쩌랴 누구의 완성은 온통 내 미완일 터

무제 시편 59

테헤란로의 직언이라구

당연히
개념들이
방언들이
무용지물인 곳

삶이 전부 장난감인 곳

이 최신의 거리에서
이 최신의 거리가
곧장 진부한 거리로 목쉬어터지는데
네놈들의 금융을
우리들의 철야의 강철로 두들겨 팬다

무제 시편 60

1977년 봄날 오후
불광동 천관우 자택
그 국민주택 별실
천관우와의 대작

역사학자에다가
주필에에다가
민주회복국민회의 민주투사에다가
거기 마주 앉은
시인에다가
자유실천 문인에다가

으레 잔은
소주잔에 소주 아니라
맥주잔에 소주였다
쿨
쿨
쿨
부어서 넘쳤다

이홉들이 소주 몇병

카아
카아
카아
극심한 취기였다

내가 외쳤다

선생님 우리 둘이 자결합시다
역사는 죽음을 먹어야
역사입니다
우리 둘이 죽으며 외치면
이놈의 유신 끝장낼 수 있습니다

또 외쳐대기를
역사는 학문이 아닙니다
변혁입니다
요새 선생님은 왜 고대사로 가십니까?

천의 노기탱천

으하하하

진짜배기 역사가가
여기 계시군

술상 들어엎으며 일갈

순 쌍놈의 카미까제(神風)로군

무제 시편 61

무슨 성현 노릇이셨나 무슨 개불알 쇠불알 성직이겠나

오늘도 딱한
식욕이었어
또 오늘도 딱하디딱한
정욕이었어
이럴 바에야
위암으로 위장 잘라낼 터
이럴 바에야
1950년대 고성 문수암 청년 승려 정천 그 녀석처럼
멀쩡한 고추덩어리
싹둑 잘라버릴 터

오늘도
수면욕이었어
조금만 거들면 하품일 바에야
조금만 나아가면
육중한 졸음일 바에야
차라리 저 중앙정보부 또는 안기부
지하 2층
그 백색 밀실의

백이십촉 형광등 불빛 속
잠 못 자는 그 시절의 고문일 터
저 소백산맥 성도절 용맹정진
철야 가행정진(加行精進) 그 시절의 고행일 터

푹 자고 나면

푹 익어
툭 떨어지는
감 한개
백년 원수 다 갚아버린 뒤
툭 툭 떨어지는
감 두어개

여기 이 노릇이 내 못 떳떳한 일과 한토막

무제 시편 62

오늘 온통 푸른 하늘이었나
내내
나는 불안이었다

내일도 이 푸른 하늘이라면
내 행복은 불행이리라 죄이리라

가라
내 것이 아닌
전혀 다른 세상인 푸른 하늘아

무제 시편 63

시시한 삶이었구나
다람쥐 바퀴만도 못한
주린 독수리만도 못한
그런 나로

어제의 나
그저께의 나만도 못한 오늘이었구나

내일은 또 무엇이길래 신기루도 없이 참으로 아뜩아뜩하구나

무제 시편 64

나는 사방풍이다

나는 편서풍이 아니다
나는 동부새도
하늬바람도
서리서리 춘풍 이불 아래도 아니다
나는 태풍의 눈이다가
미풍의 씨이다가
그런 생애의 시작을 잊어버린 뒤 거기

마침내 나는 거기쯤에서
이것이다가
저것이다가
이것이다가
저것이다가
무엇이다가
그 무엇이다가

나의 방황 본질에는 내 방향이 없다

무제 시편 65

연두 오시네
연두 오시네
파릇파릇 오시네
연두 오시네
초록초록 오시네

나 어쩌라고
연두
연두 오시네
물 건너
물 건너
초록초록 오시네
모두 어쩌라고
연두 오시네

이 세상에
연두 오시네
이 세상의 첫울음
연두 오시네

무제 시편 66

고개 있어라
고개 있어
넘어올 이승이더라

어느 뉘 꿈속으로
넘어갈 고개 있어라

넘어가며
넘어오며
구름하고
바람하고 함께이더라

고개 있어라
고개 넘어
또 고개 있어라

어느 먼동
어느 밤으로
살아가는 이승이더라

고개 있어라

고개 있어라
고개 넘어
살다 갈
저승 있어라

고개 있어라
돌아올
이승 있어라
고개 있어라
고개 있어라

고개 있어
이승이더라
고개 있어
저승이더라

무제 시편 67

건넛마을 개가 짖는다

건넛마을 불빛 하나
한 생애로 꺼진다

건넛마을 개가 짖는다
건넛마을
그 건너 마을 개가 짖는다

꺼진 불빛 하나
다음 생애로 간다

이 세상 깊디깊은 저 지하의 그 어디로 간다

무제 시편 68

어린 시절
일제 때
저녁 해 지는 둥 마는 둥
동쪽 하늘에 일찌감치 금성 뜬다
언제나
그 별이 내 길조(吉兆)이거나
당장 배고픈 행운이거나

그 별로
나 이만치나
다음 날 아침 내 그림자 비루하지 않았다

어린 시절
금성하고 함께
나 어둠속 홀쩍홀쩍 컸다

무제 시편 69

하루 내내
하늘을 읽는 날이었습니다
내 지상에서
책들의 긴 울음소리가 멎었습니다
내 마음의 동굴마다 각각 캄캄하였습니다

책들이
모조리
모조리
하늘의 어딘가로 날아올라갔습니다
그래서 그 책들로
하늘이 푸르렀습니다

푸르다 못해
붉었습니다
붉다 못해
다 지워졌습니다

푸른 하늘이야말로 책들의 무아입니다

내 지상에는

그 어느 곳에도 무아가 없습니다

무제 시편 70

올라가려 하고
내려가려 하고
이렇게 한세상의 하루하루로 온다

무제 시편 71

여기에만 있지 않네
여기에 있던 것
어느새
저기에 있네
저기에 있던 것
어느새
저기에 없네

이런 데서 나는
누구
누구
누구의 부재이고
누구의 실재라네

아 저 해와 달도 뒤따라 언젠가 없을 것이네 아 그때라니

무제 시편 72

따오르미나
아스라이
아스라이
몇백 미터 절벽 위의 내 모가지까지 내 머리 정수리까지

저 아래
둥근 이오니아 바다 파도 소리 솟아올라
꽉 찬다
우르릉
우르릉
솟아올라 숨찬다

나 하나의 귀가
몇십명의 귀가 되어
그 파도 소리의 원(圓) 속으로 빠진다

네가 내 소리 들어다오 하고
기원전 5세기
그 그리스 식민지시대 이래
오래 솟아오른다

오냐

오냐 하고

내가 그 파도 소리에 빠져 죽어간다

그 총집결의 파도 소리로

내 죽음이 이오니아 바다 어디에 떠오른다

무제 시편 73

죽은 뒤에는 울 수 없으므로
살아서 운다

달밤에 운다

달밤이야말로
울음의 요새(要塞)
새벽까지 울음의 농성(籠城)
첫홰 두홰 닭 울음소리
거기까지 운다

긴 울음 뒤의 면목 없는 기쁨을 운다
울음 뒤
먼 혁명 뒤

무제 시편 74

구름 노는 것 봐
위층 구름은
이리 오고
아래층 구름은
위층과 어긋나
저리 가는 것 봐

그러다가 괜스레 서로 눈 맞아
한쪽으로 앞서거니 뒤서거니 가고 가는 것 좀 봐

저 구름 노는 것 보며
나 또한
상화가 잠들었을 때가
내가 깨어 있을 때이네

무제 시편 75

거울 속의 내가
나를 본다

내가 거울 속의 나를 본다
한 생애는 두 생애이다

어젯밤
그 두 생애가
거울을 깨버렸다

어둠이야말로 미래의 거울이다

거기에
네 얼굴 몇천개 들어 있어라 영광 있어라

한 생애가 몇천 생애가 된다

무제 시편 76

누가 순환을 막을 것인가
누가 순환의 시들을 이길 것인가

무(無)여
너는 유(有) 때문에 있지 않으냐

열정이여
너는 네 불가피한 형상의 욕망 때문에
소멸 때문에
다시 열정이 아니냐

아 내 장기(長期)란 기껏 천년일 따름
그것은 기껏
억(億)의 어린 손자 아니냐

누가 순환의 무상을 벗어나
우주의 고독으로 빛나겠느냐

무제 시편 77

이제야 씨라꾸사에 왔다
오자마자 아르키메데스를 찾았다
또 하나의 그리스인 그곳
그 식민도시 씨라꾸사가
바다 건너
로마군의 침략을 받았을 때
아르키메데스는
늙은 병사로 성벽 방어 중 전사했다

어릴 때 만난 아르키메데스의 원리

또한 그에게는 우주를 채울 모래알은 얼마나 될까라는 어린 철학
이 있다
또한 그에게는 자연을 표상할 때
가장 빈번한 숫자는 파이(π)라는 것
아 완전한 불완전을 찾아 나선 나머지
완전한 불완전을 찾아 나선 늙은 철학이 있다
또한 그에게는
극장으로 하여금
언제나 우주의 극장으로 삼는 꿈꾸는 철학이 있다

나는 그를 물리학자 기하학자라고 정의한 뒤
철학자라고 정의했다
마지막 정의 하나를 보류했다
귀하는 틀림없이 시인이오라는 정의를
도로 내 호주머니에 넣었다

하기사
후대의 프로이트의 심리학도 문학이라고 시라고
괴테문학상 수상자 프로이트라고

무제 시편 78

시퍼렇게 시뻘겋게 시꺼넣게 시허옇게
씨칠리아 에뜨나 산은 지중해 복판에서 펄펄 살아 있다
창공 속의 진공으로
순백의 연기를 맹목으로 뿜어낸다
또한
우유부단의 적란운을 밀어내고
화난 검정 연기 덩어리를
뭉턱
쏟아낸다

텅 빌 때까지
토하라
재가 될 때까지
폭발하라
너

그토록
에뜨나 산 분화구는
언제나 극한으로 달구어져
불의 혀를 날름거려
불의 창을 내던져

불의 폭탄을 터뜨려
불의 쇳덩어리를 깨뜨려
표고 5천 미터 창공의 성욕을 쏟아낸다

에뜨나는 에뜨나 제례(祭禮)이다 완벽하다

무제 시편 79

아침은 낯설고
저녁은 낯익다

아침은 불안이고 예감이고
저녁은 체념이고 벌써 애도이다

나의 청춘은 스무살 때부터 없었다

무제 시편 80

오래전 나무들은 사람보다 멀리 갔다
풀들도 멀리멀리 갔다

지중해 씨칠리아 따오르미나에는
브라질 야꼬란다나무가
우렁차게 살고 있었다

남아공의 문주란이
동북아시아 한반도 제주도의 특산 초목으로
오순도순 살고 있다
일본 큐우슈우의 바닷가에도 살고 있다

한국의 할머니와 어머니
그리고 누님의 꽃인 옥잠화가
먼 아르헨띠나에서 건너와
한국 농촌 초가집 뒤안 거기
함초롬히 아침 이슬을 쓰고 살고 있다

땅에 뿌리 내리는 것들
다른 곳으로 걸어갈 수 없는 것들이
제 뿌리 한토막으로

제 씨앗 한톨만으로
멀리
멀리
다른 것들보다 먼저 가서
그곳의 토박이가 되어간다

아 한국어의 오래고 오랜 '땅'이라는 이름
다른 말보다
더 근원적인 말인
'땅'의 이름이
한반도의 말이 아닌
우랄알타이 말의
어느 갈래가 아닌
멀고 먼 상고시대 이집트의 말이
어찌
어찌
어찌
홍해를 타고 내려와
아라비아 해 건너
인도양 건너
남지나해

동지나해 건너
한반도에 왔는지
어찌
어찌
아라비아 반도 건너
서부 인도 간다라 건너
힌두쿠시 넘어
타클라마칸 건너
중국 대륙 건너
한반도에 왔는지
와서
한국인 몇천년의 근본어인
'하늘'이나 '해'나
'사랑'이나 '밤'이나
'님'이나 '비' '바람'이나
뒷날의 '아리랑'이나
그런 것들과 함께
한국인의 삶의 터전인 '따!'라는 땅의 이름으로 되고 말았는가

오늘 나는 두번 세번 나라를 버렸다 겨레를 버렸다

무제 시편 81

환락의 밤이다

즐겁다
즐겁다
즐거운 밤이다
즐겁다
즐겁다
즐거울수록
나는 썩는다 썩어 죽어간다

왜 지금 세상에서는
괴로움이 가득 차는가
왜 나는 즐겁고
세상은 괴롭고 괴로운가

젊은 날 내 괴로움이야말로
나를 죽지 않게 했다

아프다가
아프다가 죽어
방금 고요해진 송장의 새로운 니르바나야

너는 누구냐

무제 시편 82

산이 위로했다
바다가 격려했다
그믐달이 뭔가를 깨닫게 했다

은혜 속에서 그 무상(無償)의 시혜 속에서
나는 공짜에만 익숙해졌다

대기 속에서 너 자신의 죽음으로 뉘우쳐라
백골로 부끄러워하라

무제 시편 83

왜 우연은 그리도 풍요한가
왜 필연은 이리도 궁핍한가

풀이거라
풀이 부르는 바람이거라
풀이 받아들이는 비바람이거라

비에 젖은 우연으로 밤이 왔다
비바람 갠 밤
별의 필연이 빛난다 우연과 무엇이 다른가

무제 시편 84

나는 고무젖꼭지를 물고 잠들었다

엄마 젖을 문
두살배기 아기의 첫 쾌락을 흉내낸
가짜 젖꼭지의 허망한 쾌락으로 잠들었다

나는 열살이 지날 때까지
언제 죽을지 모르는 허약으로
가난한 조상 대대
가난한 마을을
배고픈 10년의 소년을 시작했다

그다음 몇십년의 술집을 시작했다

시시한 회고로
내 회고록은 시시하지 않다

무제 시편 85

나는 백골이로소이다

20세기는 전쟁이고
21세기는 시장이로소이다

20세기 전쟁의 한구석에서
끝나야 할
폐허의 영광이다가
21세기의 자본 변방으로 이어진 백골이로소이다

기억도 없이
몽상도 없이
멍한 운석(隕石)의 백골이로소이다

나는 백골이로소이다
나는 다시 태어나지 않을 백골이로소이다

무제 시편 86

정사(正史)는 단조로운 질서이다
야사(野史)는 불온한 일탈이다

야사와 정사는 서로 만나기를 저어한다

정사는 종교
야사는 미신

유럽 여행 지겹다
지겨운 교회
지겨운 광장
지겨운 해석이었다 미신이 없다

어서 떠나
남태평양의 오래된 해류 위에 맞지 않는 예언으로 떠 있으리라

무제 시편 87

베네찌아 싼마르꼬 구(區)
싼딴젤로 광장은
낮은 북적이는 관광객 행렬이 잇따르고
한밤중은 괴괴한 포석 위
어떤 소리의 메아리도 없습니다
주(州) 사세청(司稅廳)은
항상 창들이 닫혀 있고
기울어진 취한 종탑의 종은
새벽 여섯시까지는 푹 쉬고 있습니다
항상 손님 넘치는
식당 '미친 물〔狂水〕'도
월요일은 늘 문을 닫고 입 다물고 있습니다

네걸음 떼고 서 있고
다섯걸음 떼고 서 있고
그런 풍 맞은 일흔살 형은
일흔세살 형수의 성긴 보호로
리알또 가는 골목에서
페니체 극장 골목으로 가는 동안
여느 사람 2분 미만의 거리를
20여분 동안 가다 서고 가다 서고 하며 갔습니다

마치 한 나그네가
지난날 카일라스 산 6천5백 미터쯤에서
산소 부족으로
서너걸음 가다가 중국 사탕 하나 먹고
서너걸음 가다가 또 하나 먹고 하듯이
그렇게 갔습니다

베네찌아는 주민 인구와
주민이 기르는 개의 숫자가 어금버금입니다
개 데리고 광장 포석 돌바닥 위에 나와
동네 개끼리
동네 사람끼리
서로 주고받는 말
한나절입니다
비둘기들도 빵 부스러기 무슨 부스러기
부지런 떨며 포석 틈새를 쪼아대고
갈매기들도 동참합니다
제비 여러종류는
이제 서너종류로 줄어들었으나
종탑 꼭대기 공중을 커다랗게 바퀴 지어 돌고 있습니다

싼딴젤로 끄리스또로(路)
2층 셋방의 덧창들 다 열어놓고
아내도 나도 나와
광장 건너 아까데미아 다리 쪽으로 갑니다
까포스까리 대학교 아시아·북아프리카 학부로 가는 길도
골목과 광장 골목과 광장 몇개를 지나서이고
운하와 운하 운하와 운하의 다리 몇개를 건너서입니다
대학에 가서 로마 국제문학제 강연 원고를 복사할 것입니다
돌아오는 길에 빵과 요구르트를 살 것입니다

30분마다 동네 교회들의 종소리가
그 동네를
교회 체제 안에 있게 합니다
종소리가 겉으로 시이기 전에 속으로 권력입니다

무제 시편 88

그리도
그리도
다시 돌아오지 못할
그리도 친밀 그것뿐이던 70년대
어느날 밤의 우애
스무살 미만 친형제로 돌아간 우애
서른살 삼촌과
열살 조카 같은 우애 그것뿐이던 때
아니
80년대 초
남은 생애 늘 따르겠다던
그 열녀문 정절 같은 우애 그것뿐이던 때

어찌 내 마음속 솥뚜껑 들썩이는
뜨거움으로
그 솥뚜껑 식어가는
따스함으로
네가 있지 않았겠느냐

그때
소위 내 심연이야말로

즉시 네 집이 아니었더냐

대천 지나면서 명천(鳴川) 이문구의 혼령으로
나는 온몸이 쑤신다

아 통증의 허무가
어느새 홍성 아산 천안 아니냐

무제 시편 89

찬드라 춘다라는 여자가 있었다 하나이다
어쩌다
관세음보살의 연민으로
그네도 보살이 되었다 하나이다
어쩌다
어쩌다
세월이 길어져서
그녀 배 속으로
70만명의 부처를 낳아버렸다 하나이다
그뿐 아니라
그녀의 배 속에
죽어도 죽어도 부처 못되는
나 같은 무명(無明)의 아이도
70만명 이상을 낳아버렸다 하나이다

원 세상에!

저 풀들
저 며느리밑씻개도 명아주도
소루쟁이도
다 부처 낳은 에미나이 자궁이라 하나이다

원 세상에! 원 세상에!

무제 시편 90

누가 싹 치워버렸지 뭐

저 1919년쯤
막 조선총독부 총독 사이또오 마꼬또가
암살 모면으로
총독 권한을 발휘할 때
한일합방 일등 공신 이완용이
일본 왕에게 하사받은
후작 벼슬로 모자라
경복궁 궐내
아니 조선총독부 관내에
일한합병 축하비를 세웠다지
그 비명 가로되
두 집의 땅에 태평천하의 봄이라
(兩家地太平春)

그 후작께오서는
글씨 풍월도 윗수라
당대 명필 운운이더라

이놈의 양가 계절 길기도 질기기도 하더라

무제 시편 91

다들 거룩하기 위해서는
딴 데서
아기 배어야 하나보다

선악 이원(二元)의 천재
조로아스터도
그 차라투스트라도
어머니 두그도브의 숫처녀로
낳은 아드님이셨다

그런 일이
어찌 하나만이랴
누구한테도
누구한테도 번져가
그런 처녀 수태는
버림받은 땅 나사렛의
마리아한테도 엥겨
하늘의 정액으로
한 아기가 태어나셨다

그 아기 하나

멀리 강물에 실려 보낸 뒤
그 또래
어린것들 다 죽임을 당하고 말으셨다

이미 생은 죽음을
실컷 먹었다
그러므로 생은 죽음 속에 남아 있다

그런데도 조로아스터는 태어나자마자
껄껄껄
큰 웃음을 터뜨려서
우주 전체가 함께 기뻐했단다

이에 훨씬 앞서
고대 가비라 성에서는
길 가다가
어머니 마야부인의 옆구리로
태어난 싯다르타
탯줄 끊자마자
아니 탯줄도 없이 나오자마자
천상천하유아독존이노라 하고

선언하였다 한다
수십개 우주의 연방국가들이 환호작약
꽃비를 주룩주룩 내렸다 한다

하기사
새가 알 속에서 나오자마자
조금 뒤 날갯짓하고
송아지가
어미 궁둥이에서 빠져나오자마자
어칠어칠 걸음마 놓기는 하더라

고 신천(信天) 함석헌 옹이여
오늘밤 당신께서
내 꿈속에 와
나와 함께 붓장난이나 합시다
굵은 글씨로 한 일 자 몇개
작은 글씨로 아홉 구 자 몇개

무제 시편 92

신은 공포의 씨족
유령은 불안의 부족

막 도려낸
스물세살 사형수의 심장은
아직도 들썩였다
세상에 드러나
더운 김이 모락모락 났다

죽음은 무감각의 생모

그 심장이
어느 노인의 가슴으로 조심스레 옮겨졌다

생은 감각의 계모

나는 물 없이 목이 탔다
라틴아메리카 가뭄 1백20일 이상

무제 시편 93

스따까또에 빠져도 좋아
권태보다
아예 나태에 빠져도 좋아
타락보다
더 앞장서 나락에 가라앉아도 좋아

서유럽
남유럽 입 풍속대로
수사학에 푹 빠져 허우적대도 좋아
침묵 따위
노자 무위 따위 통 몰라도 좋아

말이야말로 죽음에서 가장 멀구나

먼 나라를 믿어라 이웃 나라를 믿지 말아라

무제 시편 94

제법이로군
기원전 로마 시인 호라티우스 가로되
산이 산기(産氣) 느끼더니
생쥐 한 놈을 낳았구나

이제 내가 현대 로마에 와
옛적의 너에게
차운(次韻)하노니
바다도 아기 낳는다
그토록 파도쳐
뻣뻣한 쉰 해초 두어가닥 보내어
산후조섭하노니

그 아기 장차 무엇이랴
숨은 도둑이랴 안 숨은 거지랴

무제 시편 95

차베스는 국민이라오
모든 여자들은 차베스라오
모든 아이들은 차베스라오
차베스는 더이상
내가 아니고 국민이라오

차베스 국장(國葬) 광경이
이딸리아 TV RAI 1 화면에 꽉 찼다

아무리 차베스가 차베스이더라도
초만원의 애도는 참혹하여라

나는 싼베네딕또 생수를 마셨다
이로부터 베네수엘라의 곡예는 더 아슬아슬하리라

무제 시편 96

두고두고 생각할 거리가 없어진 내 빈곤
임제선
공안 놓아버리고
황홀한 망상 속에 있는 부(富)

10대의 어린 사상가가
전혀 불가능한
내 마음의 절대빈곤
이와 달리
내 마음 밖의 무한성장과 무한경쟁

올 5월은
지난해 5월을 전혀 모른다

사철 온실의 장미꽃 앞에서
꽃이 죽었다
고속도로 저쪽에서
길이 죽었다
나노의 욕망
카지노의 욕망으로
내 희망이 죽었다

원전의 불야성에서
밤이 죽었다
북극성과
남십자성이 죽었다

아 남아프리카 지평선 어느 들에서
남십자성을 보았다
조국의 비정규직 30대 사내들의
백일몽을 보았다

무제 시편 97

강물아 네 굽잇길
층층으로 잘렸구나 칵 막혀버렸구나
나도 내 가는 길
가로막혀
다른 길 찾고 있구나

아서라

꽃들 임 마중 벌 없구나 나비 없구나

이제 타버릴 일만 남은
재가 될 일만 남은 세상

스트린드베리 형, 형이 옳았소
내가 탄다
내가 탄다
대승(大乘) 한 구절 옳소
욕계 색계 무색계가 다 불났다

무제 시편 98

갔다 오너라

지지리 못난 깨달음이나 하나
주워 오너라

깨달음이라는
어리석음이나 하나
주워 담아 오너라

잘 갔다 오너라

무제 시편 99

격언이 아닐세
이건 순 잡담 몇가닥일세
말하는 바
시작이라는 것
이 세계에서
시작이라는 것도
격언 따위를 달가워하지 않을 걸세

시작은
어느날 몇시 몇분으로 정해지지 않네
시작은
시작의 시작들 뒤에
젖은 빨래가
꾸들꾸들
좀 마르면서 왔는지 모른다네

시작은 나선 길 내내 첫걸음이기만 하겠는가
쉰 다음
걷기도 하지 않겠는가
시작은
옛날 초록 저고리 새댁 같기도 하겠네

시작은
내 캘리포니아 친구 세번째 결혼이기도 하겠네

결국 시작은 무슨 임종이기도 하지 않겠는가

괜히 긴 과정 안
거기
수만개의 시작이 놀고 있는 것 아니겠는가

태평양 심해 속
심해어 수만종이 놀고 있는 것
거기가
내가 모르는 시작 아니겠는가

무제 시편 100

2013년 내 80세의 1년
타관 운세(他官運勢)라
제사 뒤
촛불 끄듯
타관 운세라

제주도 제주시
베네찌아
씨칠리아
남아프리카공화국 희망봉
빠리 낭뜨
밀라노
로마 포르미아 바리 나뿔리 쏘렌또 까쁘리
피렌쩨
쎄르비아
동(東)알프스 티롤 인스브루크
중국 칭하이(靑海)
스위스 엥가딘
시베리아
저 핀란드 만 핀란드 역

이 가운데서 단념한 곳은
엥가딘
쎄르비아 해안
그리고 포르미아와 바리

나의 귀국은
농담이 아니라면 출국이다
죽음이야말로 내 출국의 황홀경일 것

무제 시편 101

벗들
부디 정형(定型)을
전형(典型)을 가지지 말게

벗들
자네들의 렌즈가
자네들의 착각인 것
믿지도 안 믿지도 말게

보게
상고시대는 닫히고도 마당이나
근대는 확 열리고도
시꺼먼 골짜기라네

믿지 말게나
그렇다고
안 믿는 불면증에 걸리지도 말게나

팽이가 돌 때
팽이가
그쳤을 때

다 자네들의 때 아닐세

때란 가져서는 안될 무죄 아닌가

무제 시편 102

반시간마다
종 쳐주는구나

하루에도
하루들 참 많구나

베네찌아에
베네찌아들
참 많구나

무제 시편 103

풀 보아
나무 보아
똥 안 누고도
잘 사는
조각달 보아

나야 죽어도 달 못되어 똥 마려워

무제 시편 104

이대로 가다가는
아웅
다웅
이대로 가다가는

아주
아주
지워져버리고 말겠다

통일이라는 낙서

무제 시편 105

폭포에 대해서 말한다

인용하지 말라
폭포는 폭포 이전도
폭포 이후도 모른다

오직 몸 던져
떨어지며
일어서며
일어서며
떨어져 죽으며

몸의 바깥을
잘게
잘게
부수어내는
그 포말들의 분노로
인용(引用)과
정의(定義)를 꾸짖는다
어제의 진리들을
다 찢어버린다

세계 최악의 것인
이데올로기들을
종교를
다 쫓아버린다

겨우 떨어져 산화해버린
물속 웅덩이
바위 발우(鉢盂)에
시시한 물 한사발
담가두고 있다

폭포는
폭포가 아니다
그러므로
폭포는
폭포이다 역설이다

결코 사상이지 말라 토속이거라
썩어라

폭포야
썩을 줄 모르는 폭포야

무제 시편 106

어느 수술 환자의 수첩을 폈다

내 수많은 반성은 반성 중독
끝끝내 반성 무효

내 썩은 허파 한쪽을 도려냈다
진작
몇십년 전에
아무도 몰래
나 자신도 몰래
결핵 3기 뒤 시멘트로 굳어진
한쪽 폐의 대칭
하나 남은 산 허파도 썩어갔다
그것을 도려냈다
내 식어가는 좌심방도 아예 도려냈다
내 탐욕의 위장도
그 위에 이어지는
내 말라버린 물웅덩이로
이어지는 갈망의 식도도 도려냈다
십이지장
그 입구의 유문(幽門)도

소장 4분의 3도
대장 반절도
곧 맹장의 꽃 달릴
그 대장 끝 결장도
간도 쓸개도
아 내 몸의 오지 웅달인 췌장도 도려냈다

나는 나 자신을 죽여야 했다
세상의 목숨들이 서로
죽이고
죽였듯이
이제는 내 육체의 오장육부를
내 육체 속의 극한인
그 영혼의 물질을
그 몇십조 세포의 신들을
내가 죽여
세상의 시끄러운 무덤 속에 묻어야 했다

우선 묻기 전
환한 백열등 아래 꿰맨 늙은 송장 하나

무제 시편 107

누가 쏜 화살로 가 영영 돌아오지 않았던
어느 전생 직후

내가 나를 향해
쏘아 올린 화살이
내 가슴팍에 피잉 박혀버리는
이 후생 직전

보라 나야말로 나의 적임을
세상이야말로
적의 꿈임을

무제 시편 108

회고하라
신이란 신은 다 어디서 굴러들어온 낯모르는 길손이니라
오끼나와 주신(主神)이야말로
바다 건너
바다 수평선 넘어
어느 곳에서
구사일생으로 표류해온 길손이니라
그 길손 건져 올려 섬긴 것
그것이 조상신(祖上神)이니라

그리스 거기
제우스란 길손도
먼 인도의 데아우스 흉내로
제우스였느니라
또한 헤라한테 쫓겨난 동방의 쌍놈
디오니소스가
아폴론 체제에 밀려난
그 건방진 나그네 디오디소스가
저 아라비아 바다 건너
서부 인도까지 떠도는 동안
인도아리안의 염력(念力)으로

다시 그리스 밀입국
그리스 여인들을 하나하나 홀려
기어이
그리스 극장 만원사례의 술 취한 주신으로 올라섰느니라

아예 인도도
다른 놈들이 와서
으리으리한 조상이 된 곳이니라

로마도
다른 놈이 와서
쫓아내고
또 다른 놈이 와서
다 죽이고
조상이 된 곳이니라

유다도
저 아랫녘 초승달 지역
수메르 역사 시늉으로
노아도 만들고
여호와도 만들고

한반도 동쪽 울릉도 신화도
한반도 서해
어청도
가거도 전설도
다 어디서 표류해온 조롱박들이
엄연한 영감(令監)으로 대령하였느니라

허어
단군 일가도
어디서 굴러온 길손이었느니라

무릇 세상은 낯선 자 받아들이는
만년의 내방신화(來訪神話)로 살아왔느니라

오늘 한 낯선 자가 어슬렁거린다
스파이인가
아니면
아직 오지 않은
천년 뒤의 공룡알인가

무제 시편 109

「운명」을 들으면서
내가 절망하던 때가 언제였던가
「운명」 뒤
그 이전의 내가 아닌 것을 기뻐하던 때가 언제였던가

「운명」
이 위대한 정신의 서사는
한 생애에 여섯번 정도가 가장 좋으리라

만약 이것을
매일 감상한다면
기어이 소음이 되리라

시대는 세상의 소음을 확대하고
마음의 소음을 심화한다
모든 음악은 소음의 목적지에 도달한다
저 산중의 침묵조차
저 심연의 박테리아조차
무언의 소음이 되고 만다

소음의 유일신아

소음의 이데올로기야
언제까지나
나는 네 신도가 아니다

나는 네 씨앗을 반드시 멸종시키리라

졸졸 시냇물 소리 하나면
내 축복은 완성된다
천년에 한번
태풍이 오면
내 축복은 더이상 필요 없다

두 생애에 걸친「운명」을
오늘밤 술 없이 듣는다
「운명」 뒤의 늙은 침묵을 듣는다

무제 시편 110

길조(吉兆)의 산들바람이
내 얼굴에 올 때
나는 벌써 한걸음 앞서
그 바람에 얼굴을 불쑥 내밀어드린다

나에게 손님이 오는 것은
내가 손님을 맞이하는 것이어야

왼손에
오른손
오른손에
왼손

아 땅을 디딘 내 두 발바닥의 지상(至上)이여
땅이야말로 나를
한 생애 다음까지
죽음까지
태아로 키운다

이 땅 위에서
나는 아장아장 자라며

손님을 맞이한다

어서 오시라

무제 시편 111

일찌감치 나온 공중의 금성은
저 식민지의 어린이인
아홉살 열살 때부터
내 꿈이었다
전혀 다른 것으로 될 줄 모르는
꿈 그대로였다

꿈이여
너는 결코 욕망이 되어서는 안된다
꿈이여
너는 결코
개같은 성공의 협곡이 되어서는 안된다

오 옛 꿈만이 나의 꿈
꿈이여
너는 결코 꿈에서 1밀리미터도 나아가지 말라
꿈이여
꿈이여
진화도 퇴화도 없는
나의 꿈이여
이루어지지 않는 꿈이야말로

이루어지는 꿈인 것

오 기어이 눈동자인 꿈이여 금성이여

무제 시편 112

비 갠 뒤
하늘 보는 눈이
하늘의 눈이로다
하늘 보는
돼지의 눈이로다

암

*어느날의 산책 중 아내가 무심코 한 말에 내가 '암'이라고 토를 단 것이다.

무제 시편 113

20년 전 잉글랜드 콘월 서쪽
대서양 땅끝
랜드엔드로 가다가
어느 푸른 삼거리에
6백년 전 술집 있었다
장난감 2층이라
내가 고개를 꺾고 몸통 오그리고 오그려
오르내리는 2층이라
카아
싸가지 없이 오래된 술맛 있었다

20년 후
이딸리아 동부 아드리아 해 가다가
고도(古都) 페라라에서 잠깐 멈추면
아직껏
아직껏
1435년 개점의 술집 있다
술집 '알브린디시'
이 두오모 골목 술집도
약 6백년 전쯤의 그것
술집 주인도

여러대 이어오다가
다른 주인으로
여러대 이어오다가

이 와인 저 와인 하도 많아
누가 누군지
뭐가 뭔지

만취의 결론으로
끝내 누워버렸다

옛날 환쟁이 띠찌아노 그대로
고래고래 누워버렸다

뭇 아낙들이여 낭자들이여 머슴애들이여
어째
맨숭맨숭 눈 부릅뜨고만
이 세상 있으리오
오다가다
한잔이 또 한잔 또 한잔으로
끝내 술집 바닥에 누워버리는 밤도 두어번 있으리이다

1970년 말 한국 서울 무교동 낙짓집
그 시멘트 바닥에
통금 시간의 밤 누워버린
언 산송장으로 살아 있었다
누구와
누구

그 어질덤벙 시멘트 바닥 신문지
거기에
전태일의 죽음 있었다

무제 시편 114

밤이
내 그림자와
네 그림자를 배 속에 집어넣은 밤이듯이
달밤
네 그림자와
내 그림자가
서로 바뀌어도 좋은 어둡고 밝은 달밤
잠들 줄 모르는 벌레 울음을 듣는 달밤

부디 빈 몸이거라

삶 뒤에
다음 삶이 있거나 말거나
오직 이 세상의 삶 하나로 살아야 할 삶이듯이
죽음이 삶이고
삶이 죽음이듯이

아 남아프리카 원산지에서
멀리
멀리
건너간

멀리
건너온 제라늄
펠라르고늄의 교배종 무한하여라

너도
나도 교배종으로
네가 아니고
내가 아닌 무한이어라
달밤이 아니더라도
그냥 맨밤 어둠속 삶의 백병전 뒤
저 피투성이 고요 무한하여라

무제 시편 115

오늘 남쪽 포르미아에 사는 어머니가
북쪽 베네찌아에 사는 딸에게 전화했다
거기는 괜찮으냐
거기는 괜찮으냐
하고
폭우 쏟아진 밀라노 소식 듣고 전화했다

여기서 밀라노는
2백 킬로 저쪽인데
어머니는
2백 킬로도 딸이 사는 곳이 되어 전화했다

세계 도처 5백개 이상의 홍수 신화
그중의 몇개
수메르 신화를 본떠
노아 홍수도 나오고
인더스 신화 본떠
캄보디아 홍수도 나오고
나일 강 홍수로 기름진 곡창이라

이런 세월 속

수많은 어머니의 걱정들 자식 걱정들
다 어디 갔느뇨

내년의 가뭄 앞 올 홍수는
또 무엇이뇨

세계의 걱정들아 삶의 걱정들아
너희들은
언제나 어머니들에게
한번 더 남아 있구나

무제 시편 116

정령들이 총 맞아 죽었다
살아남은
정령들이 노예가 되었다

황야 덤불 옆에
부시맨 몇

덤불인가
근원인가

* 부시맨은 아프리카 종족 중 가장 오래된 원종족. 부시는 '덤불'이라는 뜻
  이며, 백인들이 붙인 경멸의 명사이다. 그 자취로 남아프리카 여러곳의
  지명 끝이 '보쉬(bosch)'로 되었다.

무제 시편 117

아프리카에 가서
아프리카 원조인
인류의 원조인 부시맨 몇분을 뵈었습니다
그분네 조상의 바위그림을 뵈었습니다
아직껏
그 천연 채색 흔적 새삼스러워
깜짝
깜짝
놀라고 말았습니다

흔한 염소도 양도 기르지 않았습니다
홀가분한 하루하루
기껏
하루 여섯시간쯤 열매 털어
한 식구가 사흘을 지내셨습니다
단 열시간이나 열댓시간으로
일주일을 살아오셨습니다

또한 말씀도 서너 마디로
한평생의 삶 충분하셨습니다
그러므로 삶은 말이 아니고 일이 아니셨습니다

놀이와 일
따로따로 나눌 줄도 종내 모르셨습니다

무엇보다도 자아라는 것 전혀 필요없으셨습니다
무엇보다도 주체라는 것 전혀 쓸모없으셨습니다
그저 심심하거든
그냥 무덤덤히 우리이면 되셨습니다
우리란 끝내 무(無) 그것이셨습니다

구질구질하기는
대자대비라 내세워
자비(慈悲)라
어질 인 자 하나 내세워
인(仁)이라
또 억지 춘향으로
원수 사랑하라 내세우고
대혁명의 명제 내세워
박애라
이런 것 다 알 바 없이
천연 그대로의 친애 그것으로
누가 누구이고

누가 누구이고 누가 누구인
돌고 도는
더운 피 도는 한평생이셨습니다

아 내 사랑
부시 아기 한분 잉태하여지이다

오늘날 남아프리카 저잣거리 이름에
무슨 보쉬
무슨 보쉬
바로 그것이 부시인바

가없는 황야
여기저기
덤불을 가리키는 것

그런데 부시맨이란 것
백인 강도들이 와
붙인 이름이므로
아예 그런 이름도 쓸모없으셨습니다

무제 시편 118

네 얼굴을 본다
네 눈동자를 본다

네 영혼을 본다

너는 오늘이 아니다
오늘 저녁이 아니다

이 세상에서 가장 오래된 것이 영혼 아니냐
이 세상에서 쓰라리게 쓰라리게 가장 오래갈 것이 영혼 아니냐

그러나 네 영혼은 지금 막 태어난 것
태고의 무의식에서 비릿비릿 젖내음 솟아오른 그것

네 영혼을 본다

너에게 절한다
너에게 절하고
너를 먹는다
밥을 먹는다
별을 먹는다

어느날 저녁 야외 식탁에서

무제 시편 119

세계 여기저기 다닐 때마다
드나든 식당들
몇십개국의 식당들
그 가운데
'미친 물'이라는 식당 있지
이딸리아 동부 베네또 주
주도 베네찌아
싼마르꼬 구(區) 싼딴젤로 광장의 식당 있지

내 반년 숙소 언저리
그 광장 구석에 있지

소문 자자한 토박이 식당
이따금 그 식당에 가
'미친 물'에 잠겨 있다가
조금 취하고
조금 배불러서 나오고는 했지

으레 기울어진 종탑 위 늦은 달이
가지 않고
광장 포석에 달빛 메아리를 펴놓고 있지

무제 시편 120

꽃아

폭소 같은
통곡 같은 꽃아

너의 봄날에 내가 숨지리라

너 없는 시베리아 혹한 속
내가 숨져 언 송장이리라

무제 시편 121

관악산 시절
내 주례로 장가간 김희진
고르고 고른 신혼여행 목적지가
저 인도양 도도새 멸종의 섬 몰디브였지

그 신혼부부 돌아온 뒤 가로되
도도새 없는
도도새 섬만 남아 있고요
그 도도새 섬도
내년이나 내후년이면
가라앉는다 하고요

여차여차의 신혼여행이라
허망에의 밀월여행이라

그 도도새 아주 사라진 뒤
그 이름 도도새만 남아 있다가
어쩌다가
베네찌아 리알또 가는 골목
까삐뗄로 거리 거기
반지 목걸이 가겟집 이름으로

와 있었지
뒤뚱뒤뚱 뒷걸음쳐
누가 반지 하나 살까 하다가
그만두더군

무제 시편 122

누가
다시 태어날 곳 다 없애버렸다

인도양이 끝났다
대서양이 끝났다

일체 허망

아프리카 남쪽 끄트머리
누구의 80년인 희망봉
누구의 미래가 없어졌다

또한 그 누구의 과거도 없어졌다

무제 시편 123

아프리카 1천 부족의 밤마다
어느 부족 성년식의 밤마다
어느 부족 어르신 추대의 밤마다
어느 부족 혼례의 밤마다
어느 부족 장례의 밤마다
어느 부족 전사(戰士)의 밤마다
어느 부족 사냥에서 돌아온 밤마다
니제르에서
나이지리아에서
나미비아 광야에서
테이블마운틴 만물상의 바위 위에서
시는 혼자가 아니었다
시는 북이고
시는 노래이고
시는 춤이고
시는 무엇이고 무엇이고 또 무엇이었다

시는 남아프리카 부시맨의 처녀이고 할머니였다

시는 시가 아니었다

무제 시편 124

브라이튼 브라이튼바흐가
아주 오랜만에
감옥 7년을 보낸 뒤
아주 오랜만에
형을 만났을 때

때마침 저쪽에서 학이 춤추었다
두 날개 활짝 펴
춤추었다

형제 춤추는 상봉이었다

그뒤 브라이튼의 그림 속
형은 추상이고
학은 춤추는 구상이었다

내가 아침에 서울 갔다 안성 돌아와
문밖에 나와 있는 아내와 만나
기쁠 때
이른 달이 나와
가만

가만 속삭여 내려오기를
그냥 집으로 들어가지 말고
둘이 좀 걸어가라고
저만치 걸어갔다 오라고 권하였다

저만치 간다는 것이 저녁 안성 들 멀리까지 가버렸다
돌아오는 길 느긋느긋 어두워왔다

뒷날의 내 그림도
달은 구상이고
둘은 추상이었다

* 브라이튼 브라이튼바흐는 남아프리카공화국 출신의 시인.

무제 시편 125

저 남아프리카 웨스트코스트 험준한 산맥을
허리 굽혀 넘어가는
진지한 대서양의 서풍을 봐
저 유려한 문체로
그 서풍 위에 펼쳐진
푸른 하늘의 서술을 봐

나는 먼 동북아시아를
돌아갈 나라를
그 나라에 두고 온 의미들을 까먹은 채
전혀 새로운
탯줄 끊어지지 않은
전생(前生)의 기억과도 끊어진
갓 태어난 비린 아기의 치매로 섰다

저 수평선을 봐
저 수평선이야말로 수평선의 사기(詐欺)인 것을
모르고
수평선이야말로
가도
가도

가도
언제나 수평선의 허구로 이어지는 사기인 것을
통 모르고
일차원 미만의 미숙아가 되어
바다인지
무엇인지 모르는 눈으로 봐

미몽(迷夢)의 동정(童貞)으로 봐

무제 시편 126

로벤 섬에서 돌아오는 길
그의 18년
그의 18년의 돌 깨어
자갈 무더기 몇개씩 쌓아올린
하루하루의 밤들

그 작은 시멘트 바닥의 밤들

사방이 파도 소리뿐인 섬의 감옥
사방이 자유뿐이고
오직 그들과
그의 삶만이 감방인 곳

그 토인(土人) 감옥의 가시덤불 섬에서
돌아오는 길

그의 18년은
다시 9년을 추가해야 하는 길

총합 27년 뒤
그가 나오는 날

그 웃음은
마을 남정네의 틉틉한 낮 웃음이었다

전혀 특별하지 않은
전혀 심각하지 않은
춘하추동의 천연의 흰 웃음이었다

무제 시편 127

오늘 내 후기의 진부한 인문 지식을 버린다

묻는다
거름이 될까
태운다
재가 되어
바람에 스적스적 날릴까

이제 심심할까 하도 하도 심심할까

이제
심심파적으로
유치한 서열이나 매겨볼까

내 처음은 초현실이나
그뒤 한참 있다가
꿀 먹은 벙어리 죄로
현실이었다

심심파적으로
유치찬란한 공상이나 내어볼까

내 자유란
현실의 노예도
초현실의 하인도 아닌 것
그러기까지는
나의 저항은 어느날의 전야이다

먼 미래에 필사적으로 나는 없다

무제 시편 128

저 7만 5천년 전
인도네시아 토바 화산 대폭발로
그 화산 대분화로
제2차 세계대전 말의 원자탄 5만개 위력의 대분화로
호모에렉투스 전멸
지구 인구 1만명 미만이
어찌어찌
살아남아
그 자손의 한 뜨내기가
오늘 인도네시아에 간다
인도네시아 앞바다
수중 분화로
섬들
뭍들 휩쓴 뒤의
그곳의 공포 뒤의 공포 속으로 간다

화산재는 새 생명종의 비옥한 땅이 되어
큰 죽음이
새 삶을 낳아주었다

그 삶의 조상을 떠받드는 것이면

그것만이 종교이고
다른 것들은 사교(邪敎)이다

나의 시대는 사교의 시대이다
그러므로 나는 사교의 이단자이다 외롭다

무제 시편 129

오늘과 내일이 다른 날인 것
오늘 있는 것이
내일 없을 때
내일 있는 것이
오늘 없을 때

이 세계에서 굶주림이 없어질 날 있을까
미움이 없어질 날 있을까

그런 오늘
그런 내일이 있을까

한두 마디 교언영색으로 얼렁뚱땅 뭉개지 말 것

무제 시편 130

다 동물이다
만물 중
그 무엇도
그 무엇의 중성자(中性子)도 동물이다
아 나의 정욕인
저 허공이야말로 동물이다
나의 초월인
저 죽음들이야말로 동물이다

오늘의 일기 한토막

식물도 동물이다
바람이 물이 그 무엇이
나뭇잎과 나뭇가지와 나무줄기
그리고
땅속의 나무뿌리 우듬지까지
땅 위의 나뭇가지 우듬지까지
다 동물이 되게 한다

불도 동물이다
불이 붙으면

공기 속의 산소들이
득달같이 달려와
그 불을 활활 지속시킨다

세계는 동물이다
세계는 서로
관계의 유혹이고
관계의 헌신이다
관계의 공정거래와 불공정거래이다

아 무의식도 의식보다 더 동물이다

페르시아 루미도 동물이다
그가 말한
시의 사슬도
시의 동물이다
짤칵 채워진 구속의 부자유도
끝내 해방의 동물이다

나의 시 이전도
시가 나온 뒤의 변소의 구린내도 동물이다

나야말로
고대이다
고대의 백수광부이다
나야말로
페르시아 작부가
나의 어머니인 것을
내가 죽을 때까지 몰랐던
고려 송도 벽란도의 좀도둑이었다

나는 한층 더 동물이다

잘 자라 내 귀염둥이 동물아 잉크 같은 동물의 눈물아

무제 시편 131

고대 스완디족의 속담 길고 길구나

달 아래
맨 먼저 노래하는 자는
영혼이 미친 자이다
그렇지 않으면
영혼이 돌이 되리라

사실인즉
달이야말로 오래전 미친 영혼이었으므로
달빛은 지금껏 슬프다

무제 시편 132

가시네

악이
선이네

가시네

앞의 추악이
뒤의 아름다움이 되네
증오가
자비가 되네

가시네

모방이
창조이네

가시네
가시네
가시네
임이 가시네

무제 시편 133

낯설어야 해
낯익으면
낯익어버리면 끝장이야
검은 오디야
시멘트 바닥이야

낯설어야
설레지
떨지
치떨지

낯익어버리면 즉각 귀신이야

야

그대 백년이란 백년의 탄생이야 낯선 어설픈 시작이야

보수의 양로원 나리들
그대 낯익은 두 뺨
세게 쳐봐
죽어라고 때려봐

얼얼해야지
어디가
어딘 줄 몰라야지

소위 진보의 학원 여러분들
그대 가슴팍에
칼 박아봐
푸욱 찔러넣어봐
선혈 낭자해봐

쓰러져야지
쓰러져
실려가야지
응급실 의식불명 깨어나야지

낯설어야 해
낯익으면
더이상 낯익을 것 없지
자꾸자꾸 목 타서 배고파서
낯설어야 해

무제 시편 134

산 벗은 무효입니다
이제
죽은 벗만이
벗입니다

열여덟살 한마을 동갑내기 봉태야
나는
너를 살릴 수 없었다

봉태야
봉태야

살아야 할 벗이
죽어
사무치는 벗입니다

그가 죽은 곳에서
나는 따라 죽을 수 없었습니다

62년이 지나갔습니다

죽은 벗만이
나의 벗입니다

물 한사발 마시고
벗의 옛 이름을 불러봅니다

봉태야
봉태야

무제 시편 135

어떤 수상한 자의 하루를 알고 있다

나의 내일은
싸구려로 팔려나간 오늘이다
나의 내일은
내일의 피지배이다

영원토록 부재의 오늘이다

나의 내일은
오늘보다
더 오늘이다

돌을 깨뜨리겠다
풀을 뽑겠다
아버지 제삿날도 잊어버렸다
내 생일도 없애버렸다

어떤 수상한 자의 하루는
수상하지 않은 자들의 하루이다

나의 내일은 없다

무제 시편 136

태어나서 울어라
분노하라

불이 바람에
화낸다

영원토록
죽는 날까지
저항하라

물고기가
물을 거스른다
영원토록
새의 두 날개가
허공과 맞서 싸워 날고 있다

귀신이
생명에 쳐들어온다
귀신이자마자
귀신이 되자마자

어쩌다 두어번 내보여라
네 분노
네 저항
네 투쟁의 방위 사이
그 불륜의 틈으로 내보여라

오 죄지은 미소

무제 시편 137

모르는 척하시라 겨레여

한번쯤
세번쯤 내가 원한 것
다음과 같다

페르시아어로 시를 쓰는 것
번역 불능 하페즈
번역 가능 카이얌
페르시아 문자로 붓글씨 쓰는 것
흘림글씨 나스탈리크체
한나절
피땀 흘려 춤추는 것

떠나간 곳
그곳의 동떨어진 고행으로
나라 없는
허공의 꽃이 피는 것

무제 시편 138

도종환이 우는 것 못 보았지
나는 보았네
안도현이 우는 것
나는 보았네
서해성이 웃는 것
나는 보았네
김형수가 안 웃는 것
나는 보았네

전두환이 우는 것 보고 싶어라
4대강이 웃는 것 보고 싶어라

무제 시편 139

함민복이 그립네
서울에서
부산까지
서울 김포공항에서
제주공항까지
숫제 술 속의 함민복이 그립네

또한 술 없는
썰물의 함민복이 그립네
술 없는 석모도가 그립네

함민복이 그립네

이름을 부르네
함민복
함민복
함민복
함민복이라고 부르네

공중에서 함민복이 술 깨어 섣불리 섣불리 구시렁대네

무제 시편 140

한심하구나
지상의 1만년 해답들 답들

거부하라
돌로
동굴로

사절하라
번개로
달빛으로

고민하라
썩은 웅덩이로
흉터들 빛나는 나체로

다음 날 대답할 수 없는
질문을 쏴라
태양 흑점으로
심봉사로

무제 시편 141

어제 일기 끄트머리에
이렇게 썼습니다

쓰기가 없는 날은
우주에의 불경이다
읽기가 없는 날은
나 자신에의 불경이다

오늘 무엇을 쓰고 무엇을 읽었습니다
예도 있고
지금도 있었습니다
여기도 있고
저기 저기도 있었습니다

그래도 배고픕니다
그래도 산소 희박으로 숨찹니다

그래도 아득합니다

나의 길은 세계가 아니라 세계의 책입니다
씁니다

읽고 씁니다

싸움의 끝은 싸움이 아닙니다

무제 시편 142

날이 새면
또 언어가 비싸다
언어 값
폭등
반등

시장의 언어
시장의 충복인
권력의 언어

언어가 비싸진다
시장에서
세계 정상회담은 가격의 담합회담

언어에 투자하라
언어 주식에
우르르
몰려들어라

이럴수록
이럴수록

나의 언어는 싸디싸다
떨이다
파장 떨이다

횟술 한되

무제 시편 143

김용석이 말했다
『만인보』의 양은 질이라고 본질이라고

이 말에
나는 물러섰다

질량의 법칙 운운
아리스토텔레스의 실수였던가

이봐

술 3차쯤에서
어디로 가버린 양 보아 질 보아
아니
아니
여름밤 백광년의 별 난리 보아
무어가 양이고 무어가 질이란 말이여

이튿날 아침
아침부터
텅

텅
빈 하늘 보아

무제 시편 144

달의 뒤 없이
어이
달이 저리도 환히 환히 눈멀으랴

서해 썰물이
밀물에
제 빈 개펄 천리를 다 내주는 건
저 달의 앞보다
그 뒤에 모여 있는
그 깜깜한 어둠의 뜻인지 몰라
내 삶은
내 삶 다음의 무슨 뜻인지 몰라

어린 시절
내 어머니는
저 달 없이 못 살았어
나도 그랬어

무제 시편 145

올데갈데없는 상강(湘江)
그 삭막한 물굽이
거적배 위
두보네 식구 서넛
강물밖에 없는데
식구들 배 속 거미줄 걷어낼
반공기 찬밥 한덩이
없네

천년 뒤의 어제 오늘 내일
나는
옛 사백(詞伯)의 쓰라린 공복으로
설렁탕을 먹네
두자미탕(杜子美湯)을 후루룩 먹고 있네

시가
저만치서
이런 딱하디딱한 나를
팔짱 끼고 내다보는지
내 앙가슴에 등짝에 땀방울 돋네

무제 시편 146

지금 내 내면의 현재는
몇만이
몇십만이
굶어 죽는 지구 위에서
하루 내내 무엇을 삼키고 있다

또 지금 내 상상의 미래는
미군 기지 7백여개가
8백개를 목표로 삼는 세계 각처에서
하룻밤 내내 무엇을 토하고 있다

미래는 현재의 욕망이다

그러나 지금 내 신체의 과거는
꽃 없는 민둥산이다
쌀이 없고
미8군의 쓰레기 꿀꿀이죽이었다
빼앗긴 말을 찾고
고개 숙인 글을 썼다
비굴한
무죄의 내시 웃음으로

'인생칠십고래희'의 생을 시작했다
하우스보이였고
송병수의 '쑈리 킴'이었다

추억은 강하다

지금 꺼져버리라고
밀어내는 추억의 해골은 강하다
아직 백년 미만의 현재로
아직 백년의 회색이 아니다

무제 시편 147

부엉이한테 여간 미안하지 않네그려
부엉이야
일생 1회의 섹스로
과부족 없는 일생 아닌가

저 프랑스 섹스나
자본주의 섹스 좀 심하지 않나
그래서
중세 기독교의 교조주의
초기 공산주의 교조주의 섹스 5분 이내
번식 목적 그것만의
불가피한
척박한
번개질 섹스

아니거든
고대 인도
금욕의 알불알 털렁거리는 독신승의
제2계(第二戒)

옳거니

무제 시편 148

걸어가며 부르는 노래 있어야겠소
비싼 무대 말고
극장 말고
저 지치는 밤길
서넛이서
여럿이서
서로 다독이며
서로 달래며 가는 노래 있어야겠소

이데올로기의 그것 말고
군대 행진의 그것 말고
저 아프리카 조상들의
후진 풍습으로
조금 남은
슬픈 맨발의 밤길 노래 있어야겠소

애도이듯
축하이듯
애절하디애절한 기원이듯

백만년 이어온 주문이듯

조상의 것이며
나 자신의 것인
강이면서
샘인 것
그런 노래
함께 걸어가는 길의 노래 있어야겠소

어쩌다 먼 마을에서
잠든 이들이
그 노랫소리에 깨어나
한동안 눈 감은 채
새로운 잠 기다리는 동안
들려주며 갈 노래 있어야겠소

벌레들
별들
죽은 넋들도 마음속에 담은
걸어가는 노래 있어야겠소

서서 부르는 노래 저쪽에서
술집에서 부르는

취흥 도도의 힘찬 노래 이쪽에서
낮지도
높지도 않은 노래의 무거움이
새벽의 가벼운 먼동에 닿는 노래 있어야겠소

걸어가는 노래로 살아야겠소
남은 날이면
아직 남은 날이면
더할 나위 없이
그 노래로 걸어가야겠소

무제 시편 149

나귀 타면
두개의 수고라지
하나는 나귀의 수고
하나는 나귀 탄 나의 수고라지

세상은 이런 수고의 악화로 세상의 계급이다
세상은 이런 수고의 만연으로
빈부이다
승패이다
생사이다
소위 정사(正史)이고 야사(野史)이다

아 공(公)이여 너 위장된 사(私)여

무제 시편 150

잠 뒤척이다 시를 쓴다

푸른 모자 사서 쓴 날
나비들 앉았다
스피어 와인 마신 날
잎새들 많이 졌다

세상은 자장가 없이도 잘 잔다
어릴 적 자장가로
아직까지 잘 잔다

역설의 축원
영영 잠 깨지 말아라

무제 시편 151

쭉정이였다
겨였다
아예 껍질이었다

은총이어라

이로써 열매 속 씨앗 깜깜하게
주무셨어라

봄날을 고이 묻으셨어라

무제 시편 152

벽지 뜯어본즉
시멘트 판이로군
시멘트 뜯어본즉
철근 몇토막 앙상하군

껍데기여 벽지여 내 어버이여

그동안
이 불효자식
어버이 알속만 다 발라 먹었나이다

용서하소서

무제 시편 153

민촌(民村) 선생 영전에 사룁니다

해방 시기 그 언제던가
동네 사랑방에서
당신의 「서화(鼠火)」를 읽었으나
다 잊은 지 오래입니다
당신의 『두만강』은 읽지 못했습니다
레닌상 수상작이라고
선우휘가 읽었습니다

당신의 아들 이종혁과
술잔 주고받은 적 있습니다

오늘 아침 리얼리즘을 생각합니다
리얼리즘조차도
리얼리즘이 아니라 꿈이 아닌가 하고
꿈이야말로 삶과 서사의 사슬이 아닌가 하고

그래서 아기가 태어나자마자
우는 것이라고
바람이 잎새들 건드리는 것이라고

무제 시편 154

세상이 말해오기를
당음(唐音)
송조(宋調)라

이런 멍텅구리 같으니라구

당시에도 따지는 것 있고
송시에도 우는 것 안 있던가

일괄(一括)이란 총칭(總稱)이란
그 얼마나 큰 죄이런가

죄지어라 실컷 죄지어
한마디로
억만(億萬)을 조져봐라

무제 시편 155

캄캄하도다 사랑

정오의 햇빛이
오후 한시의 햇빛이
캄캄하듯이
아프리카 짐바브웨의 햇빛이
캄캄하듯이
내 사랑 캄캄하도다

오 사랑의 철야 암흑 속
한줌 바람의 무쇠 덩어리에
끝끝내
사랑은 생이 아니라 죽음인가
석탄처럼
솟지 않는 샘처럼

사랑은 죽음인가 죽고 죽어
또다시 캄캄한 생인가

무제 시편 156

남아프리카 케이프 반도 끝에서
서울 1천5백 킬로미터 미만

희망봉 케이블카 승강장 입구
태극기가 걸려 있다
스무 나라 국기 속
태극기도 걸려 있다

그 아래 서 있었다

이로부터 태어나는 아이들아
너희들은
내가 되지 말거라
국기는 눈물이 아니란다 서러운 노래 아니란다

무제 시편 157

지평선을 달렸다
수평선을 달렸다
내 마음이 휑뎅그렁해지고 말았다

오늘 아프리카 대륙 상공
종단(縱斷) 12시간
1만 2천 미터 하늘 속
운평선(雲平線)을 달린다

내리면
다시 아드리아 해 수평선 앞

나는 나의 지평선이다

무제 시편 158

먼 곳이 다 없어지고 있다
먼 곳이 없어지면
더 큰 불행은
가까운 곳이 없어지는 것

이럴 때
나는 먼 곳의 특혜를 받는다

나로부터
내 발밑이 멀다
알래스카
시베리아 캄차카
내 80년 만의 희망봉

나는 나로부터 멀고 멀다

무제 시편 159
브라이튼 브라이튼바흐에게

위대한 정신은
위대한 우정이다
하나이고
둘인
하류와 상류여

흘러라

무제 시편 160

아프리카 대륙 남단 희망봉에 있다

내 80년으로
여기 있다

돌아가다니
여기 퐁당 빠져 죽지 않고
그냥 돌아가다니

인도양의 시작
대서양의 시작인 바다에서
삶이란
죽음에 미치지 못한다

가슴속에 총알이 박혀 쓰러지기 직전으로 여기 있다

무제 시편 161

로벤 섬 18년을 마치고
뭍의 감옥 10년 미만으로
이감(移監)한 뒤
어느날의 옥중일기

'오늘은 시인 브라이튼 브라이튼바흐가
석방되었다 축하한다'

27년이 7년을 작별했다
몸 깊숙이
칼 꽂은 후덕으로

　미주알고주알 자상한 만델라와 내일조차 태고인 브라이튼의 재
회 이전

무제 시편 162
스피어에서 1

돌무더기를 쌓아올린다
옛 카시족의 조상 제례 그대로

2년 뒤
다른 시인들이
다른 아이들이
더 쌓아올리리라

몇년 뒤
다시 쌓아올리리라
마침내 커다란 돌무더기 토템이리라

죽은 아프리카 주술(呪術)들아 부디 살아오시라

무제 시편 163
스피어에서 2

커다란 베드윈 천막을 차렸다
그 아래
몇백명의 방
밀짚단 한덩이씩 쌓아
웅숭깊은 울을 쳤다
아늑자늑한
친애(親愛)가 샘솟았다

불을 피웠다
나는 나의 조상 호모사피엔스사피엔스였다

초만원의 밤 이슥히
시가 깊었다
시인이 깊었다

먼 동아시아가 여기서 신새벽까지 춤이 되었다

무제 시편 164

일제시대의 밤

아침부터 천황폐하였으나
어느날 밤
내가 본 적 없는
증조할아버지
고조할머니가
나의 혼백이었다
제삿날 밤 나는 빤히 빤히 잠들지 않았다

아껴둔 석유 등불 내건
그날밤 새워
아침은 또 천황폐하였다

내 이름은 낮의 이름과 밤의 이름 둘이었다
불온한 밤
황홀한 밤

무제 시편 165

죽어도 안되는 것

귀의하는 것
온몸으로
복종하는 것

죽어도 못되는 것

아무리 찾아도
이 세상에 없는 것
나의 타력(他力)

284

무제 시편 166

너무 많이 누렸구나

그런데도
나에게는
파렴치하게
슬퍼할 일들이 남아 있다니

아 탐욕 무한이여

무제 시편 167

오늘도 철없는 지성(自省)이로다
오늘도 철없는 자율(自律)이로다

태고의 이미지들 자취들이
내 삐쩍 마른 몸속의 어느 인대에 잇대어져 있다

부디 드러나지 말라
드러나면
나는 더 허깨비이다

무제 시편 168
넬슨 만델라에게

세계의 밤에

막 떠오르는 만월 있어라

세계의 사막 그 어디

히아신스 꽃밭 있어라

그 사막 밑

히아신스 꽃 화석 있어라

세계의 태풍 뒤

백개의 호수 위 미풍 있어라

마침내

세계의 긴 통곡 끝

그대의 커다란 케케묵은 미소 있어라

* 2013년 5월 15일 오후 케이프타운 매너하우스에서 TV 프로 「만델라와 함께―폭력」 녹화 시 인터뷰와 함께 긴급 청탁에 의해서 즉흥으로 쓴 작품이다. 영국 BBC와 독일 아르떼에 방영되었고, 베를린에서 책으로 간행되었다.

무제 시편 169

과거란 과거는
모조리 예술이구나
옛 말뚝 한개로
국보 제278971호이구나
옛 녹슨 송곳 쇠붙이로
일급 문화재 65723896호이구나
옛 할멈 늑골 화석 단 한개로
인류학 70년 학설 전복(顚覆)이구나

과거란 미래의 과거이구나

어서 그곳으로부터 떠나라
그곳은 네 터전이 아니라
귀신의 터전이므로
어서 배반하거라
어서 탈출하거라
어서
어서 자결하거라

과거 없는 암흑의 현재로 가거라
너는 화산재가 아니다

너는 씨앗이 아니다
너는 아뢰야가 아니다
너는 예술도 미래도 무엇도 아니다

동트다니
어디에 항성(恒星) 쪼가리가 있단 말이냐

무제 시편 170

오늘도 내 몸 안에서 똥이 나오시는구나
똥의 조상께서 나오시는구나
창밖에
살구꽃 조상께서 환히 환히
노래하시는구나

수세식 변기가
똥의 조상을 단호하게 보내시는구나
내 마음속
어느 마을에서
개가 짖으시는구나

난세에도 이런 평온의 자손만대이시구나

무제 시편 171

누구의 원근법인가

원경은
사실을 먹어버린다
그러므로 사실이란 사실이 다
추억이 된다
환상이 된다

근경은
미를 두들겨 팬다
그러므로
미는 대장간 없이는
미가 되지 않는다

미는 숙련된 미숙이다
그러므로
늘 늙었고
늘 어리다

무제 시편 172

아침아
너는 낯설다
저녁아
너는 낯익다

과거야 너는 덥다
미래야 너는 춥다

아 태고만 한 미래가
어디 있느냐

나의 현재만 한 빈곤이
어디 있느냐

배고프다
배고프다
배고프다

무제 시편 173
한지화가 서정민에게

수공업으로 돌아가리
일년에 하나 만드는
반년에 하나 만드는
수공업으로 돌아가리

정밀하여라
요원하여라

여기 몇 놈의 귀향

태양의 적자가 아니라
모래알의 서자로 태어나리

이 미친 대량의 속세에서
썩어가는
몇 놈의 수공업자의 고향으로 돌아가리

무제 시편 174

유목은 하루는 낭만이다
유목은 열하루부터는 고난이다
지구상의 어디선가
'고난의 행군'이라는 말
써먹고 있지

떠도는 것의 전신 헌신!

왜 농경이 시작되었던가
식량 증산 때문
인구 증가 때문
아냐
정착이 휴식이기 때문
옛날 부시맨도
유목 아냐
너그러운 너그러운 정착이었지

유목의 세기라고?
아냐
이동의
소통의 시대라고?

아냐
더더욱 고독의 정착이지

무제 시편 175

며칠 만에 면도를 했다
아침 햇살이
거울 속에 와 있다

거울 속의 누구를 본다 나다

아내는
이런 나를 지아비로 데려온 지 오래

모국어는
이런 나를 시인으로 삼은 지 오래

지극히 위태로운 삶의 축복이란
이리도 직각으로 일어선 벼랑이었다

이오니아 바다가
다 모여든 씨칠리아 따오르미나 앞바다 위
퐁덩 내 몸 날려버리려다 마는 비겁한 아침

씨라꾸사에서는 북쪽
따오르미나에서는 남쪽

영원한 화산 에뜨나가 산 채로 죽어 떠 있다

무제 시편 176

한사람이
대여섯사람으로 되는
그 목소리의 음향을
내가 바다에 던졌다

수억의 파도 소리가
단 하나의 목소리로
내 한쪽 인조고막으로 올라와 부딪쳤다

지중해의 선물 주고받기는 하루로는 턱없다

무제 시편 177

올라가려 하고
내려가려 하고

이렇게 내 반평생을 보냈구나

낮닭 우는데
나 그대로
개구리들 우는데
너 그대로

서산대사나 누구나 그냥 그대로

* '올라가려 하고/내려가려 하고/이것이 사람들의 삶인 것을'이라는 어느
  날의 아내 독백을 빌려온 것.
** 서산대사는 남도 순례 중 낮닭의 울음소리를 듣고 크게 깨달았다 한다.

무제 시편 178

돌아다니며
옛 그리스 식민지 야외극장
그 폐허에서
그 폐허의 폐허에서
여러날이 저물어갔다

폐허

그대는 누구의 고향이기 전
무엇보다
무엇보다
나의 고향인 것

폐허의 폐허

그대는 내 어머니의 어머니의 자궁인 것
그러므로 고향이란 고향의 격세(隔世)인 것

무제 시편 179

알프스 냇물
누가 너를 보고 가던가

너 혼자
쉰 막걸리 빛 냇물이다가
청회색
낯선 젊은 사돈의 안색인 강물이다가
바다에 가라

세상은 미안해할 마음 하나 없이
바쁘기만 하더구나

바다에 가면

너 자신의 색 없이도
구름이 물들여주고
하늘이 물들여주고
지는 해의 웅장한 힘이
온통 불바다 이루어주느니라

거기 가 몇해쯤 축 늘어지도록 살고 지고

무제 시편 180

귀신고래 솟듯
귀신고래 잠기듯
파도에 대하여 세련될지어니
파도 밑에 대하여
숙련될지어니

이번에는 뭍의 의지일지어니

캠포라나무는
가지가 아닌
줄기가 몇십개씩 뻗어나간다
남아프리카공화국 케이프타운쯤
그곳 커스텐보쉬쯤

결코 외줄기로 서지 않는 것

옛 부시맨은 시나모뭄나무라 했던 나무
그 캠포라 줄기들 밑
나무와 사람이 서로 믿는다
넬슨 만델라가 서서 중얼거린다
'나는 야생 속에 있을 때

가장 행복하다'라고

뒷날 누가 그 자리에 서서 댓글을 단다
'나는 누가 있던 곳에 있을 때
가장 행복하다'라고

두 녀석 다
어릴 적 젖먹이 적으로부터 멀리도 와서
결코 외줄기가 아닌
세월 속 여러줄기들의 하나하나일지어니

무제 시편 181

상화는 잔다
나는 깼다

이곳의 아침은
다른 곳의 저녁이다
다른 곳의 한밤중이다

나는 지독하게 경건해진다
숨도 삼간다
숨지듯
숨지듯
숨 쉰다
창밖을 보는 것도 삼간다

신은 필요 없다

상화가 깰 때까지 이때가 나에게는 내가 없다

무제 시편 182

남아프리카 끝
인도양의 시작
대서양의 시작

아직도 내 희망봉이 있었다

내 아홉살 때의 꿈이
거기 있었다

지난날과 오늘이 딱 마주쳐
내 바다가
여기 있었다

아버지 어머니 이름을 불러보았다
고근식 최점례
할아버지 할머니를 불러보았다
고한길 연안 차씨
장인 장모 이름을 불러보았다
이한광 조덕순

소설가 이문구도 불러보았다

무제 시편 183

제발 내일은 오늘이 아니기를

마른 수숫대는
푸른 수숫대의 기억이 없다

나는 쇠망한다
어제도
그제도
그끄제도
아득히 그 옛적도 없이

구름의 무덤
바다의 무덤
거기 가야 하는 누가 틀림없이 나이다

무제 시편 184

가을이다
오래전
저 깊은 바다 밑에 가라앉은
은총이
떠오르는 가을이다

오랜 뒤
저 드높은 공중의 어디에 떠다니던
언 은혜가
하나의 지는 잎새로 내려오는 가을이다

나는 너무나 너무나 수혜자였다
더 울어라
나야말로
아무리 울어도
울음이 모자라는 아이의 가을이다

무제 시편 185

군소리도 있는 이 세상이군

여보게

자네나 나나
나나
자네나
날마다 뭔가를 알게 되더군

하지만 여보시게

이제
나나
자네나
날마다 뭔가를 모르는 것이
더 많아지더군

알 듯
알 듯
모르는 것 속에
모르는 자네 있고

모르는 나 있더군

모르는 호박(琥珀)
모르는 석탄이더군

모르는 유무(有無)의 귀신이더군

무제 시편 186

내 몸 안에서 오줌이 나오시는구나
오줌의 신령이 나오시는구나
15년 전
그리스 레스보스 섬
사포의 고향에서
밤새도록 오줌 막힌 그 절망 있었다

내 몸 안에서 오줌의 신령이 나오시는구나

창밖으로
무슨 꽃이 환하시구나
창 안으로
내 오줌이 나오시는구나

무제 시편 187

오늘날도 미신 두어개로 날 저물었다

집으로 가는 길
내일의 미신 몇개가 기다리는 길

순해빠진 개
짖으려다
짖지 못하는 길

고 대신
거지별 벌써 나오고
여름벌레가
가을벌레로 되어가며 우는 길

무제 시편 188

새가 듣는 것처럼
사슴이나
아프리카 순한 들짐승 누들이 풀 먹다가 쫑긋 듣는 것처럼
까자흐스딴어를
까자흐스딴어를 처음으로 듣는 것처럼
줄루족의 줄루어를 듣는 것처럼 듣는다

소리로 듣는다

몇천년의 사악한 의미를 벗어나
현란한 셰익스피어 이전
단단한 초서 이전
야만의 옛 색슨족의 말을 듣는다

근대 외국어의 주박(呪縛)을 떠나
당나라 가슴조차
송나라 머리조차 내치고 떠나
옛 상나라 폭풍우 뒤
산들바람 남은 날
아기 울음소리처럼
염소 울음소리처럼

한반도 암소 울음처럼 운다

몇백년의 간교한 의미를 떠나
사대주의
주리론 이전
고대 이두(吏讀) 이전
마한 진한 변한의 옛 후렴으로 운다

단어의 의미들이여 사슬들이여 가라
단어의 새로운 의미인
무의미여
어서 오라
어서 와 1억년의 한나절을 뛰놀아라

우주를 우러르라
언어 없는
의미 없는
만고의 진리 없는 우주를 우러르지 마라 뛰놀아라

무제 시편 189

스텔렌보쉬
작은 냇물들
틉틉한 거품 부푼 거품 떠간다
달걀 흰자위 단백질 거품 떠간다
드리운 가지에 걸려
거기 부글부글 머문다

아이들
그 거품으로 볼 씻어
몰라보게 예쁜 아이 된다

나도 냇물에 내려가
그 거품 바르고 나서
나뭇잎 사이 하늘더러 물어본다

어때?

하늘이야 무슨 대꾸랴
예쁜지도 안 예쁜지도 알 바 없는 하늘일 따름

좋아라

무제 시편 190

절필을 생각한다
푸른 하늘밖에 없는
빈 푸른 하늘에 대고
절필을 생각한다
똑딱선 하나 없이
수평선밖에 없는
텅텅 빈
수평선에 대고

빈 푸른 하늘은 거짓이다
빈 수평선은 거짓이다

내 막다른 골목 절필의 능욕을 생각한다

시대는
저쪽에서 펄펄 살아 있는데
풀로
불로 살아 있는데
나는 절필을 생각한다

무제 시편 191

내 희미한 조상 환족(桓族) 창힐(倉頡)께서
처음으로 글자를 지으셨다 함

창 솜씨 칼 솜씨도 잘난 장수 치우(蚩尤)께서
안개를 처음으로 일으키셨다 함

내 몸속의 조상께서
노래를 처음으로 부르셨다 함
내 몸속의 자손께서
내 칼날 빛냈다 함

이런 자랑 그만둬라

지금의 내 울음이 내 영혼이고
지금의 밤 전체가
내 울음소리를 듣는 성현(聖賢)이란다
다른 놈들
여기다 내세우지 말라

이 짙은 안개 속에 내 귀도 있다
안개야말로

소리의 억겁을 먹은 조상의 짐승이란다

무제 시편 192

이따금 불면증이 내 것이로다
오냐
오냐
네가 나에게 달라붙어
안 나오는 젖 빨아대니
내가 네 가난한 어미로다

눈 말똥말똥 떠주마
먼동이 멀면 얼마나 멀겠느냐
먼동이 가까우면 또 얼마나 가깝겠느냐

마침 하현달 조각
오랜 독신의 계율로 빛나고 있다
마침 부엉이 소리 중단
젖니 빠진 얼뚱아기
젖니 잇몸의 새근새근
잠든 숨소리 빛나고 있다

천지에 답(答) 하나 없건만
백대(百代)를 따라
누누이 답과 답을

어쭙잖게 남기는 짓거리도
이런 밤에는 놓아버리고
청정한 어둠속에서 잠으로 빛나고 있다

누가 모를쏜가
어둠이야말로
어둠이야말로
어둠의 진리야말로 불쌍한 빛의 거처인 것을

내 마음 한구석도 빛나고 있다
머리 조아려
성은망극의 밤이로다

무제 시편 193

나의 신앙은 이것이다

아침 이슬을 믿는다
며칠 뒤의 비를 믿는다

바람을 믿는다
바람에 실려오는
똥 냄새를 믿는다
깡패들의 밤을 믿는다

진리를 믿는 것이 아니라
진리가 변하는 것을 믿는다

이제 우주의 완성인 나의 회의로
믿을 것이 전혀 없다는 것을 믿는다

나의 신앙은 또 무엇이다

무제 시편 194

산중도 부귀로다
강변도 영화로다

산중 거사라고?
강변 처사라고?

그러지들 마

이리 와
남의 욕이나 실컷 해보자구
남의 곡성이나
밤 이슥도록 들어보자구

이러노라면 시꺼먼 먹물오징어 먹물의 먼동이 뭉클뭉클 오지
해 떠도
캄캄한 소경의 세상 그대로 오지

무제 시편 195

다섯살 아이가
여든살 아이한테 가르치누나

이봐
용기라는 것 알아 몰라?
용기라는 것은
첫째 길어야 하느니
하룻밤의 용기 따위는
모기에게도 많지
일주일 밤낮의 선방(禪房) 용맹전진 따위는
그야말로
1930년대 금강산 마하연 선방
얼마든지 있지
그런 것쯤이야
용기가 아니라
용기의 앳된 본때일 따름

용기란 부지하세월로 길어야 하느니

여든살 아이
면목 없자

저 혼자 이 빠진 입속의 몇 마디
중얼
중얼
내 여든살의 용기는 이미 용기가 아니라
하루살이 심술 아닌가

쨍그랑 사기 접시 하나 깨진다

무제 시편 196

나의 이름 '은'은
죽어도
은(隱)을 뜻할 수 없노라

저 중세 말기
목은(牧隱)
도은(陶隱)
야은(冶隱)
그리고 포은(圃隱)
거기 더부살이로
둔촌(遁村)

그런 나머지
서울 근교에 둔촌리도 있노라

나의 '은'은
죽어도
또 죽어도
혼자 숨어 있는 신념의 수절(守節)을 거절한다
혼자 자랑하는 안빈(安貧)도
수신(修身)도

독야청청도 경멸한다
혼자만의 그 치사한 이익을 저주한다

나는 대낮 태풍 속의 바래고 바랜 은빛 음향이고저
한밤중 해일 속의 얼빠진 은빛 광채이고저

나는 땅속 천길 은광(銀鑛) 속 그 암흑이고저

무제 시편 197

질스마리아에 와 있네
엥가딘에 와 있네
니체라는 사내가
운명을 깨달은 곳

아 더럽히고 싶구나 토하고 싶구나
이 청정의 절정
이 혼의 경사
이 정신의 샘

차라투스트라의 폭언에 빠진 것
거기 새가 날아가며 그것 하나 떨어뜨렸다

인간은 언어로 존재를 드러내거니와
또한 인간은
침묵으로 존재를 더욱 드러내거니와

그다음은
니네들이 알아서 지껄여보도록

과연 유럽은 언어로 망해가고

아시아 또한
아프리카 또한
아메리카 또한
언어로 망해보려고
언어 속에 충효를 바치거니와

침묵이란
언어의 무덤인가
언어란
침묵의 쓰레기인가

지구의 궤도 이탈
토성이나
토성 고리나
그도 아니면
명왕성쯤에나 건너가
거기 가 엉터리로 깨달을 노릇이거니와

무제 시편 198

세계의 어디에도 없는 곳
그러나
세계의 어디에도 가 있는 곳

이 지상의 성좌 베네찌아에서
모두 아이로 돌아가라
노예로부터
욕망으로부터
썩은 시간을 벗어나
아이의 눈동자로 돌아가라

밤새도록
또 밤새도록 곤돌라들로 물결로 출렁거려라

무제 시편 199

영구기관(永久機關)이라

밀라노 암브로지아나 도서관 회화관에는
다빈치의 것 3천점 이상이 소장되어 있는바
나는 몬시뇰 P.F. 푸마갈리
암브로지아나 동방학원 원장의 안내로
거기 3층 여러 방을 들여다보았거니와
거기 가
1층 중세학 8개 분야의 신들 중
시학의 신상(神像) 앞에서 사진도 찍었거니와
거기 가
2층 특별 공개의 방에서 내 시 낭독도 했거니와

다빈치의 스케치 하나에 주목했거니와
영구기관이라

1499년경 석묵(石墨) 펜과 잉크로
종이에 그린 것
한 원을 32개로 나눈 수레 모양인데
절반은 물이 찬 부분
절반은 빈 부분으로

수레가 돌면
물이 빈 데로 들어와
수레를 돌리는데
이 회전이 끝없이 이어지는 기관이므로
바로 영구기관인바
이 물레방아 영원 회전으로
지상의 영원을 꿈꾸는 아이인바

근거 없이 태어난
인류의 근거인 다빈치로 하여
나 또한 나그네의 꿈속에서
지구인이 아닌
우주인으로
우주 진공 속의 무한 원(圓)을
돌고
돌고
돌고 있다가

우주 진공의 무저(無底)로 추락하는
그 영원 속에서
꿈 깨어나

흥건한 앙가슴 땀을 문질렀거니와

무제 시편 200

'알로라'라는
이딸리아 낱말이 나의 입속에 들어 있다
나가려 하지 않는다
오래 갇힌
새장의 새처럼
곧장 날아가려 하지 않는다
아무리 입을 열어도 입속에서 맴돈다

알로라

'글쎄'도 '글쎄나'도 되고
'그래서'도 되고
'그러나'도 될 때가 있고
'저 거시기'일 때도 있고
'그렇지'일 때도 있다

인간의 언어가
시장의 언어가 아닌 것
인간의 언어가
고향의 언어인 것
그것이다

'알로라'가 바로 그것이다

베네찌아에서도
밀라노에서도
쏘렌또에서도
따오르미나에서도
로마의 폐허에서도
나는 타향의 성인이 아니라
고향의 미성년이었다

무제 시편 201

생쥐가 소쩍새 소리를 듣는다
낮에
할 일 없는 개가 송아지 울음소리를 듣는다 제법이다

내가 위구르족의 말을 듣는다
칭하이 호 서쪽 기슭
그 무한의 곳에서
멀리
멀리
뜻 따위는 사라지고
오직 소리만 남아 있다

내가 한족의 중국어를 듣는다
내가 영어를 듣는다
영국 영어와
캘리포니아 영어를 각각 듣는다
의미 무효의 경지로
오직 소리의 신성만이 남아 있다

의미들이여
해석들이여

이 행성의 재앙인 진리들이여
그동안의 몇천년
수고 많았다 이제 가라

잘 가라

나는 그대의 말을
밤 기러기의 소리로 듣는다
내 말을
달팽이와
나비가 듣듯
오직 소리의 화석으로 듣는다

뜻 없는 기역니은들 어여오요들이여
근원의 현실이여 소리여

무제 시편 202

차창 밖으로
라일락꽃 무더기가 지나간다
차창 안으로
라일락꽃 향기가 들어와
내 에로스 잉잉거린다

눈이야말로 코이고 귀이고 혀이다
그러기 전
코야말로 눈이었다
코야말로 귀였다
그러기 전
혀야말로 눈이었다 콧구멍이었다 무엇이었다

누가 누군지
누가 먼저인지 몰라

아 향기로워라

무제 시편 203

저 봐
봄이
온몸으로 오르고 올라
헛디디며 미끄러지며
숨 막히며
오르고 올라
저 정상 밑 벼랑에
기어이 몇송이 에델바이스를 피워놓았다

지상에서는 아기가
섬마섬마로
섰다가 주저앉았다가
다시 섰다

내가 팔짱 끼고도 충분한 하루였다

무제 시편 204

지금 나는 과장되어야 한다
마음껏
과장되어야 한다

동알프스의 한 봉우리 3천5백 미터에 올라섰다
저것들을 본다
저것들의 만년설을 본다

지상의 생명 일체는 패배자이다
어떤 승리로도
어떤 공로로도 패배자이다
그래서일 터
노래하고 춤추는 것
뭔가를 만드는 것
미워하는 것
미워하는 가녘으로
사랑하는 것

나는 패배의 사생아이다
내려가
내 남은 욕망을 모독하리라

지금 나는 내 일생의 과장으로부터
가장 먼 곳에 와
죽은 지 오래인 나뭇가지 삭정이로
섰다

나는 불쏘시개도 되지 못한다

무제 시편 205

사내라는 건
치매 계집을 돌보다 돌보다
뭉클 살인범이 되어
베개로 눌러
계집의 입과 코를 막아 죽여버린다

이것을 일러 사랑이란다

계집의 본질이라는 건
치매 사내를
돌보다
돌보다
돌보다
사내가 눈감으면
무덤에 꽃 놓으러 간다
사내 기일 앞두고
사내 사진을 물끄러미 보다가
이제야
당신 곁에
간다우
여보

하고 세상 마친다

이것이 또한 사랑이란다

무제 시편 206

그동안 허위 부근의 태(胎)였으니
난(卵)이고 싶어
난이다가
습(濕)이고 싶어
습
습
습이다가
화(化)이고 싶어

어떤 진실도 필요 없는
화의 반평생이고 싶어

그러다가
다른 것이고 싶어

이 바람난 네 삶(四生)이야말로 내 무궁이야

꼭 그러고 싶어

무제 시편 207

낮은 번뇌이고
밤은 보리(菩提)라네

낮은 늙어빠져 허리 각(角)져버리고
밤은 아기라네

그대 어디 있을래 밤일래 낮일래

무제 시편 208

정지상의 「송인(送人)」은 다음과 같다

대동강 강물이야 어느 때나 마르랴
해마다 이별 눈물이 푸른 물결에 더하나니
(大同江水何時盡 別淚年年添綠波)

그런데 본디 그중의 한 마디
'첨록파(添綠波)'는
'첨작파(添作波)'였다
그 '첨작파'를
뒷날의 묵객 양재(梁載)가
'창록파(漲綠波)'로 바꿔놓았다
'더해져 물결이 된다'가
'푸른 물결로 넘쳐흐른다'로 바뀐 것

또 뒷날 이제현이 이 둘을
폐하고 새로 바꿨다
'작(作)'
'창(漲)'
둘이 다 작위였던 것
그래서 '첨(添)'을 넣어

지금껏 전해오는 정본(定本)으로
되었던 것

과연 시 한편이 고려 몇백년 동안에
이루어진 것

과연 시 한편이야말로 천년 세월이 걸리는 큰일일 터
나의 시는
내 귀신이 대대로 돌볼 터이니
뒷날의 손길 닿지 마시기를

무제 시편 209

할아버지 할머니 합동제사의 밤
할아버지만이
할머니만이 역사가 아니오니다

다음 날
이웃집 아기

아가야
너에게도
돌 지낸 나에게도 그것이 있다
역사라는 것
네 옹알이에도 그것이 있다
역사라는 것
고대 삼국사만이
로마사만이 역사가 아니란다
아가야
네 젖니로 이미 역사란다

아가야
오늘은 어제보다 따뜻하구나
오늘 아침은

추운 밤이 녹아 따뜻하구나
아니
지난여름 폭염의 뜨거움이 식어
따뜻하구나

따뜻함에도 기릴 역사가 있다

새가 날아간다
새 날아간 뒤
그 빈 공중에도 역사가 있다

아 공중의 역사

거기 가고 싶어라
역사학 없는 역사
거기서 오고 싶어라

무제 시편 210

폭풍아 불어라
나에게 불어라
나에게 불어닥쳐
내 가슴을 열번이나 찢어라
세상의 종(鍾)들을 빠짐없이
난타하라
세상의 빨래들
세상의 깃발들
다 쏟아져나와
휘날리게 하라
휘날리며 찢어지게 하라

내 천길 깊이 잠긴 간계와
탐욕을 꺼내어
다 날려버리게 하라
청정과 부정(不淨)을 다 꺼내어 때려부숴라
추악과
미를 내쫓아버려라
소위 진보를
수구를 날려버려라

폭풍아
폭풍의 밤아
날 새우지 말고
캄캄한 흑암을 불러오라
폭풍아 불어라

무제 시편 211

이딸리아 동북쪽 국경도시
브렌네로
오스트리아 독일어로 표기
브레너

그 국경도시 경사 벽면
한쪽 이딸리아
한쪽 오스트리아
두 나라 이름이 마주 쓰여 있다

그뿐이었다

그 급행열차에 열차 경찰이 바뀌었다
그뿐이었다
여권도 비자도 없이
그저 오고 갔다

아 이런 국경의 나라에서 살고 싶다
소년처럼
노인처럼
국경 지나도 둘 다 옛 티롤 산중이었다

그 얼마나
숱한
숱한
피범벅 뒤에야
이루어온
산비탈 꽃의 오늘인가

이것을
내 트렁크 열어 담았다

가져가리라

무제 시편 212

잘라버린 후박나무 그루터기 앞에서
박태기나무 옆에서
슬프지 않으리라
스무살 이래
내 것인
슬픔을 버리리라

슬픔이야말로
오로지 나만의 것이었다
슬픔이야말로
남의 것이 아닌
나만의 것이었다

은행나무 터와
개오동나무 터 앞에서
개집 옆에서
자백하건대
슬픔의 에고가 나였다

여생으로 버린 슬픔으로 있다 가리라

아직 앞 못 보는 갓 태어난 강아지 앞에서
맹물의 가슴으로
슬프지 않으리라
함부로 기쁘지 않으리라

무제 시편 213

세상에!
아내하고
여기 왔다 가다니

나뿔리 만(灣)의 생애 두고 가다니

군산이나 인천으로 가서
빨래 널고
빨래 걷는 남은 생애 거기 가다니

무제 시편 214

까쁘리 섬을 본다
절벽아
절벽아
너 거기 있어라

쏘렌또 절벽 끝에서
너를 본다

절벽아
네가
내 추락을 본다
내 비명을 듣는다

나뽈리의 밤에
나는 도망친다
절벽의 자유로부터
세상의 폭력 속으로 간다

나는 졸개이다

무제 시편 215

오는 시간은 저리 느리고
가는 시간은 이리 빠르구나

묘지들
묘지 앞 빗돌들
비 맞으며
두런거리는구나

다음 날 햇볕 와
젖은 것들
입 다물고 마르는구나

하늘조차 괜히 푸르구나

가는 시간 사라지고
오는 시간 아직 오지 않는구나

이런 날의 산 것들
올데갈데없구나

아무래도 시간은 인간의 것이 아니구나

무제 시편 216

인간과 이끼는 별 차이가 없다
햇빛으로 살았다
달빛으로 살았다
그것만으로 살 수 없어
오밤중 어둠속으로 살았다

눈 감고 보아라
내 삶의 어둠과
어둠속 한줄기 긴 별빛이 내려와 있다

다행히도 인간과 소쩍새는 맹목으로 별 차이가 없다

무제 시편 217

로마 꼴로세움 옆
마센찌오 유적 마당
이 웅장한 폐허로 남은 지붕 한쪽 밑에서
불온한 밤
폐허에 모여든
청중 1천8백 앞에서
나의 시는
폐허의 시였다
이슬 내리는
유적의 시였다

다 돌아간 뒤
남은 폐허가 시였다

처음부터 시는 다른 곳이 아니라 여기이다
내 고향이다

무제 시편 218

방에 들어왔다 술벗들 잘 갔을까

내 발가락들을 가지런히 본다
내 두 종아리를 본다
무르팍을 본다
허벅지를 본다
내 사타구니께를 본다
백양 메리야쓰 BYC 100-L을 본다
내 배꼽을 본다

단전은 텅 비었구나

내 으드득 갈비의 웃통을 본다
양쪽의 기다란 팔뚝을 본다

미안하다

무제 시편 219

하펠레카르슈피체 봉 정상의 묵은 눈밭에 서서
2천3백34미터 아래
인 강(江)의 격류 거센 물소리도
인스브루크
마리아 테레지아 거리
선남선녀의 말소리도
다 지워진

그 무심의 원경을 아스라이 내려다보다가

정상이란 10분 지속일 뿐

그밖의 일생은
어떤 정상도 없이
낮은 밤들의 등불로 옷 벗고
낮은 밤들의 꺼진 등불 밑
뒤척이는 잠의 일생이었다

역전
그랜드호텔 유로파 3박 4일 뒤
베네찌아로 돌아가는 길

나야
아내와 함께
뮌헨 베네찌아 사이의 중간 승객일 뿐
협곡을 넘는 동안
국경을 넘는 동안
거의 사과 한개 먹은 묵언이었다

아 딸은 잘 있는지 조국은 안녕한지
아프간은
오늘도 총소리가
황막한 고원 저쪽의 귀청을 찢었는지

한곳은
다른 한곳 한곳을 통 모르는 곳

무제 시편 220

5천2백년 전의 미라가 그야말로 굿 컨디션으로
티롤 산중
만년설 속에 잠들어 있다가
에잇 참
5천2백년 뒤의 누구한테
괜히 발각되어
볼짜노 남부 티롤 고고학박물관의 귀중 품목으로 되어 있구나

나는 볼짜노 역 지나
뜨렌또 지나
이딸리아 국경도시 브렌네로 지나
그 대리석 준령 밑 지나
오스트리아 산중도시 인스브루크에 내렸다
사방의 설산들이 나를 오도 가도 못하게 삥 둘러쌌다
이로부터 나도 미라의 시간 속에 잠겼다

도종환한테 엽서 하나
이제 나는 미라일세 자네의 저승이네

무제 시편 221

인스브루크 암브라스 성 안을 산책하노라면
그 우렁찬 성관보다
성관 밖 울울창창의 숲이
그 오싹한 한기의 혀 내두르며 유혹하는데
그 녹음 속에
온 심신 다 파묻히기 싫어하다가
문득 돌아다보니
거기 눈에 잘 띄지 않도록 숨은
암굴 하나가 있더군

철창으로 막아놓은 그 암굴 속은
으르릉으르릉 소리 하나가
스무개
서른개로 울려 차오르는
제법 큰 교실만 하더군

16세기
대공 페르디난트 2세가 티롤 영주이던 시절
티롤의 젊은 기사들이
모처럼 무쇠 갑옷의 무장 벗어버린 뒤
그 암굴 속에

스무명씩
서른명씩 갇혀서
그 안에 둔 술 항아리
하나하나 비우는
술 퍼마시기 시합을 했다더군

그 암굴 이름하여
바쿠스 굴이라 하더군

그중에서 가장 많이 마신 기사 나리가
갇힌 철창 열고
비틀거리며
바깥 정원으로 나오면
성안의 왕족 귀족 남녀들이
와
와
와
와
하며 박수갈채로 무등 태우고 떠받들었다더군

그런 날 밤에는

영락없이 폭설이 내려
암브라스 성 일대와
인 강(江)의 그 긴 격류 이쪽저쪽
도시와 산촌들도
사뭇 피비린내 모르는 설경의 평화가
온전했다더군

그런 폭설의 날
성관 밖 지하 감옥의 반란 괴수 에른스트 보어가
이 세상 마쳤다더군

연령 불상(不詳)
98세설(說)
81세설
아니 60세설

시신은 이미 미라인 듯 마를 대로 말라 있었다더군

무제 시편 222

이딸리아 말 '알로라'
그러니까
'글쎄나'
'글쎄'
'그러니깐두루'
'그렇겠지'
'저 거시기'
등으로 옮길 수 있는 낱말 '알로라'

오래전에
자본주의도
망한 볼셰비끼도
모르는
두메산골의 낱말 한분

'알로라'
그다음 말 잇지 못해도
좋아
그다음 말 없이
거기서 입 다물어도 좋아
듣는 마음 하도나 넉넉한 웃음이

사오십분이나 길어져도 좋아

허나
이딸리아 남녀들이야
이런 '알로라' 말고는
낮은 물론
밤의 숙면 속에서도
입은 닫힐 줄 통 모르고
말로 삶이고
말로 죽음이던걸

이를 어쩌누

무제 시편 223

맥아더 부자 2대에 걸쳐
등극한
필리핀 루손 동쪽
이 세상에서 가장 깊은 해저
거기
바로 거기

그 초강력 수압 밑
심해어들 유유자적의 어둠속에도
기필코
술꾼 몇놈의 넋들 모여 있어

어느날 밤 그중의 하나 물 위로 솟아오르는
만취의 넋이 있어

만월의 밤바다 툼벙 소리 있어

무제 시편 224

목은(牧隱) 이색(李穡)의 시에

옛사람의 말 이제야 믿거니
우수한 시는 떠도는 나그넷길에 있다는 그 말
(始信古人語 秀句在羈窮)

이런 끝 구절이나 깨소금으로 고소하게 외워내며
내 나그넷길에 써먹다니
딱하기도 하군
무던히 딱하기도 하군

인스브루크에 와서
동서남북 설산으로 둘러싸인
인스브루크에 와서
얼쩡대다가
야외 식당에서 맥주나 한잔 마시는데
눈에 들어오는 가게 간판 한두개 있더군
제법이렷다
제법이렷다

저마다 고급 제품 가게인데

그 가운데
별것도 아닌 상품 몇개 전시한 가게 이름이
제법이럿다

'TIMELOSS'라 '시간을 초월했다고?'라
또 빌텐 수도원 언저리의
작은 가게 이름이
'SEVEN SINS'라 '칠죄(七罪)'라
칠죄라면
중세 기독교 심판론에서
가장 무거운 죄 아닌가 대죄(大罪) 아닌가
이런 어마어마한 이름의 작은 가게에서
10대 소녀들이 걸치는
비닐 비키니 따위를 팔고 있더군
누가 기웃거리지도 않는 가게로 적적하더군

떠돌이 노릇이란
우수한 시 한편 고대하기보다
이따위 건달 눈요기로
시시껄렁한 풍물을 만나는 노릇
괜찮더군

돌아가서
심각하지 않을지어니
돌아가서
이런 노릇 싹 감춰버리고
실로 무거운 표정으로 위장하는 짓거리 하지 않을 터
날라리나 불어볼 터

무제 시편 225

꽃송이만으로는 모른다네
얼굴만으로는 모른다네

저 마을 풍경만으로는
저 마을의 삶을
어느 삶과도 바꾸지 못할
이름 모를 준엄한 삶을 모른다네

모르고말고

나는 자네 얼굴만으로는
오랜만에 만나
그지없이 반가워하는
자네의 이마 주름만으로는 손등만으로는
그동안의 자네 비바람을 모르고말고

내 초라한 삶 또한
자네한테 얼핏 그럴 터이지

마침 구름 속 해가 빼꼼히 나와
우리 사이가 한결 환해져 서로 부끄럽다네

꽃송이만으로는
꽃 피어나기까지
그리고
꽃 시들어 지기까지만으로는
꽃 이전이나
꽃 이후의 어느 아침의 저 건너를 모르고말고

그러므로 저 건넛마을 풍경으로
무엇을 알 까닭이 없다면
그냥 속절없이 놓아준 뒤
나도 나 자신을 놓아주어야겠네
자네도 그런가

이 세상의 절반에는
이리도 놓아주는 일
삶의 물결 위 여기저기 떠다닌다네

무제 시편 226

2013년 6월
터키는 반정부 시위 격렬했다
유럽 톱뉴스였다

이스탄불 탁심 광장은 최루탄 광장
강경 진압
사망자
부상자 속출

오스트리아 산악도시 인스브루크
터키 교포들
마리아 테레지아 거리 광장에 모여
케밥 팔다가
청소하다가 모여
터키 총리 하야하라고 시위
그 확성기 목소리
물론 현지어 독일어 쉰 목소리

그런데
그 시위 집결지 50미터 저쪽
인스브루크 경찰 악대 30여명이

의장대 정장 차림 그대로
취주악 행진곡 연주

저쪽 확성기 소리
이쪽 행진곡 소리 서로 엉겨붙어
이러지도
저러지도 못할 공존

정치와 비정치의 공존

정치와
비정치를 이러지도 저러지도 못할 방관의 나

무제 시편 227

제1차 세계대전 때의 눈과
제2차 세계대전 때의 눈이
그대로 쌓여 있는
동알프스 3천 미터 산정에 올라
숨차며
숨차며
저 아래를 내려다보다가
함께 내려다보는 사람 하나가
하필 1954년 한국전쟁 직후 임진강 유역에
와 있던
해외 중립평화유지군이었어
그의 19세 때였어
나의 21세 때였어

아 그때의 청춘은 청춘 아닌 청춘이었어

이런 표현은 현학 표현이 아니었어 생존 표현이었어
그러나 60년 뒤의 청춘 상봉이었어
그 오스트리아인의 이름을 알아둘걸

무제 시편 228

도저히 내가 황하 하류의 한족을 싫어할 수 없는 까닭은
5천년 전
철기문명 벽두
바로 종을 만들어
종소리를 낸 것에 그 까닭이 있소

종소리를 듣는 귀가
나에게도
아직 한개는 인조고막으로 남아 있어
내가 나를 싫어할 수 없소

과연 종소리는 인간을 인간 이상이게 하오
천상을 천하이게 하오

이런 종소리를
예수교는 잡귀 짓거리다 이단이다 몰아붙여
엄금하다가
2세기 무렵
슬쩍 자기네 종루에 매달아
땡땡 치기 시작하였소

아이고 좋아
아이고 좋아
진작 이럴 걸
너무 늦었어

그것이 중유럽의 6세기 무렵부터
아니
온 서유럽 15세기 무렵부터
교회마다
수도원마다
어디마다
종 없이는 살 수 없게 되었소

끝내 그 종소리는 권세가 되어
뭇 백성이
거기에 복속하는 시간이었소

그러는 동안
동아시아의 최저음(最低音) 황종조 종소리는
산중에서
이 산

저 산 산울림으로
새벽과
저녁
그리고 배고픈 불상 마지(摩旨) 시간이 되었소

그러나 종소리야말로 종소리 자체이오
지고(至高)의 최저음 그것이오

무제 시편 229

돌 속에 옥 숨었다
아니
아니
아니
옥 무더기 속
돌 그윽이 숨어 있다

그 돌의 꺼므꺼므한 탐진치(貪瞋癡) 삼독(三毒)의 색으로

저녁 어스름
꺼므꺼므 어리석다
묵은 노여움
먹고
또 먹었다

그리도 서너겁(劫) 햇빛 다 먹어
차라리
꺼므꺼므하고 만 돌 숨어 있다
이 세상 억만금 속의 내 꺼므꺼므한
기갈 들린 삼독으로
나는 추억도 없다 꿈도 필요 없다

거기서 용솟음쳐라
거기서 솟아라
거기서 타올라라

나는 내 절정의 산화(散華)를 앞두고
단 한번의 생애를
다음 생애 없이 태워버린다

한줌의 재도 없이

무제 시편 230

신문이 무슨 재미냐
한명 죽이면
살인범이고
흉악범이다

역사가 무슨 재미냐
천명 죽이면 장군이고
만명 죽이면 영웅이다
황제 보나빠르뜨
몇백만명의 죽음이더냐

무제 시편 231

김수영이 죽은 다음 날
마포구 구수동
그 파밭이 있는 집
빈 양계장이
아직도 철거되지 않은 집
그 집 대문에 들어섰다가
물씬
죽음의 냄새가
나에게 몰려와
나는 흠칫 물러서고 말았다
악취 이전
비린 수박 냄새인지 오이 냄새인지 그런 냄새였다

나는 문상객 찬 그 초상집을 떠나버렸다
청진동으로 나와
해장국집에서 낮술을 마셨다
그러다가 마음 다잡고
다시 시내버스 타고
그 집에 갔다
정한모한테 하드롱 봉투 얻어
거기에

조위금 한푼 넣어 던지고
영정 사진 앞에 앉으니
김수영의 누이 수명이
멈추었던 통곡 터뜨리며 달려나와
니가 죽였어
니가 죽였어
고은 씨가 죽였어 하고
내 등짝 치며
더 큰 통곡이다가
그 무작정의 통곡 어느만큼 기울어지고
나를 시신 안치된 방으로 데려가
흰 옥양목 이불 홑청을 걷어내고
눈감은 김수영을 보여주었다
그 커다란 격정의 눈이
그 서양 눈이
어디 가고
석가여래 실눈같이 감겨 있었다

그제야
내 몸속에 들어와 있는 죽음의 냄새가
그 초록빛 비린 냄새가

아니
그 미역 냄새가
일시에 흩어져버린 뒤
기침 소리가 났다
탁!
침 뱉는 소리가 났다
기계적인 환청
아니다
그것은 사실이 아닌 진실의 수순(手順)

시여 침을 뱉어라

김수영의 벗 유정과 더불어
녹번동 암자 사십구재 뒤
밤 이슥도록
술맛 지독하게 달았다 다디달았다

죽음의 냄새란
이승이
저승으로 바뀌는
술 냄새이기도 했을 법

무제 시편 232

하필 그곳
밀라노 마넌가(街) 마넌 호텔
자연사박물관 건너
그 녹음의 공원 건너
마넌 호텔 3층 객실
새벽 꿈속에서
어머님이 오셨다
어머님의 커다란 두 눈
내가 닮지 못한
그 두 눈
그리고 아무한테도
잘 기울어진 적 없는
지아비밖에 모르는
굴적굴적한 긴 얼굴의
그 다문 입술이
어떤 한 오락지 정나미도 내보이지 않는
그 제로의 표정으로 나타나셨을 때

그것이 바로
쟤네들이 말하는 객관인가
도저히 객관일 수 없는 것이

끝내 객관이고 만
그 객관인가

옆의 풋잠 든 아내 몰래
물을 마시려다가
적당히 목마른 그대로
다시 잠이나 청하다가
어찌어찌 다시 잠들어버린
그 밤
내 80세가 차오르고 있었다
5월 말이니
두달 뒤면
점성술 사자좌에 드는 8월 1일

어머니! 하고
어머니 없는 새벽 객창에 대고
입속으로 불러보았다

천지사방
어디에
오냐!라는 대답 있겠나

무제 시편 233

태고종이여
조계종이여
천태종이여
일본 임제종이여 조동종이여
또 정토종이여
심지어 일련종이여

그대들 소승들아

대낮 대승을 내걸고
소승으로만
소승으로만
욕계(欲界) 수갱(垂坑)으로 내려가는 소승들아

그대들이 진짜배기 대승으로
나아가지 않으면
그대들의 소승마저 멸하고 마느니라
만번의 대승들아
그대들의 대승이
소승 하나하나
미승(微乘) 하나하나로 솟지 않으면

그대들 대승 허망하고 마느니라

하늘 좀 봐
구름 봐
몸 던져
바닷속 뒤져봐

대승하고 소승하고 노는 데
소승하고 대승하고 노는 데
거기에
무슨 승(乘)이 있겠나

거기 가봐

돌멩이 한개의 삶과 죽음으로
나고 죽고 죽고 난 은혜
죽어도
다시 와도 못 갚고도
잡아뗀 태연자약의 빚쟁이인 오늘 아침

헛기침 두엇

무제 시편 234

왕따당해서 보라
배고파서 보라

북두칠성

무제 시편 235

나의 사명

모란꽃에서
모란이란 이름 떼어내는 것
개미더러
개미라고 부르지 않는 것

하늘이 하늘이라니
구름이 구름이라니

아니
인간이 인간이라니 인간이라니

무제 시편 236

현실 참여하라
현실 참여 이상으로
꿈에 참여하라

꿈에 참여하라
꿈에 참여하라
꿈에 참여하는 이상으로
현실에 참여하라

꿈이란 무엇이더뇨
꿈이란
현실의 현실 아니더뇨

현실이 재가 될 때까지
꿈이 돌이 될 때까지
현실 관철하라
꿈 삼매하라

푸른 하늘에 네 자서전으로
두둥실 구름 한개 있어라 있다 없어라

무제 시편 237

국가여
국가여
국가여
국가여
국가여
국가여
국가여

너희들은
왜 이토록 사적(私的)이냐
너희들은
언제까지 사적일 테냐

왜 너희 국가(國歌)들은
너희만
너희만 드높이느냐

서반구의 국기들 다 내려진 밤
어제
동반구의 국기란 국기 다 내려진 밤
얼마나 빛나는 새소리더냐 물소리더냐

무제 시편 238

아기 낳은 엄마의 지복(至福) 10년
덩달아
아빠도 지복 10년
그뒤로는
그 지복의 댓가가
톡톡하고 두둑두둑한 것

일금 3백만원도
그것이 생긴 기쁨
그뒤로는
기쁨의 댓가로 더 목마른 것

황새 보아
한동안 어미이고 새끼이다가
쭈욱 남남인 것
개 보아
암내 날 때 아니면
암수 서로 심심파적인 것
부엉이 보아
한평생
단 한번 사랑으로 충분한 것

그대 보아
고개 꺾어
그대 단전(丹田) 보아
그대 인간으로는
인류로는
어림도 없는 이 세상의 영구 후진(後進) 아닌감

자 어림도 없는
이 세상의 영구 선진(先進)을 위해
백일몽을 위해
건배

무제 시편 239

증손자들이 마실 물을 위해서
증조부들의 시대가
그 물을 흐르게 할 물길을 만들었더라
그것도 땅속 10미터 밑
깊이깊이
흐르는 물길을 만들었더라

저 투루판 위구르족
지하 수로 카레즈
1백20년이나 걸려 만들었더라

톈산산맥 만년설의 설경이
밤에는 지워져
이 세상의 먼 곳을 다 지워놓더라

2천년 전의 물길 자취
아직도 남아 있더라

그 위구르족 자손들
갖은 풍상 속
흩어져

여기저기
챙 없는 빵떡모자 쓴 사내들 눈두덩 주름 백개로 늙어가더라

무제 시편 240

국어사전은 포화(飽和)한다
국어사전은 곧 폭발한다
국어사전 속의 낱말들은
저마다
아무도 몰래 임신부가 되고 말았다

무죄 주장

푸른 하늘이
몸에 들어왔다 한다
지하의 화염이 솟아올라
꿈속에 들어왔다 한다

지구 도처에 처녀 수태의 전설이 그것

낱말은 이미 행위
낱말은 끝내 운명

낱말은 낱말 하나로부터 이미 시가 된다

시인 필요 없다

무제 시편 241

어느덧 내 두 눈이
7백20만가지 이 세상의 색깔을 보았다
이제 눈 감는다

색깔들아 허무의 무기들아 잘 있거라

무제 시편 242

애도하노니

창파의 삶에
태산의 죽음이로다

새벽 꿈속
나는 1940년대 후반
누군가가 암살당했을 때
위의 조시를 썼다가 찢어버렸다

그 꿈속에서
나는 70세인가 71세였다

이토록 나는 꿈속에서조차 과거를 살고 있다

아침나절
내가 나를 애도하노니

그대 영전에 바칠 노래 없노니

무제 시편 243

재미있는 말이 있다
철학은 너무 오래 이야기하면 안되고
길어야 한시간이면 된다고
마오가 말했지

그 재미있는 말이 길어졌다
말이 길어질수록
점점 더 혼란스러워진다고

또 이어졌다
철학은 강의실과 서재에서 해방되어야 한다고
또 이어졌다
인식은 언제나 발전한다고

달이 달빛을 보내왔다
햇빛을 다 받아먹지 않고
다 되받아 우리에게 보내왔다

달빛의 헌신으로 나는 늑대의 달밤에 울부짖는다

무제 시편 244

베네찌아는 화려한 것이 삶이었지
화려하지 않으면
삶이 아니었지
사나운 고트족이 두려워
개펄 라구나 위로 도망쳐 와
말뚝 박고 시작한 삶이
이런 삶일 줄 몰랐지

베네찌아는 슬픔도 화려하지 않으면
슬픔이 아니었지
슬픔도
울긋불긋 테 둘러 새겨야 했지
슬픔의 예술만이 슬픔이었지

베네찌아 카니발
10일간은 화려의 절정이지

매일매일이 카니발이지

운하 1백60개의 곳
섬 1백18개의 곳

몇백만개 참나무 말뚝 또루삐 박혀
지중해의 화려한 임자가 되었지
장례식도 화려했지
결혼식도 화려했지
아니
베네찌아가
베네찌아라는 도시가
숫제 바다와의 화려한 결혼을 했지
뜨거운 7월 셋째 주 토요일 밤
황금의 제례선 끄친뜨로가
대운하에 떴지
레덴또레의 밤
온갖 장식으로
피어난 한송이 커다란 꽃
그 배에서 보석 반지가
밤바다의 늠름한 물결 위에 던져져
바다의 무명지에
결혼반지가 끼워졌지

베네찌아는 바다의 신랑이 되지
해마다

베네찌아는 바다의 신부가 되지
비잔티움까지
레반트까지
저 아랍까지
저 서쪽 헤라클레스 기둥까지
몰타까지
크레타
키프로스까지
베네찌아 귀공자가 군림하였지
바다의 신부는
모든 바다 건너의 영주였지
바다의 신랑은
모든 바다 건너의 여제였지

그런 시대 지나
옛 화려한 고향으로 돌아왔지
싼마르꼬 광장에는
할아버지와
아이와
개들이 나와 놀고 있지
곤돌라에는

중국인들이 타고 있지

나 또한
화려한 베네찌아 의상 들씌워져
까포스까리 대학 명예학위를 받았지
화려한 베네찌아를 축하하고
화려한 베네찌아를 애도했지

백년 전
미친 니체가
곤돌라 노래 불러댔지

백년 후
설미친 내가
짜떼레 물가에서 아리랑을 불렀지

무제 시편 245

합(合)이 끝이라니
이 한심한 녀석들아

합은 끝이 아니라
또 하나의
정(正)이다

정
반
합은
합
정
반이다

영원한 변증법만이 변증법이다
지구 위의 관념 지속이야말로 사상의 무수한 지속이다

무제 시편 246

9만년의 달빛이거니와
어찌 이토록
달빛의 처음인고

이 말을 고려 중세의 빈털터리 임제가 했더라면
내가 그를 시늉했을 것이고
그가 하지 못했더라면
내가 그를 불러다 마주 앉혀
물 위에도 그 달빛의 처음을 띄워주리라

오호라 그믐 어둠 모르리라 다 알면 몸에 병 깊으리라

무제 시편 247

생전의 기구함이여
사후의 기구함이여
단떼 알리기에리

피렌쩨 백인위원회의 한사람
피렌쩨의 진보 진영 백당(白黨)의 한사람
힘센 흑당(黑黨)의 정적(政敵)으로
부재재판 사형선고의 망명으로
『신곡』「지옥편」 쓰고 나서
베로나의 타관살이
『신곡』「연옥편」 쓰고 나서
라벤나 영주의 정중한 초대로
라벤나에 가니
거기에 가
마누라와
큰아들 삐에뜨로
작은아들 야꼬뽀
딸 안또니아가 안식하게 된다
어쩌다
볼로냐 대학 초청으로 볼로냐에 한번 다녀오고
어쩌다

외교 업무 위촉받아

베네찌아에 한번 다녀왔다

영영 고향 피렌쩨로 돌아갈 수 없는 신세

베네찌아에서 걸린

말라리아로

헛소리 지르다가 세상을 마쳤다

싼프란체스꼬과 교회가

라벤나 사회장으로 장례를 치른 뒤

그의 관은

싼프란체스꼬 수도원 작은 예배당 묘역에 안장되었다

사후 1519년

미껠란젤로 탄원에 참여

메디치 아까데미아의 뜻을

교황 레오 10세가 받아들여

단떼 유해를

피렌쩨로 이장하게 되었다

피렌쩨 이장 세력이 들이닥쳤으나

그 직전

수도원과 묘역 경계의 담벼락에

숨겨 묻었다

1677년에 이르러

한 수사가 단떼 유골을 꺼내어
세상에 추모 전시했다
그런 뒤 1810년
프랑스대혁명 독차지한
나뽈레옹에 의해
프란체스꼬파 탁발승들이
수도원을 쫓겨날 때
단떼 유해는
다시 한번 그 쌴프란체스꼬 수도원 정문 문지방 밑에
비밀 이장되었다

그 이래로
단떼 묘지 알 턱 없이
단떼는 이따금 추모되었다
1865년
교회 전면 보수 중
전혀 우연히 몰래 묻힌 유해 상자가 발굴되었다

사후 6백년에야
단떼 유해를
참나무와 수정으로 만든 관에 안치

작은 예배당 묘원에 안치되었다

'우리는 본디 벌레로 태어난 것을 너는 보지 못하느냐'
(『신곡』「연옥편」124-126)
이것이 뒷사람들이 내건
그의 묘비명

어찌 유해의 그 뼛조각뿐이리오
기구하기는
그의 주저(主著)『신곡』또한
생전의 기구함과
사후의 기구함으로 이루어졌다

피렌쩨에서 쓰다가
베로나에서 쓰다가
라벤나에서 쓰다가 만
「지옥편」「연옥편」「천국편」

그러나 단떼 죽은 며칠 뒤
작은아들 야꼬뽀의 새벽 꿈속
아버지 단떼가

백색의 빛 속에
백색의 옷 걸치고
찬란하게 빛나고 있었다

아버님 좋으세요
아주 좋다
그런데 아버님
『신곡』「천국편」 나머지가 없으니
그것은 미완(未完)입니까
아니다
내 서재의 벽난로 담벼락을 파보아라
거기 있다

꿈 깬 뒤
야꼬뽀는 그 꿈이 너무나 신비스러워
아버지의 친지한테
새벽바람으로 달려가
자초지종을 아뢰니
그가 달려와
함께 벽을 뚫어보니
거기서 『신곡』 나머지의 원고가 고스란히 나왔다

라틴어 아닌
또스까나어
오늘날의 이딸리아어의 근본인 언어
그리하여
오늘날의 통일 이딸리아의 근본인 언어로 된
『신곡』은
생전과
사후로 쓴 세계의 유산이 된 것

기구함이여
기구함이여

지금도 피렌쩨에서
단테 유해 내놔라 외쳐대고
라벤나에서
안돼
안돼 하고 외쳐댄다

기구함이여

무제 시편 248

목성과
금성의 우정이여
점성술을 초월한 친밀이여
지상의 절현(絶絃)을 아는가

지상의 고대에는
벗이 죽자
벗만이 들을 줄 알던
자신의 금(琴)의 현(絃)을
다 끊어버리고
다시는 금을 탄주한 적 없이
죽은 벗을 애도한 한 사내가 있었다

오 위대한 이승과 저승 사이의 남색(男色)이여 우정이여
긴 애도여
몇해가 아닌 일생 이상이어야 했느니라
우정이란
과거를 사고파는 이익이 아니라
우정이란
미래 속으로 자기 자신을 바치는 헌신인 것

우정이란
천상의 남색이고
여신들의 동색이니라 길고 긴 에로스이니라

그래서 프로이트의 애도보다
데리다의 애도가
한수 위

무제 시편 249

거봐
양심 속에 끼여 있는 비양심이라니
선(善) 속에 빚 받으러 들어앉은
위선이라니
거봐
뭇 정의가
뭇 불의의 밤을 여는 어둠이라니

신(神) 속의 무신이라니 무신이라니

나의 무신이야말로
나의 무능인 신들이라니

자 1차는 작파하고 2차로 가세

무제 시편 250

초월이야말로 악이다
지렁이의 하루를 모독하는
네 단상(壇上)의 초월론은 죄악이다

땅끝까지 가
초월을 쏴라
초월을 목 잘라라
고금의 초월론을 모조리 불 질러라

이 황량한 저차원(低次元)의 땅이
내 목적지이다
그토록 찾아 헤맨
1·4후퇴 때
헤어진 금순이다

무제 시편 251

아직도 그곳에는
수수께끼의 숲이 있었습니다
바람도 가본 적 없는
바람 소리도 가본 적 없는 숲이 있었습니다

천고의 신록도 미칠 수 없었습니다

아직도 그 시절에는
수수께끼의 가을이 와 있었습니다
다시는 바람이 온 적 없는
가을 이후가 와 있었습니다

만국의 단풍이 돌아서고 말았습니다

모든 세상의 고통들 무거움들 다 마치고
모든 세상 밖의 공허가 와서
새로 돋아나는 어린 잎새이거나
욕망의 기억 없는 낙엽이거나
아직도 내가 살지 못한 삶의 알이
거기 묻혀 있었습니다

여기는 그것이 아닙니다
가장 막중한 현실
가장 위중한 진실

너무 오랜 승화(昇華) 사절입니다

무제 시편 252

올 봄바람도
지난해
지지난해 봄바람이셨지요

할머니
할아버지께오서는
차라리
이런 봄날 허기져
잔주름 굵은 주름
허기진 날들로 나이 잡수셨지요
그러느라
저 구름 한 자락도 고봉밥 진지의 꿈이셨지요

저 층층구름 적운(積雲)도 멥쌀가루 범벅 구름이셨지요
저 층층구름도 시루떡 구름이셨지요
행여
해설피
구름에 노랑물 스며들면
굶주려
부황 난 손자 앞에서
부황 구름 아닐 수 없으셨지요

그런 남지기
열여섯 이팔청춘에게도
구름이 꿈이므로
푸른 꿈 앙가슴에 담으라 하셨지요
어차피 뜬세상 누구에게도
그저 푸른 산 삿갓인 양
흰 구름이라 여기셨지요
그리도
구름이 밥이고 혼백이셨지요

오색구름의 날
상서로운 아기 태어나
구름으로 후손을 이으셨지요
그런 다음
또 오색구름의 저녁
한평생 다 마친 뒤
그 구름 아래 눈감으셨지요
구름으로 이승 삼다가 끝내 저승 삼으셨지요

이토록 구름의 삶이셨지요

무제 시편 253

오슬로 역을 떠나면서
차창 밖
줄곧 동행하는 호수이셨네
강이 아닌
호수이셨네

그 길고 긴 호수
나의 길 가는 대로 따라오셨네

끝내 릴레함메르
호수 건너 저 세상
호수 건너 이 세상
거기까지도 따라오셨네

꽃 많이 받고
사진 많이 찍고
질문 여러개에 대답한 뒤
거기까지 함께 온 호수
아니
혼자서 더 가려는 호수에
절하러 나가니

하늘 전체의 낙조들
그 호수가 다 맞이하여
내 아내한테 주셨네
나한테 주셨네

어디다 눈길 줄 수 없고
어디다 말을 걸 수 없는 기쁨
무능의 기쁨으로
죽은 벗을 그리워할 때

호수는 온 길로 느리게 느릿하게 돌아가셨네

무제 시편 254

루쉰의 '부재자'
보르헤스의 '투명인간'
고대 인도 마누법전이 말하는 '나스티카'
'없는 자'라는 것

하기사 브라만이 멋진 이유야
그 자신이
허공의 다른 이름이기 때문인 것

나는 너무 많이
이 세상의 곳곳에 있었다
이 세상의
여러 시대에 있었다
나는 현대이고 고대이고 역사 이전 선사이다
나는 세계의 동서남북이었다

나야말로 올데갈데없는 중음(中陰)으로 돌아가야 한다
내일부터 당장

무제 시편 255

불구경은 사악하다
인민재판
공개 처형장
처형 군중은 잔악하다
초상집
딸과 며느리의 곡성을 듣는 것은
음란하고 음란하다
굶주린 자의 화면 앞
나의 연민은 사치이다

오 타자는 내 밥이고 내 술이고 내 관능이다
오 타자는 내 피지배자이고
내 화풀이이고
내 갈보이다
내 신발 자국의 도로이다

타자는 런던 버킹엄에게
미국 콩코드이고
콩코드에게 보스턴
보스턴에게 뉴욕이다
동부에게 서부이다 애리조나이다

타자는 P에게 K이다
타자는 상하이에게 신장이다
카고시마에게 류우뀨우
아프리칸스에게 줄루어 몇 마디이다

아프간이여
너의 타자는 누구뇨

오 이광수에게 김동인이여 염상섭이여
김동인에게 염상섭이여
염상섭에게 김동인이여

동떨어진 타자와 타자인
임화여
이상이여

영원한 타자 한반도와 일본열도여

타자 공장인 기독교여
타자의 식민지인 지구여

나 자신 속의 타자여
누대 타자 대신
그대 총탄이 나에게 박혀다오

무제 시편 256

번개칼 내리꽂혀
우레
쿵쾅
쿵쾅
쿵쾅
내 공중의 쓰레기들 미신들
다 태워버리는 밤

폭우 퍼부어
내 공중의 희망과
내 지상의 욕망을 다 휩쓸어가는 밤

오랜만의 자화상 아프고 외롭고 순결했다

무제 시편 257

기껏 10년 뒤의 유골인
네 남은 생애를
백년으로 사는
네 행운
네 착오로

오늘 아침 죽은 지 몇십년째인 김수영을 생각한다
죽은 지 몇년째인 조태일을 생각한다

1960년대 김말봉의 의붓아들 이현우의 모르는 무덤을 생각한다

10년 뒤
어느 시러베아들 놈으로
생전의 너하고
술 마시다 싸움질한 것 생각한다

모든 무덤은 불만의 무덤이다
모든 무덤은 억울한 무덤이다
생과 사는
억울이고 불만이다 밤 두견새 소리 같다

무제 시편 258

더 따지지 말라

꽃에는 꽃 없다
진리에는 진리 없다

진리란 무슨 말라비틀어진 수수 잎새더뇨

눈 지그시 감은 존엄으로 늙은 고양이야
너만이 옳다

무제 시편 259

나는 베이징에 가면
나를 말하지 않는다
나의 시를
너희들이 몰라도 좋다
그 대신
너희들이 알아야 할 시가 있다

내가 베이징에 오면
내 임무 몰래
내 비밀의 임무 더 있다

그것으로 나보다 먼저
아니
나 대신
대륙의 너희들이 알아야 할 시인이 있다

이육사

생애 50대로
스무살부터
일제 강점에 맞서

폭약을 품었던 사내
시에 미쳤으나
시에 빠지지 않고
학문의 핏줄이었으나
학문을 내치고
생애 열일곱번 감옥의 정치범이던 사내

그가 일본군 강점의 경성에서
끝내 체포되어
베이징 압송
그곳 감옥에서 고문사로 죽었다
다음 해 한국과 중국은 사슬이 풀렸다
그제야
그 사내가 남긴 미숙하고 심오한 시 몇편
세상에 나왔다

나는 중학교 1학년
일본어 떠나버린
첫 한국어 교과서에서
그 사내의 시 「광야」를 읽었다

이육사

젊은 날 죄수 번호 264를
그대로 문자로 옮겨
이육사(李陸史)로 자칭한 세계
그 「광야」 속의
대 시간
대 공간
대 인간인 백마 타고 오는 초인을 읽었다

그러고 나서 1950년 전란 속에서
살아남았다

베이징에 오면
나는 이육사의 후신(後身)이다
내가 싸는 오줌은
이육사가 고문 끝에 싸는
피 어린 오줌이 되어야 했다

나는 베이징에 오면 돌아갈 내가 없다

무제 시편 260

몽당연필은 연필을 모른다
쓰레기는
쓰레기 이전을 모른다
쓰레기 이전의 물건은
그의 미래를 통 모른다

나는 나 이전이 없다
나 이후에는
내가 없다

첫눈이 내린다
어제도 없이
내일도 없이
첫눈이 내린다

첫눈 내린 데 밟지 말자

무제 시편 261

오늘은 그런 날이다
5천년 전 메소포타미아판 길가메시
2천5백년 전 오디세이
이따위가 무슨 대수랴

나는 막 시를 잉태한다
나는 우주의 자궁이다
보라 시의 영(零)을!
시의 태초를!

조상이라니
은사라니

해골 술잔 가져가거라
내 손바닥으로
노을 진 술 담아 벌컥벌컥 마시리라

무제 시편 262

장봉도에 간다
심란한 날이면
최원식이나
윤효중 없이도
김영석 없이도
장봉도에 호젓이 간다

저녁 낙조가 기다려주었다 깊이 고맙다

인생 칠십이 그려진 낙조 속에서
나 혼자 황홀해본다

그 섬
꼭대기 올라
발 헛디디면
거기 불 지른 바다 용궁이 기다려주었다

거기 이승의 늙은 아비의 배가
모래밭에 올라와 있다
이제는 배가 죽은 마누라 아닌가

물 건너 강화도로 시집간 딸의 마을 일대로
벌써 어둑발 내려와 있다

이웃 섬도
이웃 섬도
물 건너 강화도 정수사도
그 위 참성단
어둑발에 꺼므꺼므한 얼굴 지워져 있다

장봉도에 갔다
장봉도에서 돌아올 때
으레 거나한 슬픔 하나하고 돌아온다

이명박 따위가 공사판 벌이다 만
내 조국 산하대지에 또 어떤 밤이 자오록이 와버린다

내가 살듯
내 자손이 살지 말아야 하는 슬픔 하나하고
어디 갈 데 없이
집으로 돌아온다
개가 나온다

무제 시편 263

더이상 금언(金言)은 필요 없다
폐광에
흩어져 있는 돌멩이들
돌멩이에 박힌 번쩍거리는 금 찌꺼기들
그런 데서
맨 먼저 나오는 것
쇠뜨기풀 아닌가
봄 이전에
벌써 봄 아닌가

나는 춥고 춥다
손가락이 펴지지 않는다
죽은 동생 얼굴이 떠오른다

아무도 치지 않는 옛날 북처럼
북 속의 추운 공간이
내 발가락을 시리게 한다

더이상 격언을 사절한다

허무 만선(滿船)으로 밤 항구로 돌아오는 배에

내 미개(未開)의 반생이 염치없이 실려 있다

무제 시편 264

어찌하여
석가의 고향은
2천5백년이나 내내 가난이고
예수의 고향은 총소리 대포 소리뿐이냐
어찌하여
플라톤의 고향은
파산 데모뿐이냐
주자의 고향은
가짜 술
가짜 명품뿐이냐
부정부패냐
어찌하여
칠수네 앞바다는 죽어가고
만수네 마을은 아파트뿐이냐

인류 문명이라니 성현이라니 반만년을 그래봤자 뭐하노

무제 시편 265

탑골승방 지장전 어느 망자 사진
그 웃음이 싫다
하기는
웃음만 한 참말 없었지
울음만 한
웃음만 한 힘 없었지

오랜만에 만난
옛 동무 김동복이
그 주름투성이
씩 웃는 그 웃음만 한 해묵은 우애 없었지

천 마디 말 너머
그 말 없는 웃음의 그림자
헤어진 뒤 길고 길었지

이승 하직하여
어렴풋이 짓는 남생이 할아버지
그 마지막 웃음만 한
이승과 저승 잇는 혼백 없었지

오밤중 으하하하하
문짝 떨어져나갈 듯한
그 곽옥만이 우렁찬 웃음 잊을 수 없지

또 누구네 집
햇병아리 마당
손자 앞의 할머니 웃음
할머니 곁의 큰손녀 웃음
이런 웃음들이
모진 시절을 견디어온 천행(天幸)이었지

이런 웃음들 얼마나 좋았어
얼마나 거룩했어

허나
오늘 나는 탑골승방을 물러나오며
그 웃음이 아주 싫었어
그 웃음뿐 아니라
결코 웃어댈 수 없는
세파 속 아픔들 앞에서
나는 내 웃음이 싫어졌어

허나
허나
나 몰라라 하고
여기저기 웃음판
연속들
연재들
광고들
인터넷들 웃음판
여기도 팔리는 웃음
저기도 팔아먹는 웃음
온 세상이 개그뿐 엄청난 선발의 개그뿐

차라리
탑골승방 지장전
다른 영정
입 다문
정색(正色)의 사진
그대가 좋아
장차 청정한 웃음 옛 웃음 돌아올 그때까지
그대의 저승 침묵이 좋아

무제 시편 266

어디에 겨울 달빛만 한 귀향이 있으랴
오늘밤
나는 몇백년 만에 고향에 왔다

전체가 잠든
내 고향
전체가 파묻힌
내 고향의 흙비알

이윽고 나는 내 손자의 산 설고 물 선 달빛이 되고 만다

무제 시편 267

왜 사는가
볼이 꺼진
볼이 폭삭 꺼진 할아범 송재열 영감
스포츠신문 타이거 우즈의 큰 사진을 보는 녀석 진만종이
애꾸 오창구
그렇고 그런 사람들
도수 높은 안경
안경테
반창고 붙여
2년쯤 더 써야 할
저쪽 안경쟁이 유천식이
뜨개질하는 아낙 김홍순이
등산복 차림의 흉터쟁이 이상호
싸이언
문자 메시지에서 눈을 못 떼는 처녀 박기숙
팔짱 낀 영감 변오순
우는 아이 꾸짖는 에미나이 심복녀
환한 대머리 임필권
손거울 보며 입술 덧칠하는 늘씬이 나옥희
세수하지 않은 듯한 남정네 조달봉이
칙칙한 백발 노파 김설자

회개하라

회개하라

심판의 날이 다가왔다고 소리치고 지나가는 전도꾼 허진명이

그렇고 그렇고 그런 사람들

눈 지그시 감은 신사 김태섭

아까 산 로또 복권

다시 꺼내어 보는 털보 이진보

두리번거리는 청년 장달봉이

국가보안법 철폐 결사반대 집회에 다녀오는 파월 장병 노인 하
상사

　청바지 숙녀 임숙희 미혼인지 기혼인지 모를 그녀

오늘

이분들이 거룩하더군

금강산 구룡연 폭포 뚝 그쳐

거룩하더군

거룩하더군

대한민국 3백만개의 십자가 이전의 하늘

그 옛 하늘 아래서
이분들을 비롯 다른 여러분들이 지독하게시리 거룩하더군

왜 사는가라는 질문 또는 제목 여기 오지 마라

무제 시편 268

분단 70년을 살았다 제비들 오지 않는다

아주 굳어진 것인가
저 밑창에서
다른 세월이 움트고 있는 것인가

강산 허리 두른 쇠 울타리
그 이쪽과
저쪽
가을도 많이 왔다 갔다
겨울도
봄도 많이 왔다 갔다 귀뚜라미 울음소리도 갔다
증조할아버지도
두고 온 증조할머니도 진작 묻혔다
할아버지도
어머니도 묻혔다
손녀 손자는 미국 건너가 산다

분단 70년은
분단도 모르고
통일도 모르는 현재로

분단 71년을 맞는다

분단 1백50년쯤 가보라 밤 기러기 가고 간다

고려시대가 되고
고대가 되어보라
거꾸로
기원 25세기의 여름날
그 6·25 몇백주년이 되어보라 산짐승들 다 떠나갔다

상이집트 하이집트가 하나가 되어보라
이스라엘과 유대가 하나로 되어보라

여기처럼
여기 한반도처럼

무제 시편 269

무한이여
너야말로 내 낙원이었다
그러므로
모든 내 유한조차도 행복이었다

생애의 통계
이렇게도 성급한 현재로
빚 갚지 못한 채
미래의 어느날 비 그친 낙숫물 소리를 듣는다

무제 시편 270

지드의 꿈속
발레리의 구술을 받아 적는다
이런 우정이
나에게는 없다

친구 몰살

백년 미만 그뒤
지드 창간의 NRF에
내 글이 실려 있다

꿈속에서
내가 내 구술을 받아쓴 것
궁하기는
내가 내 친구인 것

무제 시편 271

철이라니 철이 들다니

아 동방의 신선주 유하(流霞)를 마셨어라
남방 인도 신들의 소마를 마셨어라
서방 그리스
제우스의 신주 넥타르를 구름 속에서 마셨어라
아 인디오의 마약 신주를 마셨어라

도무지 철딱서니 없이
나의 소주 기만병(幾萬瓶)!

어찌 그 만취 따라
내 터럭조차도 발톱조차도
내 오줌조차도
내 똥조차도
으레 취하지 않았으랴

전신 만취 기만야(幾萬夜)!

무제 시편 272

묻지 말자 물을 것은 끝에 있느니

서경덕이 나보다
한수 위인 것

배우러 오는 아이들
어느 놈 하나
에미 애비가 누군가 묻지 않고
받아들인 것

나야
걸핏하면
묻는다
누구의 누구의 누구더뇨 어디의 어디더뇨

거미가 웃지
거미줄에 걸린
풍뎅이가 송장으로 울지

무제 시편 273

허허
아메리카 원주민 호피족에게는
도무지 시제(時制)라고는 싸가지 없더군

내일은
다른 날이 아니더군
그냥 오늘이거나
말거나

시제야말로 반동분자인가
나는 너무 많이 내일을 노래하고 말았군 큰일 났군

무제 시편 274

은유란
언어를 넘어선다
그러므로 시는
언어에 그치지 않는다

유리창이 바람에 덜컹덜컹 흔들린다
수많은 예(例)로
나도 흔들린다

내 언어도 마구 흔들린다

한모금 마신 물도
밥통 속에서 클렁클렁 흔들린다

무제 시편 275

김정희는 아호가 실로 몇백개였지
아랍어에는
'낙타' 명사가
6천개나 되지
'새끼 밴 낙타' 명사가 50개나 된다지
에스키모에게
눈(雪) 명사 몇십개더라
저 프로방스 지중해에서도
바람 방향이 몇십개더라
그냥
동풍 동남풍 남풍 남서풍 몇개 아니더라

그냥 엉성하게 사는게 좋아?
이렇게
자잘자잘한 낱낱하고 사는 게 좋아?
자잘한 쪽이 사람 노릇이고
엉성한 쪽이 들녘인가

지는 해더러
이런 것 물어보지 마

그런데 말이야
이집트 룩소르 가서
그 나일 강
이쪽은 금생
저쪽은 내생인데
거기 말에는
'젊은'은 '늙은 젊은'
'가까운'은 '먼 가까운'
'안'은 '밖 안'이더군

낱말은 그냥이 아닌가보아 깊이깊이 온 세계인가보아

무제 시편 276

삶이란 시로 만들어졌다

이 말 삼삼하구나
삼삼하므로
보르헤스가 인용했더라

삶이란 시로 만들어지지 않았다

이 말 삼삼하지 않구나
그러므로
내가 쉽사리 인용하지 않는다

저녁나절
포플러나무 잎새만큼이나
각각으로
바람에 바람 소리를 내주고 싶다

하루는 시이고 시가 아니다

무제 시편 277

그 산 중턱에는
소문난 일일암(一日庵)이 있더라
송광사 삼일암에 한술 더 뜨더라

하루 만에 도(道) 이룬다 함
하루만 머물다 가라 함

아쭈
문짝 위 일언(一言) 가로되
이 방에 들어오면
어서 버려라

무기(無記)라

나 버려라
너 버려라
아트만 내버려라
브라만 내버려라

그러면 뭐가 남아

아뢰야식이라
무진장
물질의 씨
종자(種子)라

물질도 못되고 정신도 못되는 그것

헌데
저 북한 평양의 고(故) 김정일 동지
불쑥 종자론(種子論)을 강행한즉
그 종자란
영구 충성종인가
뭔가

하룻밤 있다 가려다
댕그랑
풍경 소리 두어번 듣고
가방 들고 그냥 산길 나서니

후두두둑
장끼 한 놈 놀라고

나도 놀란다

혼자 가는 길이야 휘파람이 제일이지
그 무슨 해심밀경(解深密經) 무복기(無覆記)라
그 무슨 일체종자식(一切種子識)이라

내려가
밭 갈아라
그 밭두렁에 가
헛소리 내버려라
흘러간「안개 낀 장충단 공원」이나 불러보아라

무제 시편 278

수간(獸姦)이 있었다

강원도 홍천강 변
1952년 여름밤
전쟁 한창이었다

살아남은 부대 저쪽
송아지 한마리
M1 소총으로 쏘아 쓰러뜨렸다

GI 다섯명이 번갈아가며
죽은 송아지 뒷구멍에
그것을 찔러 박았다

송아지 임자는 잎담배만 빨아대고
송아지 임자의 막둥이 원섭이는
아랫도리 벗은
백인의 성난 그것을 얼핏 훔쳐보았다

그날밤
어린 원섭이

처음으로 손놀림이 사나웠다

무제 시편 279

어머니라는 낱말에는
수많은 낱말이 파묻혀 있다

시에는
한 낱말에
수많은 낱말이 죄처럼 숨어 있다
아니 한 낱말이 시 한편 이상

어머니는 증조할머니이고
손자이고
먼 증손녀이다

시는 밤새도록 만대(萬代)의 졸음 겨운 별들이다

무제 시편 280

일체 색을
3색을
7색을
초등학교 미술반 12색을
5억 3색을
삼라만상의 색을
다 푸욱 잠재우는
구석기시대 먹구름장 어둠이
나에게 와주셨다

긴 인류사의 어둠이셨다

이것에
내 마음속 꽃 한송이 빵끗 피었다

어둠속
먼동 꽃
먼동 아픈 아기 울음 꽃

무제 시편 281

백년전 쯤
누가 던져놓은 질문이
어디 돌아다니다가
이제 와
내 대답을 기다린다

그동안 고생 많았구나

아침 참새 소리 사이
다른 새소리 끼여
내 대답을 기다린다

무수한 오답들이 세상의 삶이었다

창문을 열었다

백년 뒤쯤
누가 대답하리라
거기 가보라고 지친 질문한테 말했다

참새 소리도

무슨 소리도 갔다

이슬 이슬 이슬이여
그대만 한 찬란한 정답 그 언제이런가

무제 시편 282

청년처럼 말하노라

진정한 역사는 상상의 역사이다
그 언젠가는
학교의 역사 시간은
관제 역사를 펴는 것이 아니다
과거로 현재를 장식하는 것이 아니다

진정한 역사는
과거의 미래와
미래의 과거를 숨겨주는 것

올해 중고등 국사 교과서를 보았다

역사가 아니라
현 정권의 관보(官報)였다

고발하나마나

무제 시편 283

역사란 자연사의 미세 먼지인 것
자연사란 우주사의 초미세 먼지인 것
우주사는 무역사의 초미세 먼지인 것

자 어쩔 테냐

할래?
안 할래?

혁명이건 보수반동이건 섹스이건 뭐건

무제 시편 284

항아리 3백60개가
한 뜨락을 이루어
가득하시다

항아리마다
된장
간장
고추장 각각 익어가시다

생전의 이문구의 새벽녘까지의 긴 넋두리도
어느 항아리 속에서
푹 익어오시다

아니지러
그 항아리 속 청승맞은 넋두리야
본래 노랗게 샛노랗게 익어버린 놈으로 익어가시다

그 저쪽
새끼 항아리 속에는
박용래의 헤프디헤픈 눈물 바람도
간 잘 들어

짭조름해져 돌아오시다

때마침
된장잠자리 대신
고추잠자리 두마리
하나는
항아리 뚜껑에 앉고
하나는
앉으려다가
다른 데로 가 안 보이시다

가을은 한국 고향산천의 것

무제 시편 285

변별하라

물캐똥인지
똥인지

그냥 둬라

똥이다가
물캐똥이다가

이런 것은 사람에게 맡길 일 아니지
사자한테 맡길 일이지

아프리카에서
사자와
나
10분쯤 15분쯤 눈길 마주쳤지

아주 심심하기 짝이 없는 윙크였지

무제 시편 286

누나 팜티호아

누나는 나보다 일곱살 위였어
누나는 프랑스 식민지
베트남 다낭 언저리에서 태어난 계집애였어

나는 누나보다 일곱살 밑
일본 식민지 조선의 아이였어

누나는 하미마을 아낙이 되고
나는 휴전선 이남의 떠돌이 사내였어

1968년 2월 하순
주월 한국군의 탱크와 장갑차 들이닥쳤어
한군데 모인
마을의 남녀노소
배 속의 아이까지
풀풀 쓰러졌어
M60 기관총
M79 유탄발사기 불을 뿜었어
마을의 남녀노소 1백35명 학살

마을 가옥 전소
거기서 누나는
두 발 잘려나간 송장으로 살아났어

다섯살배기 딸내미 송장
열살짜리 아들녀석 송장 안고
그 죽음 속에서 살아났어
살아도 산 것 아니었어

나는 「월남에서 돌아온 김 상사」를
비탈길 전파상에서 들었어
서울 무교동에서
흑맥주를 마셨어
한미동맹은 한층 굳었어

누나의 원한
누나의 원한
기어이
누나의 원한은 스스로 지워왔어
나는 그런 누나 통 모르는 채
아시아의 건달이었어

세월 45년이 갔어

2013년 6월 16일
누나는 잠들었어
누나의 유언
'원한은 내가 다 짊어지고 갈게……'

누나의 상여 나갈 때
그 4일장 행렬에는
한국 여자 구수정도 있었어

그 하미마을 언덕
증오비 서 있었어
'이제부터 모래언덕과
그 위에 자라는 나무는
살육의 역사를 기억하리라'
그 대신 연꽃 그림이 가려져 있어

누나는 묻혀 있고
나는 아직 묻히지 않았어

무제 시편 287

자연은 순환이라 하더라
문명은 악순환이라 하더라

저 무쇠 울음

무쇠 잘리는 아픔의 비명
그 금속의 비명으로
내 비애를 토해왔더라

소쩍새 울음이던
부엉이 울음이던
한낮 뻐꾸기의 긴긴 울음이던
내 옛 설움 어디 가고
이 모양
이 꼴의 녹슨 칼 같은 탄식으로
하루를 삼고 말더라

왜 과거는 푸르고
현재는 녹슨 철물상이냐

무제 시편 288

그랬느니라
커다랗게 포물선을 그려내며
공중에서 내려오는
내 공상이 있었느니라
그 공상이
마침내 어느 공화국 하나를 세우게 될
먼 장래의 정세(情勢)이면
나는 당연히 책 속에 들어가 잠잤느니라

마치
이슬람 이전의 시대
자힐리야
그 무명(無名)의 시대
무지의 시대로 태고의 잠 잤느니라
지혜의 궁극인 무지몽매로
흰자위 노른자위 이전의 징후로
광명의 근원인
흑암으로
새록새록 잠잤느니라

책 속의 뿌리들로 긴긴 밤의 지하에서 잠잤느니라

무제 시편 289

아무것도 하지 않았소이다
아무것도 하지 않았소이다
아무것도 하지 않았소이다
아무것도 하지 않았소이다
아무것도 하지 않았소이다
아무것도 하지 않았소이다
정말
아무것도 하지 않았소이다
아무것도 하지 않았소이다

아니다 네 괴발개발에 징역 101년형 선고

무제 시편 290

어제까지 돈오(頓悟)였고
내일모레부터는
점수(漸修)로 놀아볼까

어중간

오늘이야
그 둘 다 놓아먹여
저 풋비린내 풀밭으로 날 저물지어다

무제 시편 291

해 지는 것
해 뜨는 것
내 마음대로 부릴 수 없는 것이
세계이다

세계의 만능이여 나의 무능이여

나는 나에게 제사 지냈다
나는 세계를
애도하고
세계에게
감사한다

나는 술값이 없을 때 금주이다
나는 쌀이 없을 때 단식이다
나는 떠날 곳이 없을 때
남선(南禪)한다
북선(北禪)한다
나는 돌아갈 곳 없는 사막에서
히잉히잉히잉 운다
그러나

나는 기도하지 않는다
나는 타고르가 아니다
나는 나다
바람의 울음이다

나와 달의 백년 수교(修交)
이로부터
나는 별의 우방들을 찾아가리라

나의 만능이여 세계의 무능이여

무제 시편 292

무덤 속 아우의 해골에게 아뢰느니

코로 읽을지어다
귀로 읽을지어다
똥구멍으로 읽을지어다
배고프면
입으로 읽을지어다

두 팔 휘저어 읽을지어다
두 다리로
천리 앞
천리의 걸음으로 읽을지어다

온몸의 무지몽매로 읽을지어다

바야흐로 등하가친(燈下可親)의 계절이라니

그대 책이야말로 눈으로만 읽지 말지어다

무제 시편 293

여보게 형수

여기는 중국 칭하이 성 칭하이로(路) 일대라네
맨바람 속
맨얼굴로
흙이 되네 모래가 된다네

몇시인지
몇시 몇분인지 모르네

크기만 한 물
크기만 한 공중의 나날이네

여기는
여기밖에
아무것도 없네

자네가 말하던 흑치상지도
내가 알던 충선왕도
다 먼지

추운 날은
야크 젖도
말 젖도
조금밖에 못 나오네

나 어디로 갈까
걸무 갈까
걸무 지나
오밤중 라싸에 갈까

돌아갈까
돌아가
그놈의 시인 노릇 이어갈까

나 어쩔 줄 모르겠네
한밤중 별밭
풀썩 주저앉아
올데갈데없는 유원인인바

저 6백만년 전의 방황으로
여기 있네

여기밖에 없이
여기 있네

여보게 김형수

무제 시편 294

지난해 6월 19일 새벽
꿈속
서 있는 내가
누워 있는 나에게 말했다

황해 한복판에 집 지을 것
멸악산맥에 짓지 말고
경복궁 터에 짓지 말고
파도 위에 지을 것

70세 이후 내내
네 생애 최대 위기임을 명심할 것

덕망을 버릴 것
동서남북의 고독을 살 것
너 죽으면
조문객 대여섯이면 될 것
장례 비용은
미리 장만해둘 것

누워 있는 내가

서 있는 나에게 대답했다
그대로 할게
그대로 할게
서 있는 내가 칼을 칼집에 넣지 않았다

꿈 깼다
잠 깼다
누워 있는 나만 남았다
서 있는 나는 사라졌다

무제 시편 295

누구의 생애 안에
흐린 날
흐린 날들이 있어야 한다

나에게
있어야 할
누님이 없다는 것
내가 재개봉 극장에 가면
거기에
누님이 와 있지 않다는 것

흐린 날은 누님이 오는 날이다
흐린 날은 누구의 생애가 오는 날이다

무제 시편 296

그때 비유를 저주했다
차라리
차라리
거짓의 살결을 더듬었다
음란했다
그런데도 어느날 밤
무방비의 내 골수에
비유가 박혔다

북태평양 날짜변경선을 간다

배의 흘수선은
괜히 그어지지 않았다
생(生)과 사(死)였다

흘수선이
비유가 될 수 없는 날이 있다
흘수선이
백번이나 비유인 날도 있다

이제 말한다

현실이여
환(幻)의 수면을
파도쳐라

흘수선이 오른다
흘수선이 내려간다
모든 지속은
우주의 불안이다

눈 감았다 지그시 감았다 떴다

아메리카 해안선이 온다
부재로부터
노른자위의 기억
흰자위의 예감 사이로 온다

흘수선이 내려간다
흘수선이 오른다
나는 지친 화물이었다

나의 밀항은 거의 성공이다

이제
나는 비유가 되고 말았다
아메리카가 되고 말았다

곧 쌘프란시스코 마그마가 치솟으리라

무제 시편 297

나의 매일은 수십년의 대취(大醉)였다

오늘밤 또한
나의 대취
나의 만취로
오만불손

단정한 오오에 켄자부로오도
매일매일
조심하는 본푸아도 아닐 것

눈치 보지 말 것 절대로 그러지 말 것

오늘밤
나는 오만불손 그것
밤 전체가
다 내 갈지자에 박수 치누나
붉은 십자가들아
니네들도 길 가녘에 와
만세를 불러대누나

그러나 오늘밤의 나는야
지상의 작위 사절하노니
우주의 선위(禪位) 말고
무슨 즉위이더냐

오늘밤의 나는야
우주의 나
끄윽
오늘밤의 우주가 바로 나 아니냐
끄윽

무제 시편 298

문어 발들아
오묘한
문어 발
문어 발 흡반들아

오징어 발들아
절묘한
오징어 발
오징어 발 흡반들아

내 몸의 백혈을 빨아 먹어라
내 구정물도
내 남은 정액 몇방울도
내 비양심의 국물 찌꺼기도
다 빨아 먹고 가거라

유기농 무논
거머리야
내 몸에 눌어붙어라
내 몸의 하체에
네 주둥이 박고

내 어린 시절 기억 속 순혈을 빨아 먹어라

나는 달다 달콤하다
이윽고
나는
생전 처음으로
멋진 얼굴이 된다
몇십년의 추남이
고요한
고요한 성인 해골바가지로 죽어 있다

무제 시편 299

나의 자백

전반기는 바람이고 술이고
후반기는 책이다

나의 망상

나의 시는
지상의 것이 아니라
별의 것이다
나의 무덤 속에는
불온의 별들이 웅성웅성 묻혀 있다

무제 시편 300

바람이 분다

나는 바람 속에서 뿌리 내렸다
그러나
바람은
나의 삶 다음에 분다

나의 미래
나의 사후

거기가 바람의 지금이다
바람이 분다

무제 시편 301

참을 수 없구나
참을 수 없구나
견딜 수 없구나

단 한번의 생으로 끝낼 수 없구나

너 때문이다

섬

무제 시편 302

아직 살지 못한 삶이 있다
아직 가지 못한 곳이 있다
아직 마치지 못한 지하의 사명이 있다

사막의 해골은 미완이다

무제 시편 303

마른 가랑잎새를 바람 자락이 밟는다 싸게싸게 뒤집힌다
앙상앙상한 가지 사이
우듬지 사이
구름을 밟는다 흰 구름이 움트며 놀란다

그 가녘에서
심심치 말라고
죽은 김영무의 철사줄 목소리가
팅
팅
울어
이승의 고막을 지르밟는다

조선 후기
희망 없는 시절의 명절날
낭자들이 돌다리를 밟는다
답청(踏靑)이다
아직 땅속의 개구리와 뱀이 원수가 아닌
화평을 이루어낸다

500

무제 시편 304

죽는다는 것
싫어하지 마
무서워하지 마

그것만큼 홀딱 반할 만한 것 없어

삶이 미치도록 좋은 건
그 때문이야

내가
나에게 할 말인데
너에게도 할 말인지 모르겠구나

죽음 있으므로
이 세상에 아름다움 있어

무제 시편 305

나는 누구의 예(例)가 아니올시다
나는 나 자신의 예도 아니올시다

나는 유일한 치한(癡漢)이올시다

가을에
가을도 모르고
봄에
개나리꽃도 모르는 외딴 치한이올시다

삼가 아뢰옵건대 나는 나올시다
죽어도 죽어도 죽어도 누구의 미메시스가 아니올시다

.

무제 시편 306

일순(一瞬)이 이십념(二十念)이라
일념(一念)이 구십찰나(九十刹那)라

그냥 벼락 쳐라
우레 질러라

그냥 숨 쉬다가 숨지거라

무슨 수다가 그리 요망 떠는구
일겁
억겁
아승지겁 또한
무슨 허방인구

내 고향 친구 부시맨 손꼽아 아홉까지 열까지면
한평생 상팔자였어

무슨 노망인구 뭇 학도 나리들이여

무제 시편 307

클라이맥스에 환장하지 말라
그놈한테
안 당하는 놈 없단다
정상의 절정을 꿈꾸지 말라
추락에는
비상의 날개가 없단다

비산비야의 나지막한 홑 흥취 그런 것으로
비영웅으로 시시하게 지내라

이상(以上)의 발설은 역설(逆說)인 것
내 학수고대는
내가 저 극단에 매달려
위태위태한
그 공포의 심연을 견디는 것

극비이다

내 파쇼야말로
내 이유인 것

무제 시편 308

구름 속 조각달 나왔다
여기 나 있다
어릴 적
회초리 맞은 나 있다

무제 시편 309

안성 장날
논마늘도 나왔네
밭마늘도 나왔네
논마늘도
밭마늘이 되어 나왔네

그러면 돼

밭마늘 여섯접
오과부도 나왔네
오과부네 누렁이도 나왔네

파장에
파장 떨이

누구의 손해가 누구의 이문이었네 암

무제 시편 310

한번쯤 섬이 되게나

한밤중 동백꽃 목 떨어지는 밤
그 섬이 되게나

한번쯤 그 섬에서 건너와보게나

무제 시편 311

이게 무슨 꽃이야? 하고 아이가 묻는다
산수유꽃이란다
추운 날
매화꽃이란다

진달래꽃
개나리꽃
저것은
수선화
살구꽃이란다
앵두꽃
자두꽃이란다
영산홍이란다

모란이란다

장미란다
넝쿨장미란다

접시꽃이란다
맨드라미

글라디올러스
홍초란다
봉선화란다

과꽃이란다

코스모스란다
구절초꽃이란다
가을 국화꽃이란다

눈이 왔으니
눈꽃이란다

자 너 한살 더 먹었구나

무제 시편 312

다산은 좀 기계적이야
단도직입으로
상학(相學)을 규탄했어
골학(骨學)을 물리치면
심학(心學)도 물리쳐야지

저 18세기 당대의 어느 지역에서는
말 울음소리를 내며
말갈기를 흔들어대는
말 형상으로
길들여지지 않는 말 상호(相好)를 설명하는
골상학이 떠돌았지

어디 말뿐이랴

가령 나 같은 자
그런 말 신세로
말굽 찍어대며
여기까지 내달려왔지

새벽 말 울음소리 들어봐

이 세상 한바탕 살다 갈 만하지

무제 시편 313

농담이 아닐 터이지
필시 진담일 터이지

당나귀 가죽으로 된 가방 들고
길 나서면
영락없이 어리석어져
잘 알던 길도
못 알아보고
이 길로 들어섰다
저 길로 들어섰다 한다더군

당나귀는 당나귀 가죽으로 긴 삶을 이어가더군

한 삼사개월 이름났다가
그 이름
어디로 가는 그런 인간계의 삶 아니더군

무제 시편 314

아흐
아흐
아흐

오색찬란한 벌잡이새

레스보스 섬의 하늘 속
무지개새

15년 전
옛 사포의 하프 소리 들으려고 가서
내 오줌 막혀버린
그 섬의 하늘 속

그때 못 본
오색 부채 활짝 편 벌잡이새 보겠네
울음도 없이
웃음도 없이

내년 정월 눈발 속 꼭 가겠네
가서 보겠네

무제 시편 315

행복을 조심할 것

엘리엇이
비서 발레리 플레처와의 행복으로
그 늦결혼으로
한결 멋지고 싱그러워졌는데
아뿔싸
그 몇년의 시는
애석하여라
애석하여라
태작이거나 무난한 범작이기 십상이었던 것

이런 일과 정반대도 없어서는 안되었던 것

누구는
누구의 예가 아닌 것
누구는 누구와의 이후를
누구와의 이전을
다 넘어서버린
의외의 당연한 신세계의 시였던 것

촛불인가 촛농인가
그 어둠 몽땅 먹고 죽은 것

무제 시편 316

친구여 농부의 사유(思惟)를 아는가
옛 농부의
그 깊숙한
그 으늑한 생각들의 무명(無名)을 아는가
어제오늘의
심지어 장사꾼 투기꾼이 된
이런 농부 말고
옛 오랜 소작 농부와
웬만한 자작 농부의
삼동(三冬) 농한기 몇달 동안
좀 게을러지고
좀더 느릿느릿 말소리가 길어지며
지상의 경륜이거나
하늘의 운행이거나
그런 것들이
그 문자 없는 혼백에 담기는
그런 소 눈망울 같은
그런 한밤중 외양간 소 워낭 소리 한두번 같은
사유를 아는가
아직 아껴둔 볍씨
정성들여

추운 모판에 잠겨두며
바빠지는 농부 이전
어쩌다 잠 깨어
먼동 틀 무렵
헛기침 소리 나오는
그 노자 장자 앞선
뭇 삶의 이치에
동트는 사유를 아는가

그런 농부로 내 장인을 삼은
내 지복(至福)의 사유를 아는가

친구여
옛 농한기가 또한 춘궁기 앞이었음을
그 무서운 삶에 앞서
밥 한그릇
물 한그릇하고 함께이던 사유의 두두물물(頭頭物物)을 아는가

나 이후의 나인 친구여

무제 시편 317

전혀 그렇지 않다
이 세상이 천국이라는
아니
이 세상이 지옥이라는
이 세상이 무엇이라는 정의(定義)

물 밑바닥이 솟아올라
나를 본다
나도 물 위를 본다

방금 잠든 동정녀 수련꽃 섯 깨어난다

무제 시편 318

나는 라빈드라나트 타고르와
더불어 앉아 있어본 적이 없다
60세 이후
나는 버트런드 러쎌하고는
이따금 앉아
허튼소리를 나눠본 적이 있다

그런데 이제 러쎌마저도 뜸해져버리고 말았다

씨 뿌렸다
언제 싹 돋아나나 하고
궁금해하는 것은
나도
하늘도
땅도 아니다

아직도 옛날 결과이고 결실인 씨 그대로 있는가

요즘 나는 그런 시작과 끝하고 놀고 있다

무제 시편 319

조각달 우러러
벌써 지는 저 조각달 우러러

내가 무릎 꿇는다

무제 시편 320

베네찌아에는
몇백개의 깜뽀가 있다
그곳에는
옛날 우물이 으레 있고
그곳에는
갓난아기도
갓난아기 수레에 담겨 나오고
할아버지도
할머니하고 손잡고 나오고
아낙도
남정네도
개도 나와
삶의 절정인 하루하루가 있다

개들이 참 많이 나온다
멧돼지 사촌의 개도
토끼 육촌의 개도 나온다
불도그도
무엇도 나온다
나오면 꼭 나온 증명으로
깜뽀 귀퉁이에

오줌 한모금씩 지려놓는다

그런 오줌 터에는
여러 개들의 오줌 지린내가 난다
아주 진하다
아주 진하다
사람의 오줌 냄새하고
하도 같아서
그 오줌 터야말로
개와 사람이 하나가 되고 만다

여름밤 만월 가깝게
차오른 달 보며
나는 개이고
개는 나일 수밖에 없다

베네찌아 깜뽀 귀퉁이나 골목 어귀에는
그런 오줌 터들이 군데군데 있어
그곳이
순 타향이다가도
고향이 되고 만다

고향이란 가장 고상하지 않을 때
거기에 있다

내 고향은 그런 곳이고 만다

무제 시편 321

바위가 못되게 한다
흙이 못되게 한다
죽은 소가 못되게 한다
백년을 곧이곧대로 늠름한 너로 하여
먼 남극 빙벽이 못되고 만다

오늘밤 베네찌아 주데까 대운하에
바쁜 배들이 오고 간다
어제와 다를 바 없이
10년 전의 어제와 다를 바 없이
배들이 오고 가며
힘찬 물살을 가른다

종소리가 못되게 한다
종이 못되게 한다
너로 하여
아무것도 못되고 만다

물결아
내 운명이 다 잠겨버릴
물결아

너로 하여
나는 그 무엇도 못되고 만다

이 억울하디억울한 행복의 극한으로 숨차
나는 그 누구도 못되고 만다
본디의 나 그것으로
내 저승도 못 가고 만다

충만의 물결아
충만 이외의 물결아

너로 하여
솟았다 내리꽂히는 물새가 못되고 만다

무제 시편 322

소주 취흥으로 구시렁거리네만

최일남의 어투로
완전종결 없지 없고말고
죽는 날까지
사람인 것
사람 노릇인 것
이것에
완전종결 어디 있겠어

암 없고말고

우선 여기 한가지 봐
간밤 이슥히
웬놈의 르상띠망으로
원한
시기
증오
저주 따위로
몸 요동쳐대며
잠 다 놓쳐버리는 심보로

무슨 종결을 노리겠어

완전종결이란 석가모니 그 위에도 있을까 말까

무제 시편 323

가다가
업어주고 싶은 아이가 있었다
가다가
데려오고 싶은 아이가 있었다

소위 선진국이란
남의 땅
삼킨 나라이나
또한
남의 아이
잘 길러내는 나라이기도 한 것

나는 입만 열면 계모설화의 나라에서
동네 아이들하고 노는
제 아이 불러다
몰래 고깃국 호젓이 먹이는 나라에서
내 핏줄만을
내 것으로 살아온 것 되돌아보며

가다가
잘 길러내어

제 삶으로 내보내고 싶은 아이가 있었다

남의 아이 길러보아야
사랑을 슬그머니 말해도 좋으리라
그러기 전
사랑을
해소기침으로 내뱉을 뻔한
헛된 날들의 미움을 그 기름 덩어리 배척을 버려야 하리라

가다가
몇 마디 주고받고 싶은 아이가 있었다
가는 길 무던히도 운 좋은 길이었다

무제 시편 324

마다가스카르
바오밥나무 꽃처럼
긴 꽃술의 꽃처럼
그대 석양의 그림자 차라리 긴 꽃이더라

그 그림자에 설레어 그림자꽃에 설레어
그 긴 그림자 향기에 내 콧속마저 설레어
해 지는 것
안타깝더라
해 진 뒤
더 안타깝더라

무제 시편 325

송곳 박힌 내 등짝의 아픔으로
위아래 이빨
자식 소식 없는 슬픔으로
덜덜덜 떨리는 고독으로
내 해골의 거짓 벗겨져
바람 숭숭 드나드는 자유로
나는 조상들이 도달한 곳이 아니라
조상들이 시작하는 곳에서
내 임무를 떠맡는다

땅에 처음으로 풀이 난다 갯벌에 밀물이 뱀 머리로 다가든다

무제 시편 326

뱀이 진리의 은사(恩師)인 까닭 왜 없겠는가
뱀이 제 꼬리 물고 있는
그 무한순환
그 무시무종의 뇌빈혈 궤도

1655년 존 월리스가 터득한
누워 있는 8자
누워 있는 무한수학으로 하여

당시의 내전 피비린내
이쪽
저쪽 모두를 위한 진리

그 무한순환의 쌍둥이 동그라미인
뱀에게
꼬리를 물지 마
대가리를 물지 마

무제 시편 327

내 풍류 욕하는 놈 치사하렷다

금방 따온
외금강 송이를 구워 먹는다

분단이 웬말인고

천하의 가을이 내 가을이구나

무제 시편 328

여덟 바람[八風]에 놀아났구나
네 순[四順]
네 위[四違]에 놀아났구나
이로운 것
쇠하는 것
이름 떨치는 것
잃는 것 등

좋고 나쁜 것 여덟개한테
실컷 농락당했구나

어찌하면
자금련(紫金蓮) 부처님으로
새벽 단좌(端坐) 풀고
한걸음 내딛겠는가

물에 용이다가
구름에 용이겠는가

아니지
더 놀아나야지

더 놓아나
그것이
여덟개인지
백여덟개인지
몰라야겠지

담배 없어도 좋아

무제 시편 329

남극
섭씨 영하 50도 또는 영하 60도
거기
혹한의 눈폭풍 속
거기가
돌아오는 난생(卵生)의 고향이라니

그 지하 몇백만년의 원광(原鑛) 속에 묻힌
습생(濕生)의 실향(失鄕)이라니

시베리아 레나 강 끄트머리
거기
혹한의 만년 동토 위
거기로 가는
가장 마음 놓이는 태생(胎生)의 귀향이라니

함부로 고향 탓하지 말게나

무제 시편 330

나 자신을 늑대라고 믿는 병이 있었습니다
달 뜨면
내 입은 늑대의 입이 되어
마구 짖어댔습니다
일러 낭광증(狼狂症)이던가요

나 자신을 지렁이라고 여기는 병이 있었습니다
비 오면
낙숫물 지는 토방 밑에
내 낯짝을 대고
푹 젖은 지렁이 흉내를 냈습니다
어린 시절
부모님 논밭에 나간 오후
혼자 지렁이하고 논 적이 있었으므로
무척이나 지렁이하고는 한집안이었습니다

나 자신을 해골이라고 가정하는 병이 있었습니다
해인사 시절
6·25 빨치산 해골을
제사 지낸 뒤
그 해골을 방 안에 두고

고골관(枯骨觀) 삼매에 접어들었습니다
나 자신이
그 해골 속에 들어갔습니다

이런 병
저런 병이 내 청춘이다가
청춘 이후
나는 무엇에 의존하는 일을 걷어치웠습니다
특히
몇천년의 종파라는 것
저 70년대 80년대
이데올로기라는 것
밤중에 혼자일 때는 짝짝 찢어 다 내버렸습니다

그 고독에 흠뻑 빠져 있다가
아침이면
거리의 사회구성체이론 따위에
흐음
흐음
하면서 좋다 궂다 내색 없이
그런 하루의 상투적인 열애 언저리 맴돌며

나의 허울로 나를 삼았습니다

후회가 있었습니다

순한 개가 얻어맞고 사나워지는 것처럼
후회가 사나웠습니다
주린 맹수의
헛헛한 증오인 듯
목마른 후회가 길었습니다

이제 그 후회가 재가 되었습니다
양잿물이 될 재인가
휙 날아갈 재 한줌인가

무제 시편 331

나는 화성에 가지 않으리
나는 금성에도 목성에도 가지 않으리
나는 토성 고리에도
토성 남극에도 가지 않으리
해왕성에도
명왕성에도 가지 않으리

나는 북두칠성에도 가지 않으리
죽어 북극성에도 가지 않으리

멀리
더 멀리 물러나 훌쩍훌쩍 울으리
우러러 울으리

나는 가지 않으리

무제 시편 332

아 무사(無私)이고 싶다
한번만이라도
깊이
깊이
캄캄한 무사이고 싶다

일생을 절대의 사(私)로 보내고 말았다

하늘의 공(空)도
땅의 공(公)도
전혀 내 밥이 아니었다
만취 다음 날
숙취조차 사의 찌꺼기였다

임종의 불명예

거기까지 사의 티끌이리라 무사여 무사여

무제 시편 333

부도덕한 공상의 날이 있었다

표범으로 태어나고 싶다
옷 한벌 없는
느린 자벌레의 하루가 내 일상이고 싶다

또한
서늘한 날의 콜레라로
추운 날의 인플루엔자 바이러스로 태어나
누구누구의 자신만만한 몸속에 들어가
실컷 취했다가
깨어나고 싶다
함께 죽어가고 싶다

박쥐가 되어
새도 아닌
쥐도 아닌
애매모호한
안개 짙은 날의 바깥을
통 모르고
동굴 천장에 매달려 있고 싶다

그럴 뿐만 아니라

누구를 죽이고 싶다
누구를 죽였다가
다른 누구로
살려내고 싶다

이런 공상의 끝은
술맛 있고
밥맛 없다

순 비생산적인 숨결의 생존
그것으로 살았다니 원!

무제 시편 334

언급 불능
이해 불능
묘사 불능
상상 불능

그러므로 불가사의여라

삶 말이다
죽음 말이 아니다

죽음이란
삶에 대해서 쪽박도 아니다
괜히 죽음에 겁먹지 말라

오늘 앞 동네에서 삶의 불가사의로 상여 하나 나간다

무제 시편 335

뜨거운 것이 식은
따스함
차가운 것이 녹은
따스함

따스한 내 마른 몸으로
따스함의 청사(靑史)를 읽는다

사마천에게는
한족(漢族) 밖의 따스함이 전혀 없더라
『사기열전』 읽고 나니
세상이 다 식었더라

도대체 역사란 끝내 냉혈일 터

역사 없이 사는 오랜 백성
역사 모르고 사는 오랜 백성 만세

무제 시편 336

말년의 한마디
나도 이슬 흉내 좀 내보려네

내가 노래한
몇만개의 내일이여
그동안
입만 열면
내일이 나와버렸네
오늘도 입 다물지 못하고
내일을 노래하며 해 저물었네

내일이야말로
내 에고이즘이었네

오늘밤 혈서 자백하노니
내일은 없네
내일은 없네
그래서
내일은 없다고
새빨갛게 써보았네

희망이고 욕망이고 그것들 다 오늘의 사슬이었네

무제 시편 337

나는 인도의 신비가 마음에 든다
나는 그것이다 즉 신이다
이런 소리가 마음에 든다
나는 또 수피의 세계가 마음에 든다

수피 시인의 황홀경

내 연인의 볼에 사마귀가 있다면
나는 부하라와 사마르칸트
두 도시를 바치겠노라
그녀의 풍성한 머리칼은
신의 영광 확대이며
그녀의 입술은
말할 수 없는 신비 그것
그녀의 볼 사마귀는
온전한 화합의 점 점청(點靑)인바

아름다움이란 신성한 것의
온전한 모습

수피 법전의 황홀경

잠은 깊은 사색
향기는 신의 존재 증명
키스와 포옹은 신비의 결합

술조차 정신적인 지식을 뜻하다니

나는 1년에 한번은
힌두이즘 백만 신의 신도이다가
수피의 묵언 수사이다가
나 자신의 룸펜으로 돌아온다

그런 뒤의
빈 날들이 내 눈코 못 뜰 여생이다

무제 시편 338

뒷날 어느 동네 달구지꾼하고 똑같이
아무도 기억할 필요 없는 그
뒷날 어느 골방 문짝 밖에 내던져진
삼태기와 똑같이
아무도 눈여겨볼 리 없는 그
그런 그네들을
누군가가 벌집 속의 벌 흔적을 찾아내어
세상의 동녘 하늘에 퍼지는
아침 햇빛을 쪼이게 되어 마땅한
그 무명의 보물을
그대는 담고 있는가

연기 난 지 오래인 굴뚝에서
꿈인 듯
생시인 듯
새로 연기 나는
그런 뜻밖의 보물을
그대는 지녀본 적이 있는가

직언컨대 그대는 그대 내부에
그런 묵은 망각과 해묵은 폐기 속에 묻힌

삶의 신명인 보물의 시간을 산 적이 있는가

이를테면
프랑스 19세기 프리외 같은
그보다 앞서
조선 16세기 허균의 남은 유물 같은 것
누대 뒤에나
하이얀 이빨의 웃음처럼
빛나는 보물을 남겨둔 적이 있는가

그대는 무슨 그대
그대라고 불러낸 나 자신인 그대
대꾸 좀 내봐

무제 시편 339

섬에는
반드시 다른 섬이 있다
또다른 섬이 있다
서로 부르는 소리 듣는 섬이 있다

외로움이란
본디 없는 것

누가 지어낸 것

섬에는 반드시 섬의 내생이 있다

무제 시편 340

끝의 눈을 떠라
죽어가는 눈을 떠라

그 눈으로 보아라

똥이 꽃이 되어
나비
어서어서 온다

그냥 생애의 어중간한 눈 감고
그 눈을 떠라
그 눈으로 보아라
보이지 않던 것을 그제야 문 열고 보아라

네 끝이
그때이리라

무제 시편 341

아버지의 연장은
아버지의 자기동일성이었다
어릴 적
나는
아버지의 연장이
아버지였다

쇠스랑
삽
괭이
톱
쟁기
물자새
지게
지겟작대기
바지게
그것들이
날 저물어 곱게 곱게 씻기어 놓여 있을 때
나에게
그 아버지였다

오래 연장과 마음이 하나인 것을
그뒤로 다시 깨달은 것은
내가 몇십년간
온갖 낱말들의 그 처녀성으로부터
몇십년간의 아내로 지아비로
함께 살아온
그 조심스러운 무애를 누려온
어느날이었다

내 낱말은 연장이 아니었다 내 마음이었다

아버지! 하고
저승의 아버지를 부른다
저승에서
이승까지 들리는 대답이 있다

시는 그것이다

무제 시편 342

어느 나라 문법에서 말하는
복합과거가 있소
내 현대사는
당대사와
역사가 서로 겹치는
복합과거라오

그래서 내 삶의 시간도
복합시간이어서
나는 나의 존재 복수(複數)이기도 하오

어제 안경을 벗었더니
건너편
산자락이
두개이다가
서너개이다가 했을 때
그 복합풍경의 허위가
바로
내가 살아온 현대사 속
다른 시대들을 얼떨떨 드러내주었소

요컨대
나는 내 허위의 힘까지도
내 힘으로 삼고 있소

또 요컨대
어떤 진실이란 것도
허위에 대한 진실이오

정녕 그렇소

무제 시편 343

교수형 집행 몇분 전의
사형수의 손끝 덜덜 떨리는 생명의 동작이여
첫사랑의 가슴 박동이여
잡힌 고기들의 격렬한 몸부림이여
거기에 꽂히는 눈부신 햇살이여
몇년 만에
기어코 찾아낸
아버지의 원수 앞에서 치솟는 새 증오여
전두환과 노태우의 1심 법정
그 신군부 가족의 치욕이여
운명이라는 말을
가장 잘 사용한 노무현이여
모든 말기(末期)의 미소여

이런 세상에
저녁 금성이 나와 있다
거지별이라고
밥 얻어먹으러 나온 거지별이라고 빛나기 시작한다

무제 시편 344

더 허공이 필요하다
언어의 화석은
땅에 묻혀 있지 않고
허공에 묻혀 있으리이다

허공의 바람 소리 속에
선사시대
그네들의 언어가 묻혀 있으리이다

지상의 것으로는
내 마음의 화석 끝내 찾을 수 없으리이다

허공
내 마지막 장소는 저곳

무제 시편 345

나무 있으면 된다
내 슬픔을
나무가 나누어 간다

나무 있으면 된다
내 괴로움을
나무가 갈라준다

누가 그랬던가
나무가 가장 가까운 신이라고

나무 밑에서 죽고 싶다

무제 시편 346

『삼국사기』를 읽은 적이 있습니다
읽다가 던지기도 했습니다
그것은 국가사업이었습니다
왕에게 바치는
중신(重臣)의 봉헌 패관이었습니다
그러므로 당장의 체제 지상이었습니다

『삼국유사』를 읽은 적이 있습니다
읽고 나서
거의 다 잊어먹고 말았습니다
그것은 외세에 다 망가진
폐허에 살아남아
공간(公刊)이 아닌
사사로운 저작이었습니다
밑으로부터의
산중으로부터의 자아 옹호였습니다
그러므로 구슬프도록 생태적이고 자발적이었습니다

그런데 말입니다
『삼국사기』
『삼국유사』

그 두 사서(史書) 없었으면
어쩔 뻔했습니까
그 사서가
이전의 고대사 서술을 다 없앤 자리에
들어선 죄에도 불구하고
그것 있어서
후대의 아이들이
옛 무지개 7색 8색을 어느만큼 꿈꿀 수 있습니다

공자가
『시경』『국풍』다 없애고
그 일부만 남겨 편찬한 것 이어와서
우리는 고대 황하 유역의 삶과 시를 그나마 만날 수 있습니다

남은 것은
어차피
남지 않은 것을 넘어서고 남은 것입니다

내 고향
장풍호 영감 마누라는
아들 13형제 딸 7자매를 연년생으로 낳았는데

그 가운데서
아들 셋
딸 하나
살아남았습니다

죽은 것들이야
딸도
아들도 아니었습니다
그저 흙이고 그저 바람이었습니다

무제 시편 347

건너오고
건너와
나에게 건너와
잡힌 참새 가슴 뛰며 내 손안에 있다

소라고둥 와 있다

대지의 신음 소리 담겨 있는
소라고둥 와 있다

지난여름
밀라노 암브로지아나 도서관
그 도서관
그 미술관
그 박물관 살림 도맡은
사제 몬시뇰 푸마갈리가
인도 순례 중
바라나시의 구루 라나 P.B. 싱으로부터 받은
소라고둥

그 이름 샹카

창조신 크리슈나의 악기 샹카

죽음을 이기는 악기
진리를 새기는 악기 샹카

이 얼룩말 샹카가
인도에서
이딸리아로
이딸리아에서
한국으로 와

건너와
건너와
건너와

온몸으로 불어주기를 기다린다
온몸으로
온몸의 숨으로 응결된 숨으로
터지는 그 목쉰 소리가 기다린다

나의 주님보다

당신의 시에 보랫 소리가
크리슈나의 소리이니
이 샹카는
당신의 것이오

건너와
건너와
그렇게 나에게 건너와

아무것도 기다리지 않고 내 손안에 와 있다

또 하나의 소라고둥

북반구의 5월은
남반구의 10월이다
남아프리카공화국 스텔렌보쉬
'다른 언어로 춤추기' 국제 축전
그 찬란한 장소에서 만난
여성 시인 마를렌으로부터
나의 시 읽고
잠 못 이룬 그녀로부터

떠나는 날 아침 나에게 준
소라고둥
하얀 소라고둥
대서양과 인도양 쌍둥이 바다
거기서 산 소라고둥
나는 그것을 몰래 받았다

두 소라고둥으로 나는 무엇이리라 바다의 무엇이리라

무제 시편 348

본명을 버려라
약칭으로 살아라
필명을
예명을 내버려라
약어로 살다 죽어라

고향을 버려라
고전을 버려라
민족을 버려라
이제 근대는 고대이다
버려라

정식 명칭들아 존칭들아
오랜 고유명사들아
이로부터 너 스스로 바다 밑에 가라앉아라

이제 자아 즉 타아이다

K2로부터 네 세기(世紀)를 열어라

무제 시편 349

황홀하도다
정오(正午)의 산정(山頂)
정오의 해저(海底)
정오의 허무

정오의 나

용납하지 않는도다 내 그림자와 다른 그림자들을

무제 시편 350

세계화는
세계화 흑사병이다
세계화가 가는 곳
절반 이상이 죽어버렸다

신자유주의는
신자유주의 핵폭탄이다
신자유주의가 오는 곳
대부분이 죽어야 한다

남은 절반
남은 일부분의 객체는
알거지이거나
좀도둑이거나
길고 긴 여생의 중환자들이다

그래도 서정시가 거기 온다

무제 시편 351

나의 해외 긍지 30년

나는
어떤 나라에서도 나였다
나는
어떤 권위 앞에서도 나였다

그들은 모두 내 뜨거운 친구

그러나 돌아오는 길
나는 고독한 상공(上空)이다 내 밑으로 바이깔이 있다

무제 시편 352

네 제국의 핵으로
내 약소국가 하늘을 실컷 더럽혀라
다시 푸르리라 별 빛나리라

네 이데올로기로 내 꿈을 없애버려라
다시 꿈꾸리라

네 지진으로
네 해일로
네 폭풍우로
네 눈보라로
내 들녘을 휩쓸어라
10년 뒤 초원이리라

네 폭탄으로 나의 집을 폭파하라 전소하라
다시 지으리라
내 행복의 바라끄를

네 칼로
내 심장을 찔러라 피투성이로 쓰러뜨려라
다시 박동 치리라

귀신으로
광견(狂犬)으로

네 총으로 내 머리를 쏴라
내 뇌수 뿜어
종을 울리리라

네 첨단 기술로 네 시장으로
내 시를 말살하라
백배로 쓰리라

번개 쳐라 번개 쳐라
내 알몸은
어떤 피뢰침도 사절하고
네 번개로 재가 되리라
다시 태어나리라

무제 시편 353

더 벗으니
배꼽이 나왔다

한번도 입 열리지 않은 침묵이
거기 있다
세계의 침묵들이
세계의 소리를 이긴 적 없다
그 침묵의 패배에
배꼽의 침묵이 있다

그러나 내 배꼽은
내 입을 모른다
회한 필요 없다
침 바르고 싶은 10대 숙녀들의 배꼽은
지금 세상에 널려 있다
그 배꼽들이
소리를 이기고 있다

사상의 시대
침묵의 시대는 없다

무제 시편 354

너무 말했구나
너무 썼구나

로마 떼르미니 역 플랫폼에 내려선다

더 쓰리라
더 말하리라 더 읽으리라

2013년 6월 말
스페인 광장 출판사 귀빈 숙소로 간다

무제 시편 355

탕녀보다
처녀에 더 기울어집니다 사내들 모두

될 수 있으면
덜 아름다움을
아름다움으로 말하고 싶어 노래하고 싶어

될 수 있으면
덜 높은 것을
높은 것으로
아주 높은 것으로 솟아오르게 하고 싶어

저 시시덕거리는 관광객 남녀들도
저 서민 남녀노소도
더 높은 마루턱으로 모시고 싶어
다 내려다보이는
거기에 안내해드리고 싶어

그렇더라도
나 자신의 내일쯤이야
나무 우듬지 위가 아닌

그 아래
말 머리 위가 아닌
말발굽 가까이
함께 서 있고 싶어

이런 나지막한 내일의 나이고 싶어

오 온 세상이여
나는 내가 아니라
저입니다
저는 제 그림자의 앞잡이입니다

저 혼자 제 그림자이고 싶어 저이고 싶어

* '덜 아름다움'은 문법과 상관없이 만든 말로, '아름다움의 하위'를 뜻함.

무제 시편 356

접시꽃 앞에서
과꽃 앞에서 말하지 않는다
누가 사각(死角)에서
부정에서
긍정으로 왔다고 한다

황무지에서
중심가로 왔다고 한다

열일곱살
열여덟살
열아홉살
스무살 스물한살
그때부터 울컥 용솟음친 인이 박인 부정에서
이제
너그러운 모란꽃 만개(滿開)의 긍정으로 왔다고
여기서도
저기서도 말한다
뉴저지에서도
로마에서도

아니다

한밤중
나의 공중부양이 있다
내일 아침
나는 부정의 세상 앞서 부정이다
부정의 부정이다

그래도 누구의 망상으로 말한다
희망을
미래를
공자 왈 맹자 왈 무엇으로 무엇으로 풍부한 미래를

무제 시편 357

차창(車窓)이야말로 거룩하다
풍경이야말로
풍경의 고독이야말로 거룩하다

나 대신
너희들이 가는구나
너희들 대신
한없이 내가 서 있구나

풍경이야말로 무엇도 묻지 않는다 스스로 쓸데없는 답이다

풍경을 먹은 내 눈이야말로 풍경이다

누구이고 싶구나
누구로 가고 싶구나
너무나 오래인 내가 아닌
누구의 오지이고 싶구나

풍경의 저녁이구나

무제 시편 358

백골에 숨을 넣어라
목내이(木乃伊)에게
피를 넣어라
넋을 넣어라

톈산남로의 사막

나는 모방을 거절한다
복원(復元)이거나
재생(再生)이거나

사막 지평선 너머에
도성이 있다

내 신기루로
저승이
이승으로 온다

무제 시편 359

수네하고 바라본다
인섭이하고 바라본다
인섭이 동생
인구하고 바라본다
75년 전
세상 떠난
명훈이 누나하고 바라본다

동해 수평선
어제 보다
더 멀다

무제 시편 360

넓은 호박 잎사귀
넓은 후박 잎사귀
넓은 들깨 잎사귀
넓고 넓은
오동 잎사귀

술렁 바람이 일어난다

이런 날도 있다
종일 고뇌 없는 날이었다

아내하고 함께 있다

누웠다
일어났다 한다
시지부지 잠 오다
잠 깼다 한다

행복이란 아무 이름도 달지 않는다

아 욕먹고 싶구나

무제 시편 361

눈송이 하나
떡가루 눈송이 하나
똑같은 것 없으시구나
빗방울 하나
성난 소나기 빗방울이든
성 안 난 가랑비 빗방울이든
똑같은 빗방울 없으시구나

아침 인기척 전
이슬 한방울인들
옆 이슬하고
똑같은 것 하나 없으시구나

개미도
애저녁 하루살이도
굶주린 여름밤
부잣집 같은 밤하늘 별들도
좀 눈 씻고 보아
똑같은 것 하나 없으시구나

지상 만유(萬有) 중의 한가지

티끌도
다른 티끌과
똑같은 운명 하나 없으시구나

그래서 이런 곳에 내려온 만유인력이
열매 하나 떨어뜨릴 때
다른 열매 떨어뜨릴 때와 다르신가보구나
잎새 하나 질 때
뒤의 잎새 떨어지는 때와 다르신가보구나
청색조차
백색조차
하도 많은 색이신가보구나
그냥 어느 것이나 똑같은 백색 청색 아니신가보구나

나 또한 백담사 만해 같은 것 아닌가보구나 철렁 마음 놓는다

무제 시편 362

나는 청중 앞에서 부끄럽다

1964년 제주농고 운동장에서
강연 직전
도망쳐버렸다
1974년 서울 종로5가
기독교회관 강당에서
도망치려다 말았다

20세기가 나에게서도 떠났다
21세기가 나에게도 왔다

나는 나 혼자 있을 때 더 부끄럽다
허공이라는
적막강산이라는 데서
부끄럽고
또 부끄럽다

나는 몇천년의 죽은 청중 앞에 있다
죽음 앞에서는
내 티끌 하나도 숨 쉴 수 없다

삶의 기만이란
삶의 위장이란
삶의 허장상세란
삶 속에서만 유효했다

나는 나 혼자일 때 더 낙인찍힌 벌거숭이다

부끄럽다

아담 같은 것이 아닌 풀로 부끄럽다
방금 죽은 시신처럼
부끄럽다

나는 나 혼자가 무섭다

무제 시편 363

죄짓고
배꽃 피거라

죄짓고
죽을죄 짓고
단풍 들거라

죄짓고
비바람 치는 날 숨지거라

우리 모두의 한 생애 이리 벅차거라

무제 시편 364

그곳

내가 산 곳 그 이상의 곳

나는 영영 가지 않으리
그곳
가지 않으리

무제 시편 365

서해 가오리 잡혀와
펄떡이누나
동해 문어 잡혀와
꿈틀대누나

이런 절망의 무표정 앞에서

욥아
너나
나나
너무 눈살 찌푸리누나
너무 눈깔 부릅뜨누나 외쳐대누나

욥아
너하고
나하고
가오리 딸 되고
문어 막냇자식 되어
엉엉엉 울어나보자
허허허 쓰디쓰게 웃어나보자

무제 시편 366

바람 분다
돛 올려라

바람 분다
연 날려라

이제 그대 눈 감아라
바람 분다

무제 시편 367

어느 곳의 새벽별이
와서
내 저녁별인가

어느 때의 썰물이
와서
내 캄캄한 밤 밀물인가

다 곡절 많은 진객(珍客)이시구나
이제껏
이런 손님을 홀대하고 말았구나

돌이 꾸짖는구나 도랑물이 끌끌 혀 차는구나

무제 시편 368

벚꽃이 저토록 우릉우릉 피어버린 것은
벚의 뿌리
벚의 줄기
가지들
우듬지들
온통 힘이랑 힘 다해서
피워낸 것

그래서 저토록 눈부시게 피어버린 뒤
힘에 부쳐
시름시름 앓으면서
병에도 덜컥 걸려
벚꽃 여드레일 것이 사흘 못 가고 지고 있는 것

눈부신 것은 아픈 것

무제 시편 369

파도는
지는 해를 가장 사랑한다
파도는
뜨는 달을 가장 사랑한다

나는 그 이상을 모르고 돌아온다

무제 시편 370

모르는 꽃이
유적의 돌 틈에 피었다

이름 모르는 꽃 이대로 두라

이 세상의 이름들
얼마나 타락인가

이 적막의 꽃 그대로 두라

무제 시편 371

동사에서
명사 나왔지
천년이나 동사는 시들어갔지
만년이나 명사는 으스댔지 으스대고말고

고약한 심보로
나는 명사를
동사로 돌아가게 했지

명사의 저항
탱크로 진압했지
최루탄으로 진압했지

나는 동사의 군사독재였지

나 이후
동사와 명사 스스로 물러섰지
누가 앞도 아니고
누가 뒤도 아니었지

명사에서

동사 나왔지
동사에서
명사 나왔지 그랬지

거기야말로 하여지향(何如之鄕)인 줄 이제야 알았지

무제 시편 372

내가 80세로 말한다

진리는 느리게 온다
숨차지 마라

내가 말한다

지혜보다 높은 것 있다
느끼는 것

내가 말한다

거짓과
거짓 아닌 것
그것들은 대립 이상으로
대립되지 않는다

내가 말한다

자연의 은혜
해마다 4.1조 달러어치라는 계산을

거북은 모른다
토끼는 모른다

내가 말한다

제사 없는 날이
오로지 그대의 날이다

무제 시편 373

연원(淵源)을 모르는 강이 있습니다
틀림없이 있습니다
어디서 흘러오는지 모르는 강이 있습니다

나는 그 강물 위로 떠내려왔습니다

어디로 흘러가는지 모르는 강이 있습니다

모르는 강이
나의 강물입니다 이토록 으슬으슬 기쁩니다

무제 시편 374

어느 나라 남방 아열대 지방에는
짐새〔鴆鳥〕가 삽니다
뱀도 날름
먹어치우는 새입니다
무서운 독(毒) 풍겨
그 둥지 언저리에는 풀이 나지 않습니다
그 새 똥이나
그 새 깃이 닿은 음식으로
즉사한 사람 많습니다
그 짐새 짐독이
암살
독살에
비싼 값으로 팔립니다

끝내 인간 9할이 짐독입니다

무제 시편 375

죽은 봄이
나의 봄
죽은 꽃이
나의 꽃

꽃에 벌 없으면
그 꽃은 종이꽃

곧 나비 없으리라
그 꽃은 무덤꽃

죽어가는 나라가
내 나라

이딸리아 하늘에는
제비 있더라
우리나라 하늘에는
제비 없더라

죽은 하늘이
내 하늘

꽃이라고?
꽃의 강산이라고?

무제 시편 376

정상에는 휴식 있다는 명언은 허언이오
정상 10분으로
어서 내려서야 하오

그 칸첸중가 정상의 극한
죽음만이
허무만이 견디어내는 극한

한장 넘겨
죽음이
휴식이라면
그 허언은 명언이오

정상의 영광은 영원이 아니오 까마득히 일찰나(一刹那)이오

무제 시편 377

손톱을 깎으며
내 먼 옛적이 늑대였고 고릴라였다는 것 안다
발톱을 깎으며
내 망각 속의 기억에
내가 9년 묵은 여우였고 들개였던 것 안다

무던히도 기쁘다

내가 사람에게 갇힌 사람만이 아닌 것
사람인 것을 모르는
그 언젠가의 삶이었던 것

기쁘다

발톱 먼저 깎고 손톱 깎는다

무제 시편 378

10월 햇빛
더욱 희다
더욱 희다
이 세상의 새끼들 눈뜬다

저 건너
불교 정토종의 할머니 무덤이 있다

무제 시편 379

누구의 혼이 지나가다
나의 혼을 만난다
누구의 혼이
내 몸 안에 들어선다
바야흐로 바야흐로 바야흐로 바야흐로

신록이다

무제 시편 380

몇백개의 칭호로 부르고 싶은 세계가 있다
몇십년 동안
새로운 칭호로 부르고 싶은 세계의 밤이 있다

하지만 나에게는 겨우 내 일생뿐이다

고상한 것
그리고 비천한 것

그 골짝에 있는 오늘뿐이다

만취한 밤의 나 혼자
별 아래에 있다

무제 시편 381

장대비 퍼붓는다 위대하다
나는 갈 곳을 포기한다
유리창들이 입 다문다
지붕들이 입 다문다
길들이 입 다문다

이 마을과 다른 마을이
너무 똑같다

오늘은 위대한 날이다

배 속의 아기야
이런 날 태어난다
누가 반드시
죽으면
누가 반드시
태어난다

무제 시편 382

닭이라는 것
꿩이라는 것
송아지라는 것
이런 이름 잊어버렸다

옷 벗는 것도 잊어버렸다

마누라 이름도
진작 잊어버렸다

현재 남한 치매환자 약 40만명

나도 풀이름 나무 이름
하나둘 잊어버렸다

내 머릿속
명사들
단어들 팍 줄어들었다

아니

인류 전체가 과거를 잊어버렸다
있는 것은
오직 현재뿐
그러므로 현재도 없다

아니
아니

인류 전체가 전생을 잊어버렸다
있는 것은
오직 금생뿐
이 얼마나 큰 치매인가

끝내 바람이 바람인 줄 모른다
그 얼마나 커다란 상실인가

무제 시편 383

8백억명이나 묻혀온 이 세상 한 귀퉁이
옛 원효의 인기척이
오늘 아침 식전바람에 와서 한마디 놓는다

진여(眞如)는 백가(百家)에 있다

나의 집 안팎
돌연 훤해진다

진여의 햇빛에
진여의 이슬 쨍그랑
진여의 돼지우리에
진여의 돼지 노래
꿀꿀꿀

8백억명쯤의 생사로 끝낼 수 없는
이 세상 한 귀퉁이

내일의 고은이
내일 밤 이슥히
거기 가서 한마디 외친다

천제(闡提)는 오백나한(五百羅漢) 우글우글한 도(道)에 있다

그 마을 가가호호
다 불이 꺼졌다
하늘만 남아 아무 짓도 못한다

무제 시편 384

절박한 현실이
절박한 비현실일 수밖에 없는
몇백광년으로
여기 내려와
내 눈동자에 잠기는 별빛이란
그 절박한 현실로는
이미 몇백광년 전에 죽은 별빛이란 것

사상의 밤이 깊을수록
나는 불행하다

내 무한은 불행하다

무제 시편 385

비 오기를 기다리는
저 첩첩산중 천수답의 어린모를 보았지요
눈 내리기를 기다리는
저 첩첩산중 숲의 땅속
6백년
7백년이나 사는 깊은 나무뿌리를 보지 못했지요

내가 보는 것은
내가 보지 못하는 것 다음인 줄
이제껏 모르고
여기 왔지요

나 9할 9푼의 빈털터리이지요

무제 시편 386

이팝나무
이팝꽃 잔뜩 피면
그해 이팝 농사 풍년 들었지

이팝나무
이팝꽃 필 때
가장 배고플 때

이팝꽃 필 때
가장 그리울 때

아 살아보니
그리움은 배고픔이더라
개도 짖지 않는
오밤중까지 배고픔이더라

무제 시편 387

그는 귀 없이
누구의 얼굴을 바라보지 않는다
그는 귀 없이
책을 읽지 않는다

그는 귓속 고막 없이
밤하늘의 별들을 우러러보지 않는다

그는 그의 귀무덤이다
일본 쿄오또의 귀무덤이다

무제 시편 388

16만년 전에는
여기에 눈 내리지 않았다
지금 눈 내린다
36만년 전에는
여기에 네가 없었다
지금 네가 있다

아 입속이 눈부시게 환해지는
이 무의미
어떤 감회도 가버린
침 고이는 무의미

지긋지긋한 의미들의 열길 허방 없이

무제 시편 389

우리나라는 손님의 나라입니다
우리나라의 새 9할이 손님 새입니다
우리나라는 철새의 나라입니다
이런 새들 가운데
어떤 새가
아주 자그마한 나그네 몸으로
1만 킬로미터의 긴 여행을 단행합니다
무지무지합니다
무지무지합니다
멜버른 교외에서
한국 서해안에 오고 있습니다
오밤중 내가 잠 못 이루면
으레 그 도요새들의 아득한 소리 몇 마디가 내려옵니다

내 고향 언저리 김제 만경 위
그 만경강 갯벌에 날개 접는 소리가 내려옵니다
여기서 머물다가
곧장 날개 펴 올라
북태평양 건너
알래스카에 가
새끼를 낳아 길러냅니다

619

무지무지합니다

이제 내 고향 갯벌은
새만금 둑으로 죽어버렸습니다

그 가창오리
그 저어새
그 두루미
그 도요새가 오지 못합니다

오면 죽어야 합니다

이제 그 새들이 오지 못하므로
나 또한
내 고향 갯벌에 갈 수 없습니다
내 고향은
그 언젠가 피바람의 저승이었고
이제 새의 저승입니다
나의 남은 이승으로는
그곳에 갈 수 없습니다

나는 도요새입니다
아 지난날
할아버지 방의 벽에 있던
송학도 속의 두루미를 보며
자란 어린이인 내가 아니라
어미 잃은 넓적부리도요새입니다

무제 시편 390

술 깼다
너한테만 말하겠다

나는 세가지를 배척한다

이놈의 결과주의
이놈의 근본주의
이놈의 실용주의

이것이 내 여생 병사 수칙이란 말이다

무제 시편 391

친구야
너하고 나는
흙과 돌로 친해왔구나 엄중했구나
때로는
소와
닭으로 싱거웠으나
그런 날 아니면
나하고 너는
꽃하고
잎하고 친해왔구나 막중했구나

너 지옥 알지
별 없는 곳
꽃에 나비 없는 곳
친구 없는 곳

무제 시편 392

나는 돈에 관한 시를 쓰지 못한다
나는 돈에 대한 시를 쓰지 못한다

끝끝내
나는 돈의 시를 쓰지 못하고 죽으리라

돈은 무엇이므로
돈은 그 무엇이므로

무제 시편 393

밥 한그릇에
밥 백그릇을 담으리이다
밥 한그릇에
밥 백오십그릇을 담으리이다

물 한그릇에
바다 한그릇의 밀물을 담으리이다

그대의 이 소원 부디 단단한 대추씨 오얏씨이기를

가을 대추이기를
봄 오얏꽃 잉잉거리기를

무제 시편 394

작전 완료

천만에
적은 없어지지 않았다

사망 직전

천만에
욕망은 없어지지 않았다

이 불멸의 잔 들어 건배

무제 시편 395

무엇하러
이리도 바쁘게시리
바쁘게시리
숨 헐떡이는 격류로 내달려오시는가
무엇하러
이리도 밤낮없이
눈 팔지 못하고
오로지 이 벅찬 격류로만 무너지며 일어서며 내달려오시는가

어느 벌판 가로질러
화들짝 놀라 펼쳐질
그 가없이 넉넉한 시간으로
흐르는 듯
흐르지 않는 듯
그 유구한 강물의 완만이기 위해서
이리도 소경으로 귀머거리로
팔 내저으며
번뜩이며
부르짖으며 나뒹굴며 내달려오고
내달려오시는가

기어이
저 난바다 배래의 허무에 이르러
천년의 파도로 나고
천년의 파도로 죽고
그 파도의 일생으로 파도치기 위해서
이리도
쉴 줄 모르고
잠들 줄 모르고
비비람 무릅쓰고
밤하늘의 텅 빈 아우성 버리고
내달려
내달려
뭇 이정표 쓸모없이
내달려오시는가

동알프스 인스브루크 앞둔
인 강(江)의 이 사나운 격류 위에
내 모자 던져
벌써 어디까지 가 있는지 모르게 사라진 뒤
내 허허실실
네 격류를 두고

날 저문 묵은 고딕 건물 밑 술집 어슬렁

무엇하러
무엇하러
저리도 눈코 뜨지 않고 내달려가시는가

무제 시편 396

오랜만이다
내 전환(轉換)의 지점 무교동에 간다
이제는 납작 바라끄 대신
몇십층들이 막아섰다

독한 소주 진로나 삼학
독한 붉은 낙지 덩어리
독한 허무

그 통금의 미명(未明)
평화시장 분신자결을 알았다
그 이래
돌변한 나는
나의 한국사 및 한국문학사가
연민의 역사일 때
추도(追悼)의 역사일 때
그것을 단호하게 거절하였다

좋다
역사는 감정이다
역사는 과학의 성찬이 아니라

내 현재의 서사이다
허나
역사가 역사의 배후가
혹시 약자의 동정이라면
어설픈 10주기의 위로라면
나는 그것을 내 암흑 물질로 퇴치한다

따라서 내 죽음도 연민치 말라
어차피
어차피
어차피
나의 잔은 빈 잔
그 무슨 귀신도 닮지 못한
내 운명의 공동(空洞)이다

얼른 무교동을 나왔다 을지로로 간다

무제 시편 397

한하운 선생님 영전에 사뢰옵니다
64년 전
당신의 『한하운 시초』
'가도 가도 황톳길……'에 사뢰옵니다

아직껏 당신이 되지 못하였나이다
당신의 문둥이가 되지 못하였나이다

이 불초(不肖)의 향 사르어
머리 조아리옵니다

다음 날 남은 눈썹같이 쑥꾹새 소리만 들리옵나이다

무제 시편 398

내 방은 어스름으로 녹슬었다
비좁다
비비 좁다

이런 방에
숨찬 욕망 부스러기
벅찬 망상 부스러기 쌓여 있다

내 방은 터질 대로 터진 종양으로
별빛 잊은 지 오래

이런 병든 방
귀청 떨어지는 소음 쓰레기
문자 쓰레기

이런 내 방은 밖을 모른다
밖의 모험을 모른다
안으로 갇힌 방
안으로 굳게 닫힌 방

죽음이나 혁명이 있어야겠다

내 방 문짝 왕창 열려
안의 일체가
밖으로 나가
뿔뿔이 흩어져야겠다

끝내 안이 밖이 되어야겠다
서투른 밖이 되어
어디가
어딘지 모르고
울어야겠다
푸른 하늘로
엉엉 울어야겠다

끝끝내 내 방이 없어져야겠다

오 이 세상의 방들이여
몇십억개의 방들이여
그 방 안 각자의 썩은 안이여
안이여
안이여

그대들 불륜의 나체로 가슴 가리고 아래 가리고 나와야겠다

무제 시편 399

소월도 없이
이시까와 타꾸보꾸도 없이 바이런도 없이
1950년대 벽두
그 유치하고 열렬한 주린 풋가슴으로
떼죽음 넘어
피 넘어
살아남은 무지로
벼랑같이 내디딘 커다란 달밤이 있었네

어머니이던
외삼촌이던
삼촌이던 달밤
황해도 피란민이던 달밤이 있었네

세월 유수라지

오늘의 나에게
베네찌아 주데까 맞은편
짜떼레 나루
곧은 아내의 달밤에
내 백년 후의 달밤이 있었네

이런 밤으로
다른 밤을 바라지 않도록
달밤 새도록
환히
환히 울어예는 달밤이 있었네

비현실이
이토록 현실인 밤이 있었네

무제 시편 400

망치질의 이틀로
망치질과
줄칼질의 하루로
은빛 푸른 무명지 반지를 만들어
부끄러움 가득히
바쳐보았어?
사랑해보았어?
로마 가도(街道)의 우산소나무 그늘 지나
나뽈리 앞바다
까쁘리 섬 절벽 위
사이프러스나무로
온갖 바람을 견디는 시간 지나

그 풍경들 다 까먹은
동북아시아의 산속 시냇물 소리로
내일도
모레도
글피 그글피도
밤 지새울 사랑 해보았어?

한사람의 몸을

그리도 오래 사랑해보았어?
그 사랑 말고는
어떤 사랑도 할 수 없었어?
구름이나
저녁 부엉이를
문둥이를
무(無)를 사랑해보았어?

누가 두들겨 맞으며 소리 지르다
그 소리조차 못 지르는 고통의 극단으로
꿀로
술로 사랑하지 않고
투명한 유리 속으로 들어찬
푸른 하늘에
백만개의 얼굴을 그리는 사랑 해보았어?

그리하여 사랑이 얼마나 바보의 나날인 줄 깨달아보았어?

무제 시편 401

또르첼로는 적막하다

또르첼로의 무화과나무는 적막하다
바람 없이
꽃들
벌 없이 적막하다

세상의 허위로부터
가장 먼 곳

꽃들 저쪽에서
꽃 없이
가만히 열매 맺은
무화과나무의 하루는 적막하다

나도 어쩔 수 없이 그 무화과나무의 청각(聽覺)으로 적막하다
바랄 나위 없다

*또르첼로: 이딸리아 베네찌아의 한 섬.

무제 시편 402

왜 미풍을 마다하겠느냐
왜 5월 훈풍을 마다하겠느냐
왜 서귀포 해연풍(海軟風)의
그 어여쁘디어여쁜 잔물결을 마다하겠느냐
왜 그대의 미소를 마다하겠느냐

그러나 오늘 나의 의외로 폭풍을 갈망한다
모든 가치
모든 사명을 뒤엎을
무지몽매한 폭풍으로
번개
우레 쳐
내 풍장(風葬) 육탈의 해골로
폭풍우 속 무언을 갈망한다

최고의 미소여 가라

무제 시편 403

나를 독수리로 뽑낸다
나를 호랑이로 뽑낸다
나를 사자로 뽑낸다
나를 코끼리로 뽑낸다
나를 거북으로 뽑낸다
나를 용으로 뽑낸다

나를 태양으로
나를 달과 별로 뽑낸다

나를 하늘로 뽑낸다

그러므로 나는 나를 모른다

무제 시편 404

멸망이란 얼마나 열렬한가

폐허 꼴로세움 옆
폐허 마센찌오 지붕 한쪽으로
나는 돌아오지 않는
옛 로마를 본다

마음껏 장엄하여라

나의 가엾은 내일이 달려와
죽을 나를 본다

멸망이란 얼마나 찬란한가

무제 시편 405

5천년 전 황하 하류
누가 처음으로 종을 쳤다
종에 새겨 넣은
무늬들이 울렸다

그 종소리 5천년 뒤
내가 종소리를 듣는다
아내와 함께
저녁 종소리를 듣는다

무엇을 말하랴
무엇을 말하지 않으랴

이런 충만의 하루 어디에 또 있으랴

무제 시편 406

이해는 고독합니다
이해는 고독으로 죽어갑니다
온통 세상은 오해뿐입니다
몇십억의 신들 가운데서
어느 신도 이것을 외치지 않습니다

오늘도 나는 이해를 만나지 못했습니다

안에는 긴 『마하바라타』 속
불을 일으키는 나무가 있습니다
밖에는 나의 포플러나무가 있습니다
안과 밖은
서로 모릅니다

포플러나무 잎새들은
어느 잎새도
어느 잎새도
다른 잎새와 따로 삽니다
따로
따로 춤춥니다
바람 속

포플러나무 잎새들의 찬란한 물결이라면
춤이라면
무슨 춤을 더 바랄 나위이겠습니까
그 춤의 나무 밑은
모두 지진의 앞 미진으로 가득합니다
지진의 뒤 여진으로 텅 비었습니다

그러나 나의 안과 밖의 축복은 더 나아갈 수 없습니다
모든 것은 오해입니다
제도도
관념도
그 무엇들도
하나의 씨앗으로
수많은 오해의 열매들을 수확합니다
진정한 달도
진정한 태양도 없어집니다
아무리 화살을 날려도
과녁이 그때마다 흩어집니다
시냇물이
저 바다에 이르지 않습니다

이해는 고독합니다 이해는 고독으로 죽어갑니다

저 혼자 포플러나무 잎새들의 물결을 바라보며
필사적으로
오해를 물리치는 순결의 춤을 바라보며
저 혼자의 지진을 불러옵니다

이끼가 덮인 이해의 고독이 일으킬
쥐라기의 지진을 불러옵니다
아직 포플러나무 잎새들의 바람은 잠들지 않았습니다
아직 이해는 죽지 않았습니다

또한 아직 이해의 혁명은 오지 않았습니다

무제 시편 407

회고도 쓸데없어라

그리도 달음박질이었건만
그리도 헐떡헐떡
달음박질쳐 왔건만
열다섯살 적으로부터
두걸음도
더 나아가지 못한 것
거의 제자리인 것

쉰살
예순살 헛산 것

열대여섯살 적
그 좁다란 동천(洞天) 거기
그냥 거기인 것

이제 안다

다 써먹은 하늘과 땅 위
어디도

올데갈데없음을 안다

애꿎은 것은
오밤중 기러기 울음소리 몇개 가고 있음을
나는 뒤척이며 안다
강남인가
서백리아 쪽인가
그대들 가는 곳 어느 쪽인가

새벽 두시인가 세시인가

무제 시편 408

세계 도처에 무성통곡(無聲痛哭)이 있느니라
세계 각처에 무성통곡의 골짝들이
괴어 있느니라

거기 가보지 않고
어디 갔다 왔다고 하겠느냐

이 세계의 백겁(百劫) 소음 밖으로 가거라

무제 시편 409

고문당하며 울었다 만취로 울부짖었다

이제 슬퍼서
외로워서 울지 않겠다
그리워서
기뻐서 울지 않겠다

웅장한 네 얼굴 앞에서
감동의 네 9번 뒤에서
그때 엉엉 울겠다

이제 울음은 내 것이 아니다 전체의 것이다
어둠으로
달빛으로

무제 시편 410

이것밖에 남은 것 무엇이겠느냐
가거라
가거라
다 가거라

내가 남아 맞이하겠다

죽음
그리고 금세기(今世紀)의 시

무제 시편 411

무시무시하다 영겁
오싹하다 찰나

나의 시간은
며칠이나
몇달이나
몇해나
타향살이 몇해나

나의 친구는
히말라야에 가지 않는다
킬리만자로에 가지 않는다
수원 광교산에
올라갔다 와서 소주 마신다

어쩌다가
이러고 싶다
어쩌다가
너무 멀리 가 있다가 배갈 마신다

무제 시편 412

물에 절하다
불에
불씨에 절하다
바람에 절하다
바람 없는 밤
아직 오지 않은 그 바람에 절하다

길에
모르는 길에 절하다

고구려 3월 3일 낙랑언덕에서 절하다
어찌 고구려뿐이랴
이토록 추운 봄날 하루라도 조상같이 그 자손같이 경건했으면

무제 시편 413

비 그칠 생각 전혀 없네 내일모레까지 오겠네

나무들
나뭇잎들
비 맞는 것 보아

저 암소
비 맞는 것 보아
제 새끼 데리고
비 맞는 것 좀 보아

내 곤두선 삶 언제 저래보았어

무제 시편 414

하나는 계욕(禊浴)이라 함

차안(此岸)의 업 씻어내어
피안에 건너가고자 함

하룻밤 떠다 푹 재운 물
내 정수리에 부어
삼독(三毒) 사독(四毒) 씻어내니

연꽃 빵긋 열리네

하나는 관욕(灌浴)이라 함

지아비 숨 놓으니
부디부디
먼 서방정토
십만억 국토 거기 가시라고
깨끗깨끗
새벽 첫 물 떠다
시신 씻어드리니

영정 앞 촛불 한번 출렁이네

부질없음이여
부질없음이여
혼자 가는 피안 없음이여
혼자 호젓이 가는 극락 없음이여
여럿이 갈 거기 없음이여

무제 시편 415

담긴 물의 기억이여
모래에 묻혀 있다가
모래바람에 나와버린
타클라마칸의 해골이여
6백년 이상 산 용문사 은행나무여
쓰지 않는
삽이여

고대여

설명해다오 너희들의 말로
설명해다오 너희들의 말 말고는
지상의 어떤 말도
말의 영광이 아니라고
말의 모독이라고

절규의 화석인 그믐밤이여
아직 나타날 수 없는
며칠 뒤의 초승달이여

나의 말은

불의 말이 아니라 물의 말이 아니라
밟힌 벌레의 말이라고
불쌍한 말이라고

설명해다오

아이가 방금 죽은 집의 지붕이여
지지난해의 뇌성벽력이여
와서
설명해다오
미래의 말은
어떤 말도
말의 시장에 가 있고
말의 고아원에 가 있다고
설명해다오

말은 말이 아니라고 끝내 다이옥신이라고

무제 시편 416

예포(禮砲)였다
경건한
조포(弔砲)였다
그대 물 넘친 생애 마쳤다

바람이었다
모래바람이었다
내 목마른 생애 아직 남았다

대조하지 말 것
호랑나비와 멧나비
각각일 것

무제 시편 417

비 갠 뒤
사나운 매미 쓰르라미
작렬의 합창 속
거기야

비 온 뒤
떼개구리
막강한 합창 속
거기야

너의 낮과 밤

무제 시편 418

내가 던진 돌멩이는 가라앉는다
그 대신 물무늬가
겹겹으로
커다란 동그라미를 이루어간다
가서
지워진다

고요하다

나는 내 삶으로
저렇듯이
커다란 동그라미의 들녘을 이루어보았는가

동알프스 설산 골짝에서
내 나그네로 소리쳤을 때
그 설고 선 메아리 가서 지워진다

고요하다

나는 내 무엇으로
저렇듯이

길고 긴 메아리의 공중을 이루어보았는가

가슴에 써둘 몇줄이 없다

무제 시편 419

아버지
아버지

논에 계시는 듯
사립 밖에 계시는 듯

한밤중 두견새 울음 속
이 적막강산 아득히
아버지를 부릅니다

무제 시편 420

2100년의 청년들아
너희들에게
내 휴전선을 물려주지 않으리라
너희들에게
내 피 묻은 민주주의도
식어버린 민주주의도 물려주지 않으리라

2100년의 소년들아
너희들에게
내 정치를
내 성장과 경쟁을
내 세계화를 이어주지 않으리라

2100년의 소녀들아
내 거지의 시를
너희들의 가슴속에 밀어넣지 않으리라

2100년의 너희들아
너희들은
누구의 것도 아닌
너희들의 하루와

너희들의 백년을 살아라

2100년의 너희들아
너희들이 찾아갈 무덤이 없으리라
너희들이 손꼽을 기념일이 없으리라
더러운 과거가 아니라
너희들의 과거만이
너희들의 과거이리라

2100년의 너희들아
내 역사를
누구에게 왜곡당하고
나 자신이 왜곡한 역사를
너희들에게 펼쳐놓지 않으리라

너희들아
너희들아
너희들의 시대가
너희들의 고대이고
너희들의 미래이거라

내 삶은 삶의 화석 없이 지우리라
내 언어는
지구 자전의 편서풍 속에 흩어져
그 어디에도 자취 없으리라

2100년의 너희들아
너희들에게
나의 끔찍한 피를 이어주지 않으리라
이윽고 너희들은
나를 모르리라
나를 모르리라

무제 시편 421

기다려라

눈보라 속이다

애벌레 10년 뒤 세상에 와
겨우 열이레
열아흐레
매미 울음소리 있다가 간다

기다려라

장대비 속이다

저 물속의 천년 보내야
붕어 한 놈
잉어 한 놈
용이 된다

잊어버리며
잊어버리며
기다려라

올해 올 손님
다음 해 온다

기다려라
기다리는 모습이 두고 온 네 모습이러라

무제 시편 422

휴전선도 아득하여라
내 가슴속 휴전선도 까마득하여라

백년 지났나
2백년 지나갔나

아니란다
휴전 원년 이대로란다

숱한 신위(神位) 앞 주저앉아
못 일어나겠다
쥐 나서 못 일어나겠다

해마다 그 원년이란다

무제 시편 423

새벽 꿈속이다
어느 나라도
다 군대의 나라였다
다 군복이었다
유치원 아이들도 목총을 들었다
중학교 1년생은
벌써 이등병이었다

이제 막 열렸다
대원수(大元帥)와
원수
그리고 장군들의 정상회의가 열렸다

어느 국가도
어느 사회도
1백개의 1백50개의 사단으로 구성되었다

하나의 명령으로
하나의 작전명령으로
나라 전체가 작전 개시였다

군사재판밖에 없었다
군사재판 1심으로
사형은 즉각 집행
총살
사살
확인 사살이었다

시인들이 있었다
사단 정훈실
사단장의 생일 축시
대원수
원수
장군의 딸 결혼 축시를 썼다
술 한병을 하사받았다
그 술에 취해서
나는 엉엉 울었다

다음 날 아침
나는 운 죄
소란죄로
사단 영창 징역 2년형

즉결처분이었다

그런데 꿈속 수갑 채워지자마자
수갑이 풀려버렸다
아얏 소리로
꿈 깨었다

아직 먼동 틀 줄 몰랐다

무제 시편 424

셋이면
하나가 빠지네
하나이면
임을 더하네

이렇듯이
둘의 그림자 나란히 누운 길
한쪽으로 낮
다른 쪽으로 밤이네

장끼가 놀라 날아가네

아내하고
나하고 국수 먹네

녀석은 서울 갔네

오늘의 계사전(繫辭傳) 한장이라네

무제 시편 425

서해 조금 때
달께서
해께서
이리도 애써
찬란한 충만의 조금을 지으시네

이런 때는
어제저녁 썰물 개펄
그리고 부산스러운 농게의 한평생들도
물속 그윽이 사뭇 경건하게 걸음 그치고
물가의 내 가슴도 사뭇사뭇 정중해 마지않으시네

이런 때는 누가 누구를 미워하지 마시기를
누가 누구를 사랑도 하지 마시기를

무제 시편 426

여기 미수에 그친 백일몽을 말하노니

감히
해는 나 이전에
제멋대로 떠오른 적 없어
내가 까닥 손짓해서야 떠올랐어
내가 아직 서 있기 전에는
내가 쥐암쥐암 해서야
해가 쭈뼛거리며 떠올랐어
그리도 수삽스러이
물 묻은 맨얼굴 채로 떠올랐어

지상에서
조국은
세계는
오대양 육대주는
내가 이름 부르기 전
어디에도 먼저 함부로 존재한 적이 없어
존재론이란
인식론의 쭉정이라

내가 홑씨로 내려와
한포기 풀로 돋아나자
이것
저것이
내 바람이고
물새 낮게 나는 강물이었어

여기 온대 밖에서도
내 뜻대로
우기의 모순 뒤
건기의 가벼운 조각구름이
좀처럼 사라질 줄 모르고
하루에 충실했어
그 밑에서 처녀는 처녀가 아니었어
새 아오자이는 헌 아오자이였어

무제 시편 427

40대에는 죽여버리고 싶은 사람이 있었다
지금은 없다

이 퇴화가 더 사납다
이 소화(消化)가 더 잔인하다

정열이란
살해 욕구
타살 충동의 연속인가
아닌가

20대
30대는 나에게 죽여버리고 싶은 내가 있었다
지금은 없다

이 정화가 미숙이다
이 승화가 비천이다

의지란
장전이다
발사이다

30년 전쟁
백년 전쟁이다
아닌가
5일 전쟁인가

회고는 행위가 아니라 행위 정지이다
아닌가

무제 시편 428

나는 나 자신을
너무나 그리워했다
몇해만이라도
나는 나 자신을
그리워하지 않겠다

눈 속에서 핀 수선화에게 뉘우친다
뿌리기 시작하는
시시한 진눈깨비에게 빈다

나는 나 자신을
스무살 때로 학대하겠다
스물한살 때로 살해하겠다
서른 몇살 때로 부정하고 부정하겠다
그렇게도
나는 내가 아니라는 것
나는 없는 것
나는 부정하고 부정한 뒤
번개 쳐
무아인 것

그렇게도
근대의 나는 재앙인 것

모든 누명을 편든다
모든 능란한 변명을 등진다
나는 뉘우친다

이렇게도 결가부좌로
거리의 절규로
철야정진으로 시위로 다졌건만
나는 나 자신뿐
너무나 나 자신의 먼 곳을 그리워했다

어쩔거나

무제 시편 429

왜 세월이 가며 우는 극우일까
왜 위는
아래의 기억이 없을까
왜 올가을은
지난가을의 다음이 아닐까
왜 나는
지난가을의 내가 아닐까

왜 나는
죽은 김수영이 아닐까
왜 나는
죽은 임화가 아닐까 이상이 아닐까

왜 너는 허균일까
왜 너는 허균이 아닐까

왜 미움은 사랑보다 강할까
왜 사랑의 일생은
사랑이 아닐까

왜 다섯시는 내일의 다섯시가 아닐까

왜 내일 다섯시의 사고는
오늘 전혀 모를까

왜 다섯살은 질문 없는 아이가 아닐까

답이여
해답이여
이 세상에 없는
저 세상에 없는 다섯살의 위안이여

무제 시편 430

외할머니 무덤을 모른다

할머니 무덤이
어딘지 모른다
어느 무덤이
할아버지 무덤인지 모른다

아버지
어머니
아우의 무덤을 겨우 안다

딸아
벗들아

몇해 뒤
내 무덤 잊어라

갈가마귀 무덤
어디 있더냐
해오라비 빗돌
어디 있더냐

장마철 빵긋하고 나와 있던
쌍무지개 무덤
어디더냐

아주아주 잊어버려라

무제 시편 431

백색의 방 안에서
천장과
네 벽이
온통 백색인 그 방에서
전기고문 뒤
그 죽어가는 감전 뒤
무시무시한 정적

나는 탈진의 백색이었다

백색의 만년설
오르며
나무 사라져
풀 사라져
현무암 무더기
거기 이끼 깔렸다가
이끼 사라져

영구 빙판
영구 잔설 적설

686

무지무지하게 커다란 적막

나는 탈진의 백색이었다

백색은 백색의 흑암인 것

무제 시편 432

아아 취한다

우리에게는 백년도 없어
우리에게는 2백년은커녕
백년도 없어

아 취한다

우리에게는 오늘만 있어
아니야
우리에게는 오늘이 없어졌어
어제의 이데올로기로
오늘의 욕망으로
오늘이 없어졌어

아 취한다

우리에게는 내일모레가 없어
수많은 혓바닥들의 내일은
오늘의 구호였어
오늘의 거짓말이었어

제기랄! 술 평 깨버렸다

우리에게는 강이 없어
흘러갈 조상의 강물이 없어
고여버렸어
썩어버리고 있어

우리에게는 어디서 와버린 옛날만 있어
그 이전의 옛날이 지워졌어

우리에게는 싸움이 없어
1년의 혁명 넘어
긴 혁명이 없어
죽어버린 혁명 넘어
몇번의 혁명이 없어
며칠의 싸움으로 도달할 수 없는
방방곡곡의 평화가 없어

우리에게는 우리가 없어 내가 없어

무제 시편 433

휘파람 분다
어린 날의 노래가 온다

내가 살아 있구나

살아 있는 것은
아픔조차도
기쁨이다
살아 있는 것은
그뒤의 죽음조차
모르는 기쁨이다

내가 살아 있구나

남은 길 위
아직껏 나는 푸르구나
내 긴 그림자도 푸르구나

무제 시편 434

오늘은
오늘이 가면
어제가 된다
오늘은
오늘의 고독이다

흐린 툽툽한 오늘이다

이런 날에는 최신의 어휘를 애써 삼간다
헌책방에 겸두겸두 가본다
거기 가
아주 낡은 어휘를 만난다

어!

구정(舊情)은 여신(如新)하세나
신정(新情)은 여구(如舊)하세나

무제 시편 435

보슬비 오네
작은고모
시집간 큰고모
보슬비 오네

가랑비 오네
복사꽃 망울
큰누나
작은누나
가랑비 오네
친정 가는
작은어메
가랑비 오네

60년 전
70년 전
이슬비 오네
없어진 앞산 뒷산
이슬비 오네

무제 시편 436

백년 동안
또는 몇백년 동안
제3은 없다

있는 척하고
있을 법하고
꼭 있어야 할 것이었다 그뿐이었다

제3은
제3의 싹이다가
바로 짓밟혀버렸다

제3의 사나이는 없다 그 여자도 없다

옛 중용도
용수(龍樹)의 중도는 꿈
근대의 중도
전근대의 중도도
오랜 봄꿈
나의 오후
나의 그림자는 그런 꿈으로 길고 묽다

올여름의 녹음도
너무 칙칙한 녹음이다
내 그림자를 다 먹지 못한다

올가을의 낙엽도
너무 젖은 낙엽이라
바랜 단풍이리라
내 중도의 그림자를 밟지 않으리라

제3은 없다
제3의 그림자만 있다 있다가 만다
탄식의 이유인가
농담의 이유인가

다행인 것은
술집에 그것이 있다
둘의 싸움을 말리는
술집 주인이 있다 제3은 술집 제3차에 있다

몽양

혜화동 로터리
내 현대사의 한 기지 거기

무제 시편 437

여자보다 더 아름다운 남자이고저
진흙탕보다 더 진흙탕이고저
약자보다 더 유순한 가축이고저
원소보다
원자보다 더 무서운 무기이고저
노예보다 더 노예인 그림자이고저
선왕(先王)보다 더 가엾은 서산낙일이고저
고대 시인보다 더 드넓은 시인이고저
이슬보다 더 이슬이고저
태평양보다 더 태평양의 밤이고저
나보다 더 내가 모르는 남이고저

무제 시편 438

무겁지 말라 한다 깊지 말라 한다
가슴 뜨겁지 말라 한다
거짓에
지기만 하는 진실
깊지 말라 한다
외우지 말라 한다
다 계산된다
풍경을 보지 말라 한다
풍경을 다 찍어준다

너 자신이 되지 말라 한다
너는 네가 아니라
거리의 누구

책 읽지 말라 한다 생각하지 말라 한다
낮에 낮이나
밤에 밤이나
얼마나 즐거운 개그들이냐

길을 찾다니
길을 찾다니

내비게이션 그대로 가라
길을 찾지 말라 한다

멧비둘기 열아홉마리 스무마리
한 녀석이 날자
다 날아오르네
어쩐지 서투르게 날아오르네

저렇게 날지 말라 한다
무인비행 스텔스기로
쌈빡 날으라 한다

나 어쩌면 좋아

꾹꾹 눌러쓰지 말라 한다
가비야이
가비야이
키보드 두드리는 듯 마는 듯 하라 한다

아 거리에 서 있지 말라 한다
스카이라운지

거기 앉으라 한다

앉았다가
누우라 한다
누워 숨 쉬다가 숨지라 한다

나의 유토피아 여기 살다 죽으라 한다
어쩌면 좋아
어쩌면 좋아

무제 시편 439

아기 보기 쉬운 노릇 아니지
아기 보기 편한 노릇 아니지
장관이다가
그만두면
아기나 보라는데
그 말은 실례 아닐 수 없지

그러나 아기 보며 삶을 새로 배우지

아기 첫돌 뒤
엄마의 눈 보며
어른의 눈 보며
행동거지 시작하지

젖 먹고 난 옹알이 지나면
엄마 입 보며
말 한 마디 배우지

태어난 지
반년나마 지나면
엄마 입 보며

말 열 마디 배우지

말이란 듣기로만 말이 아니지
엄마 입
말 나오는 입 보기로 말이 되지
외국어는
더 오래 입 보며 제 말이 되지

여기에 이르러

소리를 본다〔觀音〕는 것
저 높고 높은 경계 아니라
저 깊은 경계 아니라
바로 젖먹이 적 아기의 그것 아니랴

묘견(妙見)이라
지관(止觀)이라

이런 것들도 아기와 엄마 사이의 그것

무제 시편 440

살아
가죽의 노래 부르고
죽어
백골의 춤 추누나

우족탕 먹는 나의 못난 추도시 이것

안성 안일옥 3대 우족탕집
이렇게 하직한다

무제 시편 441

나는 공자의 고대 합리주의가 질색이야
꿈이 없어
용(用)뿐이야
무용이 없이

나는 널리 퍼진 괴력난신이 좋아
산해경이 좋아
그 해괴망측
그 엽기가 좋아
믿거나 말거나
그 허무맹랑이 좋아

명명덕(明明德) 가꿔
지지선(止至善)은 좀 이따 가꿔
아니
수신제가치국평천하
너 먼저 가꿔

옛날 구멍가게 앞 화투 한짝 뒤집어보니
낭패네

낭패(狼狽)라

이 짐승이야
이 세상에 있을 리 만무
그냥 상상 동물의 하나라

낭은 뒷다리 없네
있어도
짧은 다리라네
여우 십사촌으로 꾀는 없으나
사뭇 용맹하다네

패는 앞다리 없네
있다면
짧디짧은 다리라
없는 것만 못하다네
여우 사촌으로 꾀는 많으나
좀 비겁하다네

6·25때 휴전 직전 중부전선 철의 삼각 고지 거기서
다리 하나 없어진

섬의 제대병 한분

노 젓기로는
어느 누구 따를 자 없었네

낭패라면
눈도 하나 파편 박힌 뒤
외눈이라
수평선의 원근법 없지
그냥 멀리 있거나 말거나

무제 시편 442

하늘년아
하늘년아
이 빌어먹을
하늘놈아
하늘놈아
하고 너에게 욕 퍼붓는 날 온다

너 만년을 우러러온 어리석음이
나였다
나의 아버지였다
나의 고조할머니였다
나의 선사시대였고 고덕이었고 전근대였다

너는 너무나 오래 하느님이었다

이로부터 너는 내 첫번째 두번째 화풀이다라고
이미 땅을 학살한 근대문명은
너한테 포문을 돌린 터

너 어쩔래

무제 시편 443

1970년대까지는
1980년대까지는
재종 육촌 넘어
칠촌 팔촌 구촌까지 모여들어
친척 잔치가 요란법석으로 떡 벌어졌어
아이 울음소리
어린것들
떡 가지고
공 가지고 싸우다
코피 흘리기도 하고
사촌끼리 술주정으로 멱살잡이도 하고
그러다가
어른이 나서면
뚝 그치고
언제 그랬냐고 화기애애하였어
가족사진
친척사진 한장 안에는
하도 작은 얼굴들이라
누가 누군지 알아내기 어려웠어

이딸리아도

남아프리카 아프리카너도 그렇더군
로마 아래 포르미아의 한 혼인잔치는
일촌
이촌
삼촌
사촌 따위
칠촌 팔촌 구촌 십촌 따위
전혀 구별 없이 그냥 숙질간이고 그냥 형제자매간이었어
혼인잔치 열흘이나 가야
슬슬 파장이더군

한국 연속극도 필사적으로
대가족 목욕탕집도 나오고
대가족 한집 마당에
삼형제의 삼대 가족
풍작의 앵두인 듯
추석 풋대추인 듯 우르르 매달려 살았어

이제는 부부하고
한 자녀
일러 핵가족

708

그것도 아니고 말았어

이제는 원룸 빌라 원룸 빌딩 그것

혼자 배달 피자 먹어
혼자 카카오톡
씽글 침대에 누워버려

고립무원의 에고야 오로지 나 하나야

무제 시편 444

먼 곳에서 건너온 서풍이
숲 위 우듬지들을
흔들어주고
쓰다듬어주고 갔다
큰오빠같이
큰오빠 친구같이
누이의 넋을
집 앞까지 데려다주고 갔다
바람은 결코 숲 속으로 들어가려고 하지 않는다

나의 잘못이 드러났다
나는 소문대로 너무 시시콜콜이
누구의 안과 뒤안으로 그윽이 들어가려 했다

우물에는
두레박이 아니면 들어갈 수 없는데
내 얼굴이
자주 우물 아래로 내려가
우물 위에서 일렁거렸다

무제 시편 445

저 독수리 봐
주린 몸으로
만리 투시의 눈빛으로
하늘 속
유유자적으로 돌며
기다리는 것

또 한바퀴
천천히
아주 천천히
한바퀴 돌며
기다리는 것

이에 질세라 저 앉은 독수리 봐
땅 위의 저 언덕배기 가장자리
오뚝 나앉아
은인자중으로
정중동
언제까지고
언제까지고
기다리는 것

임종 직전

아직 숨 남은
터럭 밑 식어가는 체온 남은
총 맞고 다친 오소리인지 뭣인지

독수리 그다음이야
갈가마귀겠어
갈가마귀 그다음이야
또
조무래기들이겠어
그다음이야
버러지들이겠어

이 누리라는 것은
이런 일로 있어오는 것
실로
실로
무의미한 것

무자비도
무자비 쓰레기
자비도 자비 부스러기
끝끝내 이러지도 저러지도 못하는 무의미인 것

부디 아니기를

무제 시편 446

밀림 속이다

나는 전체 속에서 숨 막힌다 할딱인다
나는 공동체 속에서 썩는다
나는 이 엄청난 복수(複數) 속에서
누구를 닮고
누구를 흉내내고
드디어 누구와 나는 같다
가짜는 진짜보다
더 진짜이다

뛰쳐나간다 썩어가다가
썩은 살점 너덜대며
뛰쳐나간다

조상도 버리고 내일도 버린 단독으로 송곳으로
뛰쳐나가
창공에 못 박힌다
나는 나 자신의 모방이 아니다

나는 천상천하유아독존 그것

웅장한 시베리아 타이가 속
나는 단 하나의 봇나무로 선다
눈보라야 오라
하얗게 하얗게 네 백색 절망 속에서 혼자 선다

무제 시편 447

내어준 길로 가다가

없는 길
지렁이 머리로
누에 머리로
뱀 머리로 찾다가 길을 내어 가다가

소리 내기도 하다가
소리 재우기도 하다가 하며
벌써
갯내음 시큰둥 나는 하류에 왔다

강물

강물의 없는 내일

무제 시편 448

너

무제 시편 449

남한의 길들
북한의 길들

무제 시편 450

낙조(落照)
만조(滿潮)

무제 시편 451

진화는 서사시이다
무기물로부터 진화한 생명의 운명은 서사시이다
고대 서사시는
그 생명의 짤막한 후대 서사시이다

때때로 나는 이런 서사시로부터 도망치고 싶다
너무 아득한 것으로부터의 뺑소니
이것은 결단이다
이것은 이단이다
이것은 변혁이다
뺑소니친 고독으로
나는 서정시가 된다

그런데 이 진화론 저쪽
범종설(汎種說)의 서정시가
더 서정시이다

이 지상의 생명은
지상의 무기물에서가 아니라
다른 천체로부터 날아온
미지의 운석에서 태어난다

그 운석에 실려온
우주 생명의 씨앗에서 태어난다

균(菌)들아
조(藻)들아
둘이 만난 지의(地衣)들아
이끼들아

너희들이야말로
내 조상의 서사시이고
내 서정시의 시작인 것을
이제야 안다

삼가 아는 것은 뉘우치는 것이다
뉘우치듯 깨닫는 것이다

무제 시편 452

오랫동안 무상(無常)을 나팔 불어댔습니다
무상하라고
진리는
무상의 진리만이 진리라고

이 진리에
어느 놈의 진리가 넘보겠습니까

세월의 무상 속을 살아왔습니다
이제 그 무상을 놓아버렸습니다
그것에 매달리고
그것으로
내 궁한 앞을 가려오다가
그것을 떠내려보냈습니다

내일모레쯤
나는 무상을 전혀 모를 것입니다
무상이라는 것이
무상인지
무상의 정반대인지 모를 것입니다

떠내려가는 잎새나 시시껄렁한 무슨 주검이나
그것을 물가에서
잘못 바라보는 나나
매한가지로
내일 다음이 모레인 줄 모를 것입니다

무제 시편 453

아기가 젖 먹은 뒤
빵끗
웃는다

눈부시기만 하다

장차 이 아기의 능력은
얼마나 무서울 것인가
30년 뒤
40년 뒤
얼마나 무서운 파쇼인가
그 얼마나 두려운 간디이겠는가

무제 시편 454

형

나는 아직껏 뭘 배척 안하고 못 살어
형의 생전하고
나 똑같어

시바

형 나 세가지를 배척해야
사는 것 같어
세가지 주의 말이여 만가지 주의 말이여
무슨주의
무슨주의
무슨주의 말이여

형
이 구더기 같은 주의들이 내 주의인 줄 이제껏 몰랐어

형
나도
형 간 곳으로 가고 싶어

가고파
가고파

충남 서천군 장항읍
옛날 외갓집 있던
그 한줄짜리 거리에
가고파다방 있었어

형
이제 나는 내 근대의 주의들이 싫어 죽겠어
그뿐이 아니여
인류사 몇천개의 주의들도
다 태우고
쏴버리고 싶어 지워버리고 싶어

형
형 간 곳
그 적막강산으로 가고 싶어
봉황 없는 곳
청룡 따위 없는 곳

그 질펀한 적막 속으로 가고 싶어

형

무제 시편 455

1979년 대통령 암살 뒤
새로 살려낸
국가보위법 위반 적용의 감옥에서 병보석으로 나온 뒤
바로 입원했다
네 시간의 수술 뒤 처치실에서 깨어났다
천장 백색
일반실로 옮겨갔다
내가 다시 무엇을 읽을 수 있었다

시불(詩佛) 왕유(王維)의 시는
이두(李杜)와 다르다

아주 멋져

왕유의 시 속에 '등고처(登高處)'가 있다
곳[處]이 때[時]였다
산에 오른 그곳이
산에 오른 그때였다

하기는
하기는

이런 드높은 놀이는 풀로 우거진바

소리를 본다〔觀音〕
향기를 듣는다〔聞香〕

나 또한 함부로 논다

하늘을 삼킨다〔呑天〕
땅을 뱉는다〔唾地〕

이런 일은 뭇 목숨 가운데
가장 입방정 떠는 사람의 것이므로
저 악어나 하마나
키다리 기린
저 꼬마둥이 들토끼의 쫑긋쫑긋 귀들이야
이런 짓은 할 까닭이 없다

썩 구슬프도다

무제 시편 456

하필
이 행성 위 8천어 가운데서
한국어로 시를 짓는다
가을을
'가을!'이라고 쓴다

이 낱말이
한편의 전체일 줄이야

울고 만다

무제 시편 457

이오니아 바다

오전 내내
배 하나 없다

일엽편주
얼마나 기적인가

오전 내내
나 하나였다

얼마나 허망인가

무제 시편 458

인스브루크 거리에는
알뜰살뜰한 가게들
이쁜 가게들 있어

큰 덩치 백화점 아닌 것
머리 땋은
딸내미 같은 가게들 있어

그 가게 이름 참 당돌했어

시간을 초월했다고?
TIMELOSS였어
비키니 몇개 걸어놓은 가게 이름
어마어마한 '일곱 죄'
SEVEN SINS였어

나도 내 이름 고쳐보았어

일곱번 죽어야
여덟번 나야
쓸 만할까

7세라고
8세라고

무제 시편 459

나는 비행기를 잘 탄다
12시간 저쪽
14시간 이쪽
거의 시차 없다
바로 볼일 보기 시작한다

비행기 1만 미터 상공

3백년 전만 해도
나는 신이었다

6백년 전만 해도
그때 비행기가 있었다면
고딕은 없었으리라
비행기 이전이므로
신도
천국도 있었다

이제 그런 상상세계는 가버린 세계이다

나는 비행기 기내식을 좋아한다

나는 비행기 안에서
책의 몇줄이 쏙쏙 잘 들어온다

나는 비행장에서 집으로 갈 때
너무
너무
유치해진다
인천대교 위의 만 5세가 된다

썰물 개펄 저쪽으로
내 80세가 보인다

나는 비행기를 아주 잘 탄다
토마스 만으로
엘리엇으로 앉고 싶지 않다
서고 싶다
날고 싶다

무제 시편 460

벼락 꽂힐 때
이어서
천둥 때릴 때
사디즘
자취 없을 때
내 마조히즘만 남아
내 발바닥에 눌어붙을 때
어디로 한발짝 가지 못할 고독과
어디서 한발짝도 못 올 공포
그것의 일치 그때

내 영광의 때

비 멈췄다가
도저히 참을 수 없이
다시 퍼부을때

내 환호작약의 때

바닷속 고래의 휘파람 소리로
나 시근벌떡 살아날 때

내 영광 이후의 때

무제 시편 461

리우데자네이루에게
리우데자네이루에 있는 너에게
너의 밤과
나의 낮에게
태평양과
태평양 상공이 있다
남아메리카 대륙 상공이 있다
지금 너는 나의 피안이고
나는 너의 피안이다

태평양 상공에서 순간들이 기다린다
네가 오는 것 기다리고 있다

지금 나의 낮에는
황조롱이 정지 비행
그 아래
지상에는
병아리들과
저쪽
어미 닭이 한눈판다

여기에도 1초 2초가 와 있다
병아리 하나가
곧 채여가리라
황조롱이 급전직하
곧 채어가리라

태평양의 몇억만 파도들이
하나의 허망한 원경(遠景)으로 기다린다
나를 기다리고 있다

순간의 은유는
순간이다

그 순간의 오르가슴을 기다린다

무제 시편 462

구름아 높아라
네 아름다움은 그때이더라
구름아 낮아라
네 힘은 그때이더라

구름아 높아라
풀밭 환하더라
구름아 낮아라
숲 속 어둡더라

네 일로 지상의 일이더라
내 일이더라

무제 시편 463

증거다

꽃은 나의 증거다
돼지는 나의 증거다
파도는 나의 증거다

나는 없다 증거만 있다

증거불충분이다 나이다

산 것들아
죽은 것들아
그대들의 생사 역사에는
그것밖에 없단 말이냐

나
나
나
나라는 것밖에 없느냐

증거인멸이다 나도 증거도 없다

무제 시편 464

내 조국 강토 바다 건너
제주도
바다 건너
바다 수평선하고
어깨동무로 누운 마라도에 간다
1965년에 가서 울고
2012년에 가서 울지 않는다

없던 성당도 있다
없던 예배당도
없던 암자도 있다
없던 짜장면집도 줄줄이 있다

짜장면 먹은 뒤
한바퀴 마른 풀밭 돌다가
암자 스치다가
암자의 한 기왓장에 쓴 것을 본다

하나는
내가 나를 장사 지내리라(吾喪我)
또 하나는

허공으로 훨훨 날아가리라(飛昇大空)
이어서 또 하나는
대승이 되어 돌아와 통하리라(大乘理通)

이것이 『장자』의 한 구절이거나 말거나
이것이 저 고구려 을파소 『개천경』 속 그것이거나 말거나
이것이 『대승경전』 육두문자이거나 말거나

이곳에서
두 철이나
세 철 머물지 못하고
왔다 간다

가면서 배 뒤로 보고 본다

혼자 있는 마라도가
나를 본다
내가 그리 불쌍한가보다

무제 시편 465

나 가겠어
정말 가려고?
응 가겠어
자 한잔 더 들어
그러지

잘 있어
잘 가

1947년인가 1948년인가 그다음 해인가

김순남과 박용구
마침 달밤

이 작별 이래
하나는 평양
하나는 백마강 투신 연극으로
일본 토오꾜오 밀입국

그런 달밤
나는 아무런 작별도 없다 드라마가 없다

나는 안이하고 안이하다
술도 물이다

무제 시편 466

내 방은 무소속의 방이렵니다
백년이나
신이 앉아 있을 방석 따위 없으렵니다
창밖의 가을 경색(景色)은
그저 제 스스로 온 가을입니다
신이 베푸신 가을 따위 전혀 아니렵니다
내년 봄도
그저 제 스스로 오신 봄이렵니다

무엇 때문에
저리 저승이 이승이도록
눈부시게 피어난 꽃들에게
쓸데없이
쓰잘 데 없이
신이라는 수상한 이름을 대겠습니까
그저 서러운 누나
기쁘디기쁜 누이의 살구꽃 앵두꽃이렵니다

그저 눈에 별똥별 스치렵니다
그저 가슴에 모닥불 담으렵니다

내 방은 길이 무소속이렵니다
누구의 그림자 따위 있다가도
옛날 그대로 단호한 백지이렵니다

무제 시편 467

크라쿠프에 가서
코페르니쿠스의 모교에 가서
강연 뒤
어찌 중세 그대로인
거기라고
근대의 술 한모금 없겠습니까

곱셈 나눗셈
거의 모르고
용케 중세 그대로인
거기라고
오늘의 취기 없겠습니까

내가 무례하게 이의 제기하기를
시는
시의 캄캄한 바닥은
천동설과
지동설의 차이 모르는 바닥이라고
그 바닥을 위하여
건배!
그러자 명문 즈나크출판사 주간 일그가 벌떡 서서

코페르니쿠스적 전회(轉回)의 발언이라고
화답 건배!

숙소로 돌아오는 밤길
낙엽들
수북수북 쌓인 밤길
옛날로 가 태양이 도는지
어제오늘로 와
태양이 가만히 제자리 계시는지
벌레 울음소리와
내 마음은
전혀 모르는 일이었습니다

그때의 불행하고
지금의 불행하고
무엇이 다르겠습니까

북한 어투로 일없습니다 일없습니다

무제 시편 468

비오리나
청둥오리의 강렬한 색감
기러기나
밭비둘기의 무덤덤한 색감

한술 더 떠
맹물의 색감

한술 더 떠
오밤중의 시꺼먼 장승의 색감

개천절
푸른 하늘 속
태극기의 색감

이런 색감들로
나는 잘 살아왔다
아직껏
심봉사 아니고
유전 색맹 아니고

삼라만상 만시(萬時)의 색감
다 제대로 오는
내 마음속 색감

색(色)이여
공(空)의 어버이여

무제 시편 469

첫아기 낳아
안아보는
아기 엄마의 기쁨

무지무지한 아픔으로 온 기쁨

30년 뒤
세칭 흉악범이 될
그 아기의
미래 통 모르는 기쁨

세상의 기쁨들 앞과 뒤 모르는 기쁨들

무제 시편 470

인간이란 고독 속에서도 어느 파(派)이다

밤의 파도 앞에서
밤의 파도 소리 앞에서
나는 내 안의 둘을 오래 뉘우쳐본다
아버지가 아니라
할아버지로

너희들 둘 다 저승까지도 내 손자이니라

파도 소리 앞에서
나는 나에게 너무 멀구나

피투성이 참회란 없다

무제 시편 471

술이 남았다
술잔을 엎었다

내 가슴이
하나의 가슴이라면 치욕이다

취흥 솟아올랐다

내 가슴이
아홉 가슴이면 영광이다

타인의 가슴들이
내 가슴이면 바람 찬 영광

술집을 나섰다
센 밤바람 속
나는 비틀거렸다
차들이
차들의 불빛들이 달린다

취흥 깊으나 깊은 몽롱 꺼져버렸다

무제 시편 472

내일의 상렬아

언제까지나
언제까지나
너를 기다리는
금순아

언제까지나
기다리는 무엇

혹은
언제까지나
언제까지나
기다리는 통일

이런 언제는 없다 바야흐로 이제이다

무제 시편 473

이삼년 내내
나는 진선미(眞善美)가
서열 개념이 아니고
귀결 개념이라고 외쳤다

진이 선미의 위가 아니라
선이
미의 위가 아니라

전도 몽상(顚倒夢想)

진도 선도
마침내 미에 속하고 마는 것을
외치고 외쳤다

헌데 말이지
『파우스트』 몇쪽을 펴고 읽어보다가
거기에도
진선미로
미의 우위를 말하고 있는 것 보았다

이삼백년 저쪽의 괴테와
그 이쪽의
아리송한 나
딱 만나버렸다

커피는 더 써라
밀월의 꿀은
더 다디달아라

내 신앙은 미로 끝나지 못한다
미(美)
추(醜)
이들의 합창
거기에 일시 체류하고자 한다

무제 시편 474

돌아오누나

저리
몸 망가뜨려
너덜너덜로
돌아오누나

몇번이고 잡아먹히려다 말고
돌아오누나

몇번이고
몇백번이고
못 올라서다
못 뛰어오르다
기어이
살점 떨어져나가며
가시 잘려나가며
돌아오누나

돌아와
자손의 알들 알알이 낳아놓고

숨겨버리누나

어느 한분이나 두분
돌아오지 않고
알류샨 넘어
북극 빙벽 밑
그 낯선 세상으로 가누나
가서
자취 모르누나

내가 없는 시대
누구의 임으로 돌아오지 않누나

무제 시편 475

삶이 시일 것
죽음은 더 시일 것

저 1950년대 끝 무렵
서대문형무소 사형집행장

그 음산한 폐가인
넥타이공장

형 집행 앞두고
진보당 당수
조봉암이
의젓이
나 담배 한대 피우고 싶소
하고 말했다

집행 현장 입석 5인
누구도
담배 한개비하고
성냥불 주지 않았다

눈짓

목에 밧줄 걸었다

덜컹

발판 떨어졌다 대롱대롱 매달려 죽어갔다

5분 뒤
의무과장의 확인 진단 마쳤다

대통령 이승만은 지방 순시 중이었다

삶이 시일진대
죽음은 더욱 시일진저

무제 시편 476

주라브 사막 저쪽

진흙 구더기
파내려가다가
7백만년 전 원인(猿人)의 두개골이 나왔다

이렇게 살려고
이렇게 다 망치며 살려고
부득부득
7백만년 후의 내가 나왔다

축시(丑時) 화성이 보고 있다

무제 시편 477

저녁은 모든 바깥이 안이 된다
모든 각자의 가슴 안에
밭과 밭길이
씻은 쇠스랑과 삽과 함께
집으로 가는 논길이 들어온다

저녁은
광장이
강 하류의 물버들 기슭이 동굴이 된다
세상의 집들이
그 집안의 걱정과
웃음소리가
나 자신이 된다
아버지가 된다

저녁은 회한이 된다
영웅의 철면피
정치의 파렴치들이
내일로 이어지기 전
제 둥지의 배고픈 새가 된다

저녁은
하루 내내 내뱉은 말들의 자음이
내쉰 숨들이
다 흩어져
밤새도록 맺히는 아픈 이슬을 모른다
내일 아침 햇빛에
빛나며 죽어가는 그 이슬의 모음들을 모른다

저녁은
모르는 것들을
제 자신의 태 안에 씨 뿌린다
잘 자라라
잘 자라라

저녁은
억겁이라는 저쪽
태초라는 저쪽을 불러다
가장 손쉬운 하루로 보낸다
잘 가라
잘 가라

저녁은 모든 것의 안이 된다
이윽고
그토록 누구의 꿈이던 어둠의 어머니가 된다

무제 시편 478

다리우스 1세는
전쟁으로 살다가
전쟁으로 죽었다

모든 절대는 전쟁에서 나왔다

하나의 고된 전쟁이 끝났다
한달의 평화 뒤
또 하나의 전쟁이 시작된다
징집은
근세의 제도가 아니라
고대의 제도이다

백발노인이
아들 셋을 바치며
넷째 막내 하나 면제해달라고 했다
다리우스 1세는
그 막내아이를 토막 내어
아비한테 보냈다

전쟁이었다

전쟁이었다
전쟁이었다
문명이란
전쟁의 쓰레기
사랑이란
전쟁의 연속극이었다

다리우스 1세는 다리우스 3000세였다

무제 시편 479

거슬러라 폭풍
그대 날개는
날개 접기 위해서
창공의 비상을 추억하기 위해서
백만년의 진화로 남은 것이 아니다

맞서라 격류
그대 지느러미
그대 세찬 꼬리
도도한 강물에 내맡기기 위해서
눈 뜬 채
떠내려가기 위해서
퇴화되지 않고 붙어 있는 것이 아니다

하여
하늘의 마음
우뚝 멈춘 정지 비행
그 자존으로

하여
동해안 직소폭포

뛰쳐올라
머리 깨지며
뛰어올라
기어코
그 폭포 등짝 후려쳐 가는
거부의 역류
그 상처투성이 자신으로

최고로 최저로

무제 시편 480

잎새 진 오솔길을 걸어가며
그 잎새들이
내 가슴에 들어오지 않으면
나는 살아 있지 않다

살아 있는 모든 것에는
온 세상의 하나하나
달과 바닷물의 만년 우정으로 드나든다

눈물 없이도
이슬 없이도 드나든다

가을 뒤 겨울 첫눈 오면
개보다 먼저
개보다 뒤늦게
눈 오는 들녘에 가
내 숨찬 가슴에
몇번째의 발사 끝에
쓰러진 짐승의
더운 주검 껴안으리라

피리같이
돌쩌귀같이
몇대(代) 이어 살아야겠다

살려거든
파도에 가거라
파도 소리에 가거라
다른 나라의 슬픔 속에
가거라

나는 그렇게 살아 있어야 한다

무제 시편 481

백병전은 끝났다 꼬리 없이 끝났다
쇠 같은 적막이 왔다
널브러진 주검들
겹친 것과 동떨어진 것
저쪽 신음 소리 끊겼다
버려진 착검 소총
나뒹구는 철모
저 멀리 먼동 트는 불길(不吉)의 지평선 쪽
어떤 새도
아직 날지 않은 적막

이것은 평화가 아니다
이것은 신(神)이 아니다

피 묻은 나팔 내던져진 적막 위
막 해가 뜨려고 한다

이것은 하루의 무정(無情)이다

무제 시편 482

제때이다
겨울 3기의 뚝새풀
얼음 유리 조각 밑
녹지 않은
독한 눈덩이 밑
5대 자손의 비수 같은 뚝새풀도 제때이다

앵두꽃도 제때이다
꽃에
꽃샘바람도
꽃샘바람에
피자마자 져버린 꽃잎도 제때이다

임진정유 왜란 그다음
병자호란도 제때이다
영조와
뒤주 속에서 죽어준 사도세자
원혼 사도세자 뒤
정조도 제때이다

아니다

아니다
아니다
아니다
아니다
아니다
아니다

거짓의 제때에
진실은 늘 제때가 아니다
사기(史記)에
유사(遺事)는 제때가 아니다

그 무엇도 제때가 아니다
무효만이
시효 뒤만이
유효이다
시효이다

역사조차도 제때가 아니다
미네르바조차도
무효이다

자

제때가 아닌 때 우리들의 때를 위해 잔 들라

무제 시편 483

아기야 잘 자라
노래들아
무덤들아 잘 자라

밤은 멀다
밤은 아직 가지 않은 곳이다

별들이 우는 곳

아기야 잘 자라
노래들아
파도들아 잘 자라

내일은 없다
내일은 오지 않는다
오늘밤이
너희들의 전부

아기야
네 생애로 잘 자라

내 자장가는 애가이다
내 자장가는 찬가가 아니다

잘 자라

무제 시편 484

여기 한반도 휴전선 비무장지대의 밤이어요
누구의 것도 아닌 밤이어요

양쪽 철조망 6백리
긴 비무장지대의 밤이어요

밤중

이 고요 속으로 오셔요
살짝이 오셔요
누구의 고요도 아니어요
모두의 고요여요

요리로
조리로 오셔요
이 고요 속으로 오셔요

나 스러져버린 고요여요
나만의 것
다 가버린 고요여요

오셔요
오셔요
마침 구름 속 조각달도 나오셨어요

오셔요

무제 시편 485

해 뜬다

오늘도 싸우리라
오늘도 싸움에 지리라

무제 시편 486

후투티가 날아간다
아버지의 비석이
기울어져
나에게 말한다

너 한 시대의 총아가 되지 말라

너 총아이기보다
미아이거라

너 내 효자 불효자이기보다
다섯 시대의 미아가 되거라

늙은 미아의 탄식

거기 가
네 운율(韻律)이 나오리라
낮달이 없는 듯 있는 듯
옛날 옛적
누가 누구를 부른 소리가
네 소리로 나오리라

무제 시편 487

아무도 듣지 않은 종소리 뒤
다른 소리의 자리들이
한바탕 드넓어진다

나는 뚝 멈춰 서야 한다

아픔과
기쁨이
단짝동무가 되어
이토록 오래 살아오는
내 앞의 절벽

내 뒤의 심연

여기에서 어디에서 오도 가도 못한다

부재하라
부재하라
지워져버려라

무제 시편 488

오늘을
내 삶의 마지막으로 못 박은 적 없네
오늘밤을
내 삶의 다음 날에
어젯밤으로 담벼락에 아로새긴 적 없네

삶의 전체를
그냥 기어다녔네
조상의 네발짐승 이쪽에서
비바람 속
기어다녔네

오늘이여
오늘밤이여
팔 하나 잘라버리지 않은 오늘밤이여
용서 마시라

무제 시편 489

식민지 시절
고향길은 으레 삼촌처럼 당숙처럼
포플러나무가 서 있었다
나는 배고파도 부쩍 컸다
자유당 시절
새로 난 길은 버드나무였다
아까시나무는 다 없애버렸다
박정희 시절은
현사시나무
은수원사시나무였다
수원 농장에서
묘목 심으며
강산에서 웃자라 은빛 잎새 휘날렸다
암살 뒤
현사시나무 하나하나 베어냈다
은행나무가
가문비나무가
무슨 나무가
무슨 나무가 왔다

나에게 포플러나무는 추억

플라타너스는 모더니즘

1950년대 휴전 전후
아직 폭격당한 폐허 그대로
서울 광화문 가을 은행나무 잎새들이
불 밝혀 환했다
오대산에서 탄허가 오고
통영에서 내가 왔다
비 오면
비 맞아 더욱 환했다

오늘 고향에 갔다
고향에 고향이 없다
포플러나무도
아무것도 없다

가게 주인이 혼자 구시렁대며 나왔다

나는 그 독백 앞에 섰다
술 한병
술잔 한개를 샀다

결국 삶은 독백으로 돌아간다

서울의 모든 설왕설래들
본디
옛 마당
술 마시고
떠들어대는
심포지엄
그것이 점잖게 잘못되어
몇 사람 모여 앉아
논리의 종노릇 하는 것
그 탁상공론들

논쟁들
대화들
화이부동(和而不同)들
우파니샤드 너와 나의 진리들

이런 꼬리 거기
독백으로 돌아간다

영웅 할거의 성(城)들아
장엄한 싸움터들아
난바다들아
난바다 억만의 파도들아
별들의 연주들아
억겁 욕망의 언어들아 계엄 같은 간음 같은 대화들아

끝내 독백으로 돌아간다

끝끝내 침묵으로 돌아간다 무(無)로 간다

무제 시편 490

백여년 전 괴테 형은
늘 갈래머리 땋은 여자를 몹시 싫어했어
맨 곱슬머리
풀어진 머리
동풍에 서쪽으로
서풍에 동쪽으로 헝클어지는 머리를
늙어빠져
숫처녀 마리아네의 긴 머리를 아주아주 좋아했어

나 한술 더 떠
머리칼은커녕
아예
바람이 좋아
바람도
동부새나
마파람이나
하늬바람
그따위가 아니라
날 저물어
산넘이바람 아니라

동서남북 사방에서 몰아쳐대는
사방풍(四方風)이 좋아

내가 곧 사방풍이야

무제 시편 491

해 뜬다

이곳에서나
바로
어디서나
막 태어난 아기로
탯줄 끊어
나는 서쪽이다

내 사후의 종교인 서쪽이다

해 지리라
지금은
그 저녁을
그 저녁의 동쪽을 모른다

나의 지향은 인류사이다
무럭무럭 자라나며
돌 지나도
마마 걸려 숨지지 않고
쥐암쥐암

손가락 쥐며
섬마섬마 두 다리 선다
내 젊음 내달린다

나는 내가 아니다
나의 방향은
항성(恒星)의 역사다

온 세상의 환호로
해 뜬다
나는 서쪽이다 서쪽의 허무이다

무제 시편 492

그냥 어제가 가버렸네
그냥 어제가 가버리니
오늘도
그냥 건달로 가버리네

어쩌나

아이고
아이고
어쩌나

벌써 내일모레가 그냥 와버리네

나 어쩌나 아무리 와도 저기 그대로인 파도여

무제 시편 493

몇백년 전의 씨앗이
화석으로
무엇으로 있다가 나와
몇백년 후의 연꽃 한송이로 호롱같이 피어나왔네그려

나의 평생 다음
내가 가지고 갈 무슨 씨앗 한톨 없네그려

오로지 눈앞뿐이었네그려 석자 코앞이었네그려 빈 손금들이었
네그려

무제 시편 494

오늘 하늘이 누구의 것이다
오늘 달이 누구의 것이다

내일
나도 누구의 것이다

발버둥쳐도
잡힌 오징어
꿈틀대도
나는 누구의 것이리라

거울 속 들여다본다
보고
또 본다
내 얼굴은
벌써 누구의 얼굴이다

벌써 오늘이 누구의 내일이다

무제 시편 495

벗 하나하나가
멀어져간다
아주 사라져간다

남은 것들
20년대
30년대
40년대와 함께이던
50년대 실시간 속에서
폐허의 벗들은
늘 함께 빈손으로 비를 맞았다

60년대와 함께인
70년대 매시간 속에서
청진동의 벗들은 아우들은
늘 함께
통금 시간을 서둘렀다

쓴 술이 꿀이었다 사랑이었다

가혹한 80년대도

70년대 어금버금
무엇과
무엇으로 맞서기도 했으나
격일제로
격주제로
함께 만나 맹세하였다

황당무계의 세기가 왔다
풍선들이 떴다
시가
경제 속에 묻혀버렸다

나에게
친구가 꽉 줄었다
재로 날리고
땅속에서 해골이 되었다
살아서도
하나하나 등 돌렸다

시장은 우애의 장소가 아니었다
지난날의 탄압 속에서

깊이깊이
동지들의 가슴이던 것
그것이 어디로 갔다

남은 친구 두엇이
지난날의 백이고 백오십이었다

간밤 보름달 밑에서도
나는 혼자였다
그러나
나는 도리어 호젓하지 않았다
오늘 아침
나는 혼자이다
오히려
나는 호젓할 수 없다

이로부터
나의 친구는 여기에 없어도
저기에 있다
저기에 있다

백년 전
5백년 전
또는 2천6백년 전 거기에 있다
거기 가서
나의 미래를 본다
거기 가서
친구와 함께
먼 미래인 오늘을 본다

간밤에도
보름달 초가삼간에 가
지상을 보았다
고대 아르키메데스의 고향
씨라꾸사에 가
그 시대로
나의 머나먼 오늘을 보았다

그러나
지상으로 돌아와
나의 반도로 돌아와
나에게

내 그림자밖에 없다
날 저물어 그림자조차 불쑥 떠나버렸다

무제 시편 496

과감히 귀신을 건드렸습니다 덧내버렸습니다
귀신이 지랄합니다
나도 지랄합니다

몇 밤 지나면
몇 밤 지나
이런 쌍으로
그 신명 깨어나면
내가 어쩌다 귀신의 맏이 되었습니다

그 이래 귀신 아우 고분고분 데리고
여기까지 와버렸습니다

내가 옥방에 갇히면
아우가 옥방 밖에 있고
아우가 청루에 들면
내가 청루 밖 손꼽으며 서성거렸습니다

이런 쌍으로
족보 없이
여기까지 창자 끊기며 왔습니다

800

어느날 쇠스랑에
정수리도 찍혔고
어느날 세워진 관 속에
이틀 사흘 박혀 서 있었고
누구네 꽃밭 거닐기도 했습니다

달밤의 고비 사막
내 엉덩이 지워진 몽고반이 새로 번져나왔습니다

이제 아우를 돌려보내렵니다
귀신은
끝내 귀신의 곳에 가서야
그의 푸른 불꽃의 신명일 것입니다
나 또한
귀신 아우 없이
내 갈비뼈 몇대 뽑아
내 피리 소리로
유라시아의 흉금을 깨워볼까 합니다

무제 시편 497

멧비둘기 울음소리
30년을 들었네
30년을 들으며
아내와 마주 앉아
밥 먹었네
술 먹었네
시 몇편 썼네
수꾀꼬리 울음소리
30년을 들었네
자정 지나
쇠오색딱따구리 울음소리 들었네
한밤중 깼다가 잠들었네

빈 도기 그릇 울음소리 들었네
기역 같았네
디귿 같았네

빈 자기 찻잔 울음소리 들었네
니은
미음 같았네

내 귀는 아기 귀였네

안성 푸른 하늘 울음소리
흰 구름 울음소리
30년을 들었네
안성 바람 소리
하마정 개 짖는 소리
조카같이
아저씨같이 들었네
30년을 들었네
아내 목소리
여기서
30년을 들었네

한번도 다른 울음소리를
막지 않는 울음소리
어느 소리도
다른 소리를 내쫓지 않는 소리
그 울음소리로
그 소리로
내 세월의 안쪽이었네

다 아울러 3백년 소리 세월이 이토록 왔다 갔네

아내 서울에 볼일 보러 간
비 오는 날 오후
아내 없는데
아내의 목소리
네번이나
다섯번이나 들었네
비 맞는
마당 단풍나무 쪽
거실 쪽
차고 쪽
아니
대문 밖 패랭이꽃밭 쪽
내 왼쪽

저녁 일곱시 오십분
서울 다녀온
아내 목소리 좀더 크게 들었네
여한 없네

이제라도
이제라도

무제 시편 498

저녁 먹고 검둥이하고 간다
검둥이가
한쪽 다리 들어 올려
오줌을 눈다
먼저 눈 데다
오줌을 누어
앞의 오줌을 지워놓는다

오줌 누기
오줌 쓰기

오냐 네 쓰기로
내 너저분한 글쓰기였다

검둥이하고
어둑어둑 돌아온다
저쪽에서
큰 개가 온다
검둥이가 쭈뼛쭈뼛하다가
낑낑댄다

낑낑대기
낑낑 말하기

네 낑낑낑 말하기로
내 지저분한 말하기였다

내일 서울 가서
네 낑낑대기로 말하리라
모레 수원에서 말하리라
오늘밤
네 오줌 쓰기로 쓰리라
무엇인가를
무엇인가를
너 검둥이를
검둥이의 나를 쓰리라

무제 시편 499

없다 말어
없다 말어

저 산 너머
저 산 너머
또 저 산 너머

없다 말어

저 물 건너
저 물 건너
또 저 물 건너

무제 시편 500

내일은 혼자 오지 않는다

1960년 제주도 일주도로 비포장도로
무거운 고구마 짐
허물어질까
단단히 묶어 담은 수박 짐 실은 수레로
수레바퀴 자국
깊이 파이며
가파른 오르막길 넘어가
그것들 장에 부리고
털털털 가벼운 수레로 돌아오는 밤길이
동트는 성산포 쪽
내일이 오는 길이다

내일은 여럿으로 온다
내일은 깃털 하나둘 날리며
그저 빈 몸으로 오지 않는다

1991년
아프리카너 가죽 가방만 한 돌덩어리 맡아
하루 내내

자갈로 깨는
넬슨 만델라의 로벤 섬 흑인 감옥 안마당 작업이나
이에 앞서
1989년
네팔 3천 미터 산길의 아낙들
한무더기에
딱 반푼 받는 자갈 깨는 작업으로
하루를 마치는 고된 밤 없이
내일은 오지 않는다

어제의 어제들이 남긴 것들 그 위
어제의 피 묻은
어제의 피땀으로 젖은 하늘 없이 오지 않는다
구름이 없는 하늘을
구름의 아픈 기억이 있는 하늘로 삼아
저토록 울음과 울부짖음 짙푸른 하늘의 침묵으로
기어이 내일은 온다

내일은
언제나 내일의 원인으로 온다
내일은 희망이 아니다

희망의 불안으로 온다

이에 앞서
1942년 이름이 바뀌고 말이 바뀌던
그날 아침
1947년
마을마다
방방곡곡마다
호열자로 누워 죽어나갈 때
쌀 없어서
밀기울 없어서
굶어 죽어갈 때 부황 나버렸을 때
1950년 우가 좌를 좌가 우를
죽이고
죽이고
또 죽이던 떼거리 주검의 시대 지나서
온 산야 초토이던
온 도시들 폐허이던
온 심장마다 귀신들리던 시대 지나
절망의 오열로 땅바닥 치던 날들 지나
겨우 촛불 앞의 제삿날

남몰래 흐느끼던 밤들 지나
새소리 들리는 오늘 아침으로
그 내일은 온다

또한 몇백년 전
누가 남긴 원한
누가 놓고 간 꿈들이 핏줄로 이어져
한 생애를 다하고도
못 이루는 꿈들이
세상의 여기저기 묻혔다가
파릇파릇 돋아나는 어린싹들로
어제의 신록을 이룬 산기슭으로
젊은 내일은 가슴 떨리며 온다

내일은 허물없는 빈손으로 오지 않았다
빼앗긴 것들
잃은 것들
수많은 아픈 것들이
그 숱한 세월 저쪽이
이쪽으로 고개 돌려서
한발자국 한발자국 내디디며 온다

내일은 유령 사단의 탱크로 온다
돌아오지 않을 전투기 탑재의
육중한 항공모함의 출항으로 온다
돌아오지 않을
영결(永訣)의 항공모함의 뒷모습으로 온다

내일은 생전 처음으로 오지 않는다
내일은 엄마의 아픔을 모르고 태어난
돌잔치 아기로 오지 않는다

내일은 나비가 아니다
내일은 이슬이 아니다
내일은 절벽으로
있다가
있다가
없어져버릴 사막의 신기루로 온다

아니
내일은 불멸의 죽음과 삶으로 온다

무제 시편 501

무겁지 말라 한다
어렵지 말라 한다
깊다니
높다니
괜히
드넓지 말라 한다

굳이 굳이 외우지 말라 한다
하나에서 열 몰라도
다 있다 한다
억도 조도 있다 한다

보지 말라 한다
찰칵
찰칵
찍기만 하라 한다
찍어두고
잊어버리라 한다

너 자신이지 말라 한다
누구

누구로 바꾸라 한다
누구
누구 얼굴로 고치고 고치라 한다

뜨겁지 말라 한다
고뇌라니
오뇌라니
만나도
헤어져도 그만
슬픔이라니
슬픈 할머니가 되지 말라 한다

읽지 말라 한다 생각하지 말라 한다

무제 시편 502

누이야
내가 여기저기서 내치는 아라비아 이슬람에
남몰래 반해버리는 건
그이들의
그 하루의 처음이 저녁이기 때문일 거야

벌써 조각달 나와 있는
저녁이
애저녁이 내 시작이고 내 뉘우친 출발이기 때문일 거야

메카 쪽 메디나 쪽
일몰 기도 알마그립의 그 아잔 때문일 거야
멀리멀리
조금씩 식어가는 사막 서쪽으로 들려가는
지친 가슴 후련해지는 마흔살쯤의 갈색 목소리 그 아잔 때문일
거야

무제 시편 503

푸른 하늘이 당연하다니
천년이나
그대로 푸른 하늘이 당연하다니
저 나의 바다가
하루에 70만번이나
그 이상이나
파도치지 않고는 못 견디는
저 나의 파도 소리가 당연하다니

흰 소나무들이
곧고 곧은 측백나무들이
조상 대대로
내 8대조 할아버지 그대로
당연하게
당연하게
늘 푸르다니

저 장대비 맞는
낮은 풀과
풀꽃들의 인종(忍從)이 당연하다니

지상의 내 하루하루가 당연하다니
지상의 밥 한그릇
지하의 마그마
지하의 어둠 위
눈 가려야 할 정오의 투명이
순 공짜로 당연하다니

저주 있으라
징벌 있으라

끝내 당연치 않은 크나큰 우연으로
나의 자만
나의 제도
멸망의 오열로 무너져라

당연치 않은 이례(異例)가
어느날
당연한 사례들을 묻어버릴
그 강진(强震)으로
삶의 태평성대는
그 무지는 끝장나라

당연하다니
저 먼 길의 기러기 울음소리 듣고
다시 잠들어버리다니
그냥 당연하다니

무제 시편 504

알아두어라
진리란
얼마나 터무니없는 것인가

오랜만에 남색 치마 입은 어머니의 아들이
여기에 왔다
술 만병
시집 백권
여행 몇십개 나라
몇백 도시
꿈 몇만개
이것으로
그대의 생과 말년

재 한줌이 전부이리라 알아두어라

무제 시편 505

아우들아
나중에
더 나중에 정의하거라
지금은 던진 돌멩이거나
물속에
막 떨어진 돌멩이거나
가라앉는 돌멩이거나
그대로 두거라

한 돌팔매의 생애가 진행되고 있지 않느냐
어떤 정의도 맞지 않는
숙연한 생애 중이 아니냐

그러나 고대를 왈가왈부할 밤이라면
이 밤 지새워
근대를
현대를
아픈 당대를 정의하거라

지난날
내가 술 퍼먹고

천관우에게 대들었다

왜 여기 두고 저기에 눈 돌리느냐고
왜 고대사 속으로 도망치느냐고

정의하지 말거라
정의보다
숨찬 것
행위 아니냐
행위의 고난 아니냐

아우들아
아우들아
그대들의
신성한 생애 속에
행위의 묘혈을 파라
행위의 화석을 묻어라

아우들아
나중에 정의하거라
아주 나중에

누군가가 정의하리라

지금은 마셔라 노래하거라

무제 시편 506

11월
밤나무
상수리나무 잎새
아직도 질 생각 전혀 없다
찬바람이 오히려 에두른다

다른 나무 잎새들 다 지고 나서
아무 말 없다

세상에는
의무만 남아 있다
다할 수 없는 것
누가 죽어도
마칠 수 없는 것

영문 모를 공중이 이토록 이토록 크다

무제 시편 507

추억은 진부할수록 또렷또렷해진다
추억은 멀수록 더 또렷또렷해진다
무거운 치매에게
아직 남은 것
우주 유영(游泳)으로 남아 있는 것

추억은 현재이다

하여
백년 미만의 추억은 추억이 아니다

1940년대 후반
헐렁한
엉성한
인조모피 외투의 사팔뜨기가 죽친다
으레
까페 플로르 난로 옆자리
사전 하나와
백지 백장을 가지고 와
날 저물도록 앉는다
출근이다

쓰고 쓴다
누가 버린 꽁초 주워
파이프에 쟁일 때 말고
쓰고 쓴다
식은 우유커피 한모금 말고는
쓰고 쓴다
두뇌의 명사가 막힐 때
사전의 명사가 있다
동사가 막힐 때
거리의 동사가 있다
거리의 이쪽과 저쪽에
한 찰나의 부사가 있다

그가
미래의 나를 볼 때
과거의 내가
즉자(卽自)와 대자(對自)
그 어디에 있다

50년 뒤
내가 거기 앉는다

지난날의 사팔뜨기로
이쪽과
저쪽을 동시에 본다
죽음과
삶을
실존과
본질을 동시에 본다

언제까지 나는 하나밖에 보지 못하는가
언제까지
나는 하나 안에 박혀 있는가
언제까지
나는 외눈박이인가
언제까지
나는 나 이전 없이
나 이후 없이
내 등짝이
내 가슴을 모르는가

나는 나의 사팔뜨기 싸르트르를
어디에서 빼앗겼는가 잃어버렸는가

무제 시편 508

오지 않는 제비들에게
이 말을 전한다
1980년대 남과 북 어디에도
해마다
음력 3월
꼭 오던 제비들의 조상에게
이 말을 전한다

이딸리아 파르마에도 로마 폐허에도 오더라
풀 없는 베네찌아에도 오더라

돌아와
오지 않는 제비들에게 전한다

단 하루도
그것 없이는 못 살았다

단 하룻밤도
서정 없이는
서사 없이는 못 잤다

나의 여름
제비의 서정 없이
나의 겨울
떠나간
제비의 먼 서사 없이
내 삶은 죽음이었다

서정 없는 날
서사 없는 날
그날이 내가 죽은 날이다
내가 남아
세상의 죽음을 맞이하는 날이다

이 말을 제비들의 텅텅 빈 공중에 전한다

무제 시편 509

쉬운 길만 찾아 헤맸다
꾀만 늘어
잔꾀만 늘어

오늘
이 가파로운 길
헉헉대는
곧추선 길
내 뼈 전부
내 말라붙은 가죽 전부
내장 전부
이것들 다 바쳐
숨차며 오르는 길

산꼭대기에 이르러 내 몸의 그것들 해체해버린 자유였다

어려워라
어려워라
내일모레도 여생도 더 어려워라 부디

무제 시편 510

사전을 펴네

얼라!
얼라!

오래간만에 뵙는 낱말 있네

얼라!

처음으로 뵙는 낱말 있네

그리움과 새로움 함께 살고 있었네
돌이켜
내 삶의 헌책에도
아는 것과 많이 많이 모르는 것 저울 없이 함께 있었네

무제 시편 511

누가?
무엇을?
언제?
어디서?
어떻게?
왜?

아무런 의문도 없는 달에게 묻는다

묻는 것이
비는 것보다 거룩한가
역대의 어머니들보다
사납게 묻는 것이 거룩한가

지상에는 영영 밝혀질 대답 없으므로
모든 대답은 엉터리이므로
달의 계수나무에게
묻는다
또 묻는다

무제 시편 512

할아버지 적에는
하루에도
무슨 징조가 몇번씩이나 왔었답니다
뱀이 구름 속에서
툭 떨어졌답니다
흉조였습니다
고종이 승하하셨답니다
그런가 하면
백성의 두메에서
다섯 빛깔 구름이 동녘 하늘에 한동안 두리뭉실 피어났답니다
다음 날
누구네 집 장손이 태어났답니다

아니
할아버지 손자의 1970년 초에도
무슨 징조가 남아 있었답니다
어느날 청진동 대폿집에서
웬 녀석이 골목에 대고
고래고래 욕을 퍼붓다가
박정희도 총 맞고
육영수도 총 맞는다 봐라

하고 외쳐댔답니다
숫제 미친놈이었답니다
유신 선포 다음 날 밤인데
미친놈이었답니다
웬 뚱딴지같은 헛소리였답니다
천만다행으로
그 일대에
남산 밀대(密隊)도 사복(私服)도
순찰 경찰도 없었답니다
간첩 신고도 없었답니다
술꾼 몇이 그냥 퉤퉤퉤 쫓아버렸답니다
그뒤
어느날 국립극장에서 총소리가 났답니다
하얀 목련 꽃잎이 흩어졌답니다

1970년대 말에도 징조가 있었답니다
추운 봄날
개나리하고
진달래하고
서로 거꾸로 피었답니다
가을밤

대통령의 술판에서
총소리가 울렸답니다
흉조가 앞이고
거봐라 하고
사태가 그뒤였답니다
어느날 밤 안가에서 총소리가 났답니다
장기독재하다가 끝났답니다

이제 그렇고 그런 징조가 없어졌답니다
백에 구십구의 재앙도
그냥 와버렸답니다
아이엠에프도 그냥 다음 날 아침 와버렸답니다
백에 하나의 시시껄렁한 길상(吉祥)도
뜻밖에 어리둥절히 와버렸답니다

징조의 고향 아 내 고향의 앞과 뒤는 영영 돌아오지 않는답니다

무제 시편 513

몽고반 아기의 울음소리 뚝 그쳤다
잎이 진다
잎이 진다

수많은 동북아시아 가을을 살아왔다

그렇건만
나에게는
오로지 나 자신뿐이다
나밖에 모르는 나 자신뿐이다

시베리아도 없다
만주도
몽골도
중국도
일본도
오끼나와도 없다
조국도 없다
나뿐이다

남은 잎이 진다 나뿐이다

무제 시편 514

동국사 공양주이던 나에게
대책 없는 나에게
두번이나 찾아와
너
나랑 시 쓰자 하던
목련 송기원 선생을 꿈에 보는구나

꿈속에서는
내 동무였고
내 동무의 화장터구나

이제 발레리의 꼬레스뽕당스도
엘리엇의 사중주도 온데간데없구나

저 남만주 봉천 뒷골목
허름한 마루방 무대에서
김수영이랑
연극배우이던
그 굶은 북풍한설도 자취 없구나

재로 남았구나

한 생애의 끝인 재로 남았구나
무슨 희로애락이던가
무슨 영광
무슨 굴욕이던가

그토록 전후 모더니즘에
뜨겁다
식다
또 뜨겁다 하다가
어머니의 큰 눈 그대로
큰 눈의 연애이다가 우정이다가
세월의 뒤숭숭에 떠다니다가

물기슭
물버드나무 가지
물에
전세로 사글세로 적시다가

어쩌다가
도금봉 주연의 영화 찍고
구두 없어

운동화 신고 다니다가

시든 버드나무 가지의 이삿짐 트럭을 타고
낯선 항구의 삶이다가
이 세상에서
가장 성스러운 재로 남았구나

내 잘못으로
지난날의 청춘으로
지난날의 회색으로
한방울의 눈물밖에 없는
내 잘못으로
그 꿈속 화장터를 나는 돌아서는구나

무제 시편 515

강가 강
누렁 강물아
너는 죽어라고 느린 걸음으로
흘러가기만 하누나
수드라 도비들아
너희는 죽어라고
윗전 댁 빨래만 쳐대누나
내일도
모레도
글피 그글피도 빨래만 하다 죽어가누나

내 조국 또한
남과 북 백년의 삶으로
죽어라고 떠내려가기만 하누나
나 또한 죽어라고 죽어라고
떠내려가며
텅텅 빈 강심(江心)의 혼백으로
쓰고
읽고
쓰고
읽기만 하누나

어쩌자고
이 불가촉천민의 밤 잠 못 이루누나

무제 시편 516

시냇가에서
옛날 없이 살고 싶어라

시냇가에서
미래 없이 살고 싶어라

오늘 없이 살다 말고 싶어라

시냇가에서
시냇물 소리 듣다 말다 하고 싶어라

무제 시편 517

칼 쓰다 손가락 베였다
그러면 그렇지
내 새빨간 피 어리둥절 나왔다

피

얼마나 여러 은유들이 달려오는지 몰라
피 나자마자
이 세상
얼마나 의미투성이인지 몰라
피 나와
피딱지 지자마자
얼마나 관념투성이인지 몰라

싫어

무제 시편 518

가슴 아픈 날
가슴 멍청하게 아픈 날
불어오는 바람
아픈 바람
어디서 오는 줄 모르고 오네
야속하지
흐르는 물
어디 가는 줄 모르고 가네

구름인들
이슬인들

그 무엇이더냐 다 무엇이더냐

나 괴로운 날
내 그림자인들
아무것도 모르고 함께 사네

나 잘 살았네 잘못 살았네

무제 시편 519

저 방죽
새끼 잉어 뛰어오르네
얼마나 좋아
얼마나 좋아

오막살이
저녁연기 피어오르네
얼마나 좋아
얼마나 좋아

어스름
어스름

어머니 계시네
얼마나 좋아

새벽 꿈속 나 그 시절

무제 시편 520

제행무상은 욕망이야
무엇이 무상인가
무엇이 무상 아닌 것인가

내 욕망

은사 없이도
대학 대학원 없이도
백번이나
내 욕망의 학위 으리으리하다

제행무상은 진리가 아니야 욕망이야

새한테
구름한테 물어봐
우리 동네 미친년한테 물어봐
비 오려면
어김없이 날궂이하는
저 산발한 젖가슴의 여인한테 물어봐

세상만물의 제행이 무어냐고

그 제행의 무상이
도대체 무어냐고

욕망이란 욕망의 영광 사절하고 물어봐

무제 시편 521

공자보다
뒷날의 맹자가 더 단호하다
아비보다
그 새끼가 더 찬란하다
세종은
태종의 피밭을 꽃밭으로 바꿨다

아리스토텔레스가
플라톤을 잇지 않았다
풀의 넋을
풀이라고 뭉개버렸다

젊은 날의 불면증

나는 폭포가 좋단다
누가 빠져 죽어도 모르는 바다보다
누가 태어나도 모르는
가느다란
태백산맥 시냇물보다
폭포가 좋단다

열푼짜리 부모도
서푼짜리 은사도 모르는
순 문맹의 폭포가 좋단다

날마다
밤마다 죽어가는
죽으며
죽으며
급전직하
떨어져 죽어가며 살아가는
폭포가 좋단다

날이 새자
어디로 사라지는
내 불면증의 폭포가 좋단다

폭포 뒤의 시커먼 절벽이 좋단다

무제 시편 522

식전바람으로
논물 둘러보는 할아버지
먼동 그때
벌써 건기침 소리 내는 할아버지
그 할아버지 될 수 없어

이른 아침
이슬 묻으며
이웃마을 볼일 보고 오는
입 다문 아버지
소 외양간
소여물 푸짐하게 주는
그 아버지 될 수 없어

아침 햇발 몇줄기에
온몸 빛내이는
이슬들
이슬들의 소리 위
벌써 바쁘디바쁜
새소리 들으며
우물물 길러 가는 어머니

그 마흔한살 어머니 떠나버렸어

아니
아니
신새벽 오랜 가물로
산 넘어 옹달샘까지 가
물 한동이 이고 오는 작은어머니
저 바다 건너
청국 땅 닭 우는 소리 듣는
그 작은어머니 떠나버렸어

일본 아오모리 갔다 온
막냇삼촌의
새벽과
아침들을 아주 떠나버렸어

저 가야산 대적광전 앞마당
새벽 세시
어린 사미 정구업진언에
깨어난 날들
다 흘러갔어

저 연희동 골목
새벽 네시 지나
집집마다 내놓은 쓰레기 걷어가는
시청 미화원의
바쁜 시작들
다 흘러갔어

나에게는 밤뿐이었어
잠 못 이루는
스무살
서른살의 밤뿐이었어
혼자 취해야 무슨 소용
혼자 실컷 울어야
무슨 소용
마흔살에도 밤뿐이었어

아침이 없었어
아침이 없었어
피지 않았던 꽃
피어 있는 아침이 없었어

아침의 나라에서
아침이 없었어
쇄신 없는 오후의 생애였어
실로 오래간만에 몰염치로
아침 다섯시 반에 일어났어

무제 시편 523

더 나아가지 않고

나아간 것
더 뒷걸음친 어디쯤
낡아져
더 낡아져서

옛 점성술의 그날그날 밤으로 살고 지고

저 별이 나이기를
내 숙명이
저 별이기를
바빌로니아 같은
르네상스 같은 별자리이기를

내 할아버지 화석이 무서워하던 붉은 별이기를

무제 시편 524

오냐오냐 이실직고하노라

집의 운명은 운명이 아니노라
나가라
나가라
당장 나가라

집 떠나라
떠나라
즉시 떠나는 것이
네 운명의 시작이노라

진리를 위해서가 아니라
심심산천
웬 자아를
찾아서가 아니라
노다지를 찾아서가 아니라
무턱대고
아무런 설계 없이 목적 없이 떠나라

굶주려라

밥이냐
죽이냐
가릴 것 없이
그저 환장해서
뭣이고 먹어라

병들어라
어디 누울 데 없이
길 가녘 풀을 눌러 쓰러져라
밤이슬에 골병들어라
세번쯤 좀도둑이 되고
스물세번쯤 거지가 되고
어쩌다가 네발짐승이거라

거리가 네 운명이노라
북풍한설이
네 진정한 운명이노라
시베리아로 가라
아라비아로 가라
남아메리카 볼리비아로 가라
마그레브로 가라

856

어디든지 거기 네가 있어라

내면을 버려라
외부만이
황당무계의 세계만이
네 고난의 것

울지 말고
울부짖어라 늑대로 웨쳐라
눈보라 속
네 중상(重傷)으로
네 고독으로
고향을 그리워하지 말아라
꿈속에서 어머니를 만나지 말아라

드디어 너의 때에 이르렀노라

저 벼랑은 벼랑 이후이다
네 운명의 벌판이 거기 펼쳐져 있다

네 운명의 물너울이 여기 춤춘다

857

너야말로 배 한척의 필사적인 홀수선이다

이로부터 너는 비로소 너이다

오라
오라고
네 고대의 숙명
네 전생의 숙명이
네 미래의 숙명을 모방한다

거기서도
떠나라
또 떠나라

네 미래가 네 현재를 토한다
운명이란
미래와 과거가 부딪치는 것
과거와 미래의 혼혈로
네 운명의 현재가 태어나는 것

너에게 안주(安住)란 보수란 없다

여기서도 뛰쳐나가라
네 둥치를 쪼아버리고
네 전당을 부숴버리고
훨훨 날아올라라

하늘이 활개 치리라
지상의 모든 곳이
밤새도록 요동치리라

네 죽음의 과녁에
네 삶의 화살을 박아라

네 99세
거기서 네 운명의 산전수전을 마감하라
네 일주기에
너 다시 오라

운명인 네 정령으로 네 물질의 극한으로 오라

무제 시편 525

네 마음에서
하늘 냄새가 나
네 몸에서
저세상 냄새가 나

꽃 냄새도
똥 냄새도 아닌
이 세상에 없는 무슨 냄새가 나

너 안 만날래

나는 이 세상의 온갖 냄새 속에서
살아갈래
죽어갈래

다시는 안 만날래

무제 시편 526

나는 편애한다
바다에 오면
바다를 편애한다
타클라마칸에 가면
타클라마칸을 편애한다

나는 편애한다
석모도에 오면
낙조를 너무 편애한다

나는 밤이면
밤새도록
길이길이 밤을 편애한다

나는 누구누구를 편애한다
나는 아내를
누구의 딸들보다
나의 딸을 편애한다

나는 남의 자식을 길러본 적이 없다
내가 아는 것은

내 가족
내 조국
내가 모르는 것은 인류이다

이런 내가 몇년간 보편성을 말했다

나는 희망봉에 가서
내 친구에게 엽서를 썼다
최만식에게 쓰지 않았다
박만식에게
오만식에게
유만식에게 보내지 않았다

일만 몇천 킬로미터 저쪽의 모두에게
엽서를 보내지 않았다

나는 편애한다
죽어
나의 관은
편애의 관

어서 하관(下棺)하라

무제 시편 527

아메리카 원주민 극찬하지 마
콜럼버스 이전
아메리카 대륙의
큰 동물 4분의 3을 없애버렸어

아시아 반만년 농업 예찬하지 마
농업이야말로
식물도
동물도
광물도 죽이는 문명이었어

똥 묻은 개나
겨 묻은 개나

가을 등불 아래 만년 참회의 글이나 써봐

인간이란
인류란
본디 야만인 것 자백하는 글 써봐

살육이야말로 세계사인 것 써봐

서정시 작파하고 써봐

무제 시편 528

아이스크림만 먹는구나
노파도
청년도
아이스크림만 핥아 먹는구나
모스끄바 레닌도서관 앞
고리끼 동상 퇴장
도스또옙스끼 동상 등장

네 동상도
내 동상도
다 치사하다

어서 세월아 가라
고대가 되어라
선사가 되어라

아이스크림도
아무것도 없는
그때의 개울물이 되어라

구비전설이 되어라 증거불충분의 화석이 되어라

현재는 갈보다 과거도 갈보다
아이스크림만 먹는구나

모스끄바 며칠
모스끄바에 빠졌다
서울로 간다
서울에 푹 빠지러 간다

하겐다즈
하겐다즈 먹으러 간다

60년 후에
60년 전의 서울에 간다
퇴장 없는
하겐다즈의 거리에 간다

무제 시편 529

책을 덮는다 캄캄하다 캄캄하기만 하다

겨우
이 지상에는
붓다나 누구밖에 없다
너와 나밖에 없다

인간을 긍정하는 것도
인간을 부정하는 것도
인간밖에는
아무도 없다

풀도 물속 전갱이들도
달도
별들도
인간의 가치를 전혀 알 바 없다

이토록이나
모르는 대상이 인간이다 나이다

깊은 밤에 이르러 도달한 것

내 생애란
이 세상의 아무도
알 바 없는 그것

의미의 무의미 그것

캄캄하다
캄캄하다 자꾸

무제 시편 530

믿어라
배반당하리라
지긋지긋한 계절들이
전혀 새로우리라

올봄은
지난해의 봄이 아니리라

유프라테스 강 기슭
6천년 전의 술집 없으리라
가지 마라
가서
찾아 헤매지 마라

믿어라
오늘만의 약속을
오늘만의 진리를
믿어라
배신을
변질을
싱싱한 처녀의 부식(腐蝕)을 믿어라

김소월의 음독으로
김소월의 청춘을 믿어라
내 척추로
내 운명을 믿어라

믿어라
니힐을 믿어라

천국이 가까웠다
믿어라
부재인 실재인
낮달을 믿어라

무제 시편 531

누구의 노래 속에서
나오고 싶어
누구의 이야기 속에서
뛰쳐나오고 싶어

잊혀지고 싶어
지워지고 싶어

누구의 텍스트가 되지 않고 싶어

국도 38번 밤길
깔려
너덜너덜한 고양이 넋

다음 날 치워지고 싶어

누구의 미래 속에서
아니
누구의 현재 속에서
어쩌다
심심풀이 군것질 속에서

제멋대로 바꿔버린
누구의 얼굴이 안되고 싶어

누구의 기억 속에서
탈당하고 싶어
내 조국의 무소속이고 싶어
그믐달이고 싶어
낮달이고 싶어

무제 시편 532

그가 남긴 질서(疾書)를 보았다 시도 이런 시 이전의 단장(斷章)
에도 있다

'삶은 폐허의 며칠이다'

또 하나

'죽음은 불멸이다'
'나의 죽음은 나의 불멸이다'

또 하나

'거리는 어리석다'
'그들은 영구 혁명을 단 한번의 혁명으로 안다'
'광장은 어리석고 어리석다'
'그들은 독재자의 잠을 깨울 뿐이다'

내 친구는 이런 낙서를 유서로 삼았다

화장장에서
공원묘지 새 무덤에서 돌아온 뒤

유족이 넘긴
그의 수첩을 펴보았다

부채의 금액도 써두었다

'갚을 것 280만원'

그가 남긴 위의 몇 마디는
그의 생전이라면
따지는 밤이 있었으리라

하지만 그가 써둔 '280만원'은
일주기 전의 돈이 아니라
일주기 후의 추억이리라 추도이리라

명복을 빈다 명복은 너무 사적(私的)이다

무제 시편 533

호찌민 상공에서
창구멍으로 탁류를 내려다보았다
메콩 델타

나에게도 베트남은 성스러운 나라였다
벗어둔 옷을 입고 내렸다

몇백만 톤의 폭탄 쏘아 붓고도
부랴부랴
도망쳐야 했던 곳
풀썩
풀썩 기총소사 맞아
죽어가며
고엽제 쏟아
온 산야
영구 초토이던 곳
부비트랩 개미굴 속 뛰쳐나와
백년 외적
내쫓은 곳

호찌민 거리는 기억이 없는 거리였다

거기에 내려
하노이 보드까로
메스꺼운 목을 적셨다

이제 베트남은 오토바이의 나라였다
세계의 어디에도
이로부터 성스러운 나라는 없는가
차라리
북극성인가
먼 안드로메다인가

무제 시편 534

녹음방초 호시절이구나
거짓으로
거짓으로
일만년을 이어왔구나

거짓으로
속임수로 살아났구나
쥐보다 더
속임수로 이겼구나
속임수로
속임수를 빼앗았구나
축구 봐
나뽈레옹 봐

거짓말로 세상을 열었구나
저것 봐
저것 봐

거짓말로 진리를 외쳐
천년의 진리가 되었구나
저 첨탑 봐

오늘도 나의 스케줄
거짓말의 하루였구나
거짓말의 반대쪽
아무도 없구나
죽은 네살짜리 아우도
누구도 없구나
너 어디 갔느냐

반만년의 역사 뻥으로
너 어디 갔느냐

무제 시편 535

홉스가
나보다도 더 철부지인 것
20년 전의 나는 알았다

그의 불변의 신조
그의 철야

1990년대 항상 야반도주의 나에게
그는
가장 두려운 탐조등이었다
그 불빛에 찍혀
오도 가도 못했다

그러다가
그의 가혹한 결어(結語)를 만났다
'인생은 고독이고 빈곤이고 추악이고
야만이고 짧다'는 것

오늘밤 단호하지 말자
차라리
모호하자

애매모호하자
형광등의 안개 속 흐리멍덩하자

그의 극단은 나의 극단이 아니다

무제 시편 536

조선인으로 태어났습니다
한국인으로 살았습니다
외국에 가면
남한인으로 지내야 했습니다

분단 속이었습니다
분열 속이었습니다

하나가 그리도 멀고 이리도 사악했습니다

둘의 깃발이
눈보라 속
비바람 속 증오로 휘날렸습니다

내가 아리랑을 부르는 까닭입니다
아리랑을 부르기 전
술 먹고
아리랑을 부르고
술 먹는 까닭입니다

언제 나는 아리랑의 오장육부로 태어나리오

언제 나는 아리랑의 해골로 죽어가리오

꿈속 휴전선 꽃밭 나는 노루였습니다
저 건너 암노루를 아련히 아련히 바라보았습니다

무제 시편 537

간밤 꿈속
외눈박이 괴물이
내 등때기를 두들기며 외쳤다
나는 갈 길이 먼
모래톱 위의 거북이었다 거북의 귀로 들었다

전대미문이거라

비상이거라
썩어빠진 일상이 아니거라
일일시호일(一日是好日)이란
엉터리를 걷어차거라

전대미문의 폭우이거라
전대미문의 빛
태초의 빛이거라

너는 네 시조(始祖)이거라
너는 네 종말이거라

전대미문 말고 또 있다

후대미문이거라
너는 네 자손이거라
너는 네 천년의 유적이거라

꿈 깼다
밤비 소리가 들렸다

내일은 지구의 보수주의가 속옷마저 벗을 것이다

전대미문이라
전대미문이라
거기다
후대미문이라

무제 시편 538

산을 내려간다

바람 속
겨울 가지들이
모든 가지들이
앙상앙상 울어옌다

나는 내 그림자가 무섭다
내가 무섭다

내려가서
저 도시의 거리에서
북적대는 골목에서
지금의 내가 아닌
다른 나일 것이다

핏발 서리라
내 인조고막조차 사나우리라
내 소리는 더 갈라지리라
가슴에
녹슨 칼을 품으리라

나의 순진은 더럽혀진 지 오래
나의 사랑은
끝끝내 나 자신에게 묶여버리리라

내려온 산등성이를 돌아다본다
내려가라 한다
내려가라 한다

남은 것은
벼랑
벌판의 벼랑

나는 내 죽음보다 내가 무섭다

무제 시편 539

만성의 연민
또는 급성의 동정(同情)

구약성서의 욥
천년을 기억할 사내이외다
저주받는다는 것
은총 입는다는 것
어느 것도 그의 첩첩한 재앙에 미치지 못하외다

신약성서의 요셉
실재한다는 것
부재한다는 것
어느 것도 그의 극한 소외의 불운에 다가가지 못하외다

내 막대기는 머저리 같은 요셉 곁에 2천년만 서 있고 싶으외다

부록
시편

여기에 수록된 시들은 시집 『내 변방은 어디 갔나』 이후 발표된 것이다.
전작(全作)「무제 시편」과도 별도이다.
하지만 안성 시대를 마감하는 내 최근의 동정(動靜)에 따라 부록으로 삼았다.
저 1930년대쯤의 양으로는 독립된 시집이기 마련이기도 하다.
이로부터 내 시의 운명은 수원의 세월에 그 터전을 삼으리라.

안성을 떠나면서

너무 많은 신명의 날들이었다
너무 많은 수혜의 날들이었다
나의 것이 아닌
나의 것이었다

안성 30년의 출일

아내가 아내이고 또 아내였다
아내가 어머니였다

시가 시이고 또 시였다 내가 감히 시였다

내려가면서

산에 올라
다른 산들을 본다

저마다 알을 품은 어미의 날들을 본다

더는 바라는 바 없이
으스스 흡족하거늘

저 0.001의 지공무사(至公無私) 및 99.999의 지사무공(至私無公)의
살판으로
내 삶의 군더더기 보태러
헛기침이나 몇개 가지고 내려간다

소원

제주도 3년생 똥도야지가 똥 먹고 나서 보는 멍한 하늘을 보고
싶으오
두어달 난
앞집 얼룩강아지 새끼의 빠끔한 눈으로
어쩌다 날 저문 초승달을 보고 싶으오

지지난 가슬 끝자락 추운 밤 하나
다 샌 먼동 때
뒤늦어 가는 기러기의 누구로
저기네
저기네
내려다보는 저 아래 희뿜한 잠 못 잔 강물을 보고 싶으오

그도 저도 아니고
칠산바다 융융한 물속의 길찬 가자미 암컷 한두분
그 평생 감지 않은 눈으로
조기떼 다음
먹갈치떼 지나가는 것을 물끄럼말끄럼 보고 싶으오

폭포나 위경련으로 깨달은바

892

너무나 멀리 와버린
내 폭압의 눈 그만두고
삼가 이 세상 한결의 짐승네 맨눈으로
예로 예로 새로 보고 싶으오

거기 가 있다가 썩어 조선왕조 5백년 뒤에나 오고 싶으오

달마 보내기

없다 함 헤아리지 말기
모른다 함 좇지 말기
서녘 오가는 것
그냥 내버려두기

뒷날 일없는 동풍 한 자락
어쩌거나 말거나
껄껄 또 껄껄

莫測無聖 不隨不識
置之西來西去意
後日東風一裳起
應亞應亞呵又呵

어느 전기

있을 수도 있고 없을 수도 있는
한 삶의 나비로 태어났다
빛 앞에서
아주 작은 눈이 떴다
어둠속에서
아주 얇은 날개가 돋았다
바다를 모르는
폭풍을 모르는
한마리의 나비는
언제나 망한 나라의 잎새에 내려앉았다
이쪽에서
저쪽으로 날아갔다

불멸이 얼마나 허황한가를
처음부터 알고 있는 듯
오직 위대한 것은 낙조뿐인 들녘에서
낮은 식민지
밤은 나의 조국이었다
그런 밤에 금지된 모국어가
아무도 몰래 잠든 몸속에서 두런거렸다

해방이 왔다
모국어가 찬란했다

전쟁이 왔다
폐허에서
폐허의 주검 사이에서
피 묻은 모국어가 살아남았다
그 모국어로 노래했다
나의 노래는 애도이고
나의 노래는 누구의 환생이었다
또한 나의 노래는
불멸이 아니라
소멸의 노래였다

독재와 총 앞에 섰다
나의 주술이
몇번인가 갇혔다
모순은
모순의 서사와
모순 거절의 서정을 낳았다

아직도 지난날의 어린 나비는
지상의 한 장소에서
다른 장소의 진실들을 꿈꾼다
삶은 미완의 내면으로 떠돈다

남은 꿈 하나
먼 내일의 땅속 나비 화석은
노래 화석이기를

* 남아프리카공화국 2013년 제1회 국제시인축전의 한 주제시임.
* 이 시 속의 나비는 내가 태어난 지 세이레 만에 어머니 품에 안겨 밖에 나
  왔을 때 동네 아낙들이 '나비 같네' '흰나비 같네'라고 말한 것으로 연유
  를 삼는다.

낮달

이제 대한민국은 다 내놓고 외국이다
캄보디아가
미국 뉴잉글랜드 탱글우드가
거기가 더 내 숨은 조국 같다
같다
같다
독일 라이프찌히 가는 어느 길이
내 고향길 전생 같다

같다
같다가
내 고향

언제부터냐
네거리의 심장들 술 깬 신새벽부터 조국의 심장이 아니라
나의 귀국은 출국이다

날마다
내 시대는 외국이다
가버린 근대 및 전근대가
거듭 죽어가며

내 조국이다

바야흐로 나는 실시간으로 소위 원융무애의 외국에 산다

저 낮달만이
내 고향이다
내 조국의 지난날의 오후 세시이고 네시이다

설왕설래

왜 너의 오피니언은
옳은 말인가
왜 나의 오피니언은
너보다 더 옳은 말인가

왜 너의 댓글은
쓰레기보다 더
쓰레기인가
왜 나의 댓글은
욕설보다 더
욕설인가

올데갈데없는 날 갑상선 이상

동남아 여행

근대 2백년
일본만이 탈아입구(脫亞入歐)한 게 아녀
일본이 앞이고
중국이나
조선이 가쁜 가슴으로 그 뒤였어

천년 봉건 그냥 내동댕이칠 수 없거늘
일본의 화혼양재(和魂洋才)
중국의 중체서용(中體西用)
이에 질세라
조선의 동도서기(東道西器) 내걸어
눈 감고 아옹 면(面)을 세웠으나
어서
어서
서양으로 구미로 내달려온 것 어디에도 못 숨겨
이제는 아예
서(西)보다 더 서여 뛰는 놈 위에 나는 서여
양복 양잿물 양송이에 양갈보들이 그 옛날이여

이런 서 한두번 작파하고
동남아 오지

거기 가
모기 물리며 가

거기 가
원시부족 올랑사키아족 족장께
연꽃이나 한송이 오롯이 드리고
사탕 한봉지씩 고루 나눠드려보아
거기 가
다시 태어나보아

아기 태어나면
금방 예순살인 곳
아기 자라나서
예순살이 되면
그 나이 지워버리고
다시 한살 이전
영(零)살인 곳

거기 가
자네나 나나
지지리 지지리도 바쁘디바쁜 모방의 세월

단박에 지워버리고
금방 예순살로 태어나보아

족장께서 쓰다 둔 아낙한테
탯줄 이어
다시 태어나보아

무럭무럭 자라나며
도마뱀하고도
구관조하고도
그믐밤 털 난 귀신하고도 고향 삼아보아

오르막 웅덩이
나무 열매들 썩고 썩어
술로 괴어 있는 것
한움큼 떠먹어보아 얼레얼레 취해보아

다섯살

1·4후퇴 때
휴전 직전 그때
다섯살 아이
엄마 없는 그 아이 보았지

너무나 일찍
동서남북을 알아버린
그 아이 보았지

약 없이
아문 상처의 그 아이
몇날 며칠
씻지 않아도
눈동자 똑바로 원한 맺힌 그 아이 보았지

윤리학자 최아무개가 엄숙하다는
철학자 김기석이 신성하다는
생(生)
생 그것을
거지로 넝마주이 똘마니로 시작한 그 아이 보았지

40년 뒤
내 딸내미 다섯살 생일 아침
기쁘다가
기쁘다가
그 아이
어디서 무엇이 되었는지
어디 가서
누구의 무엇이 되었는지 손가락 덴 듯 떠올라

신록 연초록 잎새를
바야흐로 미풍은 기다리는 것
미풍이 와
언젠가 폭풍이 되는 것
그 이전

그 아이의 지난날 반소경으로 보고 말았지

초월

못 갈
천국이라는 곳
천국의 누구 옆자리라는 곳
싫어

그 아래쯤
제트기류 싫어

대구 시인 이설주 선생 따라
태산준령 싫어

칸첸중가
매킨리
알프스 융프라우
킬리만자로
쿤룬 싫어

나는 나의 만년으로
해발 1미터 미만
썰물 개펄로 가

살아남은 농게 및 농게 새끼들
바쁜 곳
바쁘지 않은 곳
그곳으로 가

이제야 나의 초월이여
낮을 대로 낮은
누구의 것까지 더하여

아흐 오색찬란한 초월이여 내 사방팔방의 발바닥이여

한 생각 머물기를

30일 장마가 걷혀버렸네
처마 날아가버렸네
누구네 뭉칫돈 영리하고 영리하여
우둔한 세금 피해
눈 깜짝할 사이 사라졌네
홍콩으로
두바이로
아니 스위스 제네바로

장마 뒤
1백 킬로미터가 아닌
1만 킬로미터가 아닌
하늘이 빈손 들고 활짝 열렸네

진실로 진실로 피는 푸르러

하늘이 나 보고
내가 하늘 보네
둘 사이의 어느 품앗이 가정(假定)에도
영혼이란 없네 있다가 없네

아예 없는 것을
있다고
있어야 한다고
오래 쌓이고 쌓인 영혼의 역사 어디 가고 말았네

내일 더 그럴 터

* 어느 유식론자의 비망록에서 발췌함.

변절

좌파가 우파 되는 밤
우파가 좌파 되는 밤

일급비밀로 변절하는 밤

흙구덩이 속
늙다리 굼벵이가 꿈틀 선잠 깨는 밤
돌멩이 틈서리
만족의 부족으로
기나긴 벌레 소리 그친 밤

철야로 변절한 밤

마침내 새벽 먼동
새로운 노선으로 발기하는
내 성기의 맹목 어이하나

방인근 선생께

이 서찰
어디로 보낼까 어디로 보낼까 미적이다가
선생께 보내기로 작정하였나이다
『국보와 괴적』
『마도의 향불』
사변 전 열 몇살 그때
동네 어른의 책 빌려 읽었나이다
손톱 속손톱 깨물며 읽었나이다
그때 이래 선생의 존함을 받들었나이다

춘해 방인근 선생

이 서찰
어디로 보낼까 어디로 보낼까
육당 영전에도
북의 묘역
춘원 영전에도 맞지 않으므로
한 글밭 터울 아래
선생께 엄발 내어 보내기로 하였나이다

까닭인즉

저 1920년대 동인지 시절 가고 난 뒤
일찍이 선생께서『조선문단』을 차려
춘원을 앞세우고
새삼 근대 한국문학의 한 마을 모둠살이 이루셨나이다
그 무렵
춘원 '봄 동산'이라
춘원 부인 허영숙을
춘계 '봄 시내'라
그리고
선생 부인을
춘강 '봄 가람'이라
선생 자신을 끝으로 춘해 '봄 바다'라 하여
흘러 흘러
춘가(春家) 한 가족의 흐름을 이루었나이다

이로써
고불(古佛)도
아유(我儒)도 아닌
신야(新耶)도 아닌
구도(舊道)의 가풍 어슷비슷이므로
이 풍류 도가의 사연을 제백사(除百事)하고 보내온즉

도교는
천명 1백20년을 넉넉잡나이다
진세 한평생
죄지으면
죄에 따라
3일 감축
3백일 감축으로
천명을 줄여 잡나이다

천명이 생명의 일이매 사뭇사뭇 지엄하였나이다
허나 쥐구멍이나 울바자 개구멍이나
그런대로 퇴로 하나 놓아
사람의 몸속 삼시충(三尸蟲)이
잠든 겨를
슬그머니 빠져나가
저 하늘의 옥황상제한테
죄 유무
죄 경중 낱낱이 일러바치는 날
60일에 한번씩이니
그날밤 육십갑자 경신일 밤

눈 뜨고 지새우면
죄짓고도 그냥 넘어가
천명 1백20년 한치 반치도 감축 없나이다
그런 경신일 밤
철야 풍류
저 고려 충렬왕이 별나게 잘 베풀었나이다
아니 조선 후기
영조마마께서도
경신 통야(通夜) 더러 납시었나이다

그뒤로
손자 정조도 막지 못한 노론의 세상
그 안방마님도 경신 철야를 남몰래 치르었나이다
그 덕택인지 노론의 권세 절손(絶孫) 없이 이어지는
수구 일색
노인의 강토가 되었나이다

굳이
도교 천명 1백20세 아니고도
가령 미당이 2백세 백일몽이더니
80여세로 고종명

누구도
누구도
천명 1백20년으로 모자라
2백년의 천명 아닌 인명을
헛꿈 꾸고 있게 되었나이다

방인근 선생
1960년대 어느날
1970년대 초 어느날
종로5가
이른바 사이비 출판사 찾아다니며
사이비 책 교정 보아주고
빈 양재기의 푼돈
사이비 책 원고 써주고
또 빈 호주머니 푼돈

오늘밤 경신일 맞아
괴괴한 춘해 방인근 선생 영전에
머리 조아려
삼가 도가의 천명 풍류로
춘원 춘계 춘강 춘해의 지난 세상 열렬 추모하옵나이다

하직

가버린 가을이여
가을이 왔습니다
오지 않는 가을이여
가을이 왔습니다

된통 가을이 왔습니다

가까운 곳이 멀어야 하고
먼 곳이 가깝습니다
여기까지
사막의 마두금 소리가 들립니다

광역시와
광역시 밖의 모든 잎새들이
각자인 듯
함께인 듯
이미 단풍의 꿈을 꾸고 있습니다

여기에 여기가 없습니다
먼 곳
아주 먼 곳으로

된통 가을이 왔습니다

나는 9차원으로 갑니다
이제 여기는 나의 곳이 아닙니다
사막의 쌍봉낙타 그림자가 사라집니다

욕망으로부터 가비야이
문명으로부터 가비야이
언어로부터
삶과 죽음으로부터 가비야이
9차원으로 갑니다

내 9차원의 가을이 왔습니다

봄비

아침 새소리로
하루의 날씨를 다 아셨지요
새소리 높기로 낮기로 빤드름히 아셨지요

새참 지나
한줄금 내리시겠구나

내일모레까지
찔끔찔끔 오다 마다 하시겠구나

반가운 손님이면
오라는 비
좀 지겨운 손님이면
가랑가랑 가시라는 가랑비도
용케 아셨지요

비 오는 날이나 안 오는 날이나
우산이 없지요
비 오면
깔아놓은 멍석 어서어서 말지만
사람이야 그냥 생애 전부로

비 맞으셨지요

어린 나도 아래뜸 심부름에
그냥 비 맞고 젖으며 젖다 말며 갔다 왔지요

비 맞는 세상을 오래 나는 믿어왔지요
다른 것이야
일부러 청해다가 믿을 나위 없었지요

봄밤의 아버님 산소 원 없이 봄비 다 맞으시는
폭삭 내려앉은 무덤이셨지요

울산바위

공중이 강풍을 그러쥐고 있도다
오르던 용 꿈틀대다가
입에 문 여의주를 그만 놓쳐버리도다
이런 공중의 실수 제법이도다

지상의 설악
내설악에도
외설악에도
울산바위가 아뿔싸 없어지도다

괴이한지고
아무리 눈 씻고 씻고 보아도
울산바위 자취 없도다

앞서
아직 울산에서
울산바위 날아오지 않았던 것 아닌가
앞당겨
울산바위 쉬지 않고
그냥 곧장 금강산으로 간 것 아닌가

다음 날인가
그다음 날인가
공중이 미풍 하나 없이 괴괴한 날
울산바위 그 자리 바라보니
울산바위 거기 있도다
불후(不朽)의 벼랑 병풍 그대로
천연덕스러이 있도다
나 또한
그러면 그렇지 하고
쇠양배양한 가슴 쓸어내리도다

전설 내려오건대
울산바위가
금강산 가다가
설악산도 좋다고 내려앉아
천년만년 잘 먹고 잘 산다 해오거니와

본디 설악바위 그것이거니와
세상이란 심심풀이 전설 따위 헛소리가 있어야 하도다
본디 세상 자신이 헛소리이므로 이러저러하고 그러하도다

이도 저도 아닌 밤

무문관 33측 마음 아니기 부처 아니기(非心非佛)

이 문패 언저리
누가 끄적인 것

시인 아닌 녀석 앞에서
시 읊조리지 말기
술꾼 아닌 놈하고
술 마시지 말기
(頌曰 不遇詩人莫獻 非酒客莫飮)

하나는
다 시인인 줄
다 술꾼인 줄 모르나보군 하고 혀 차고 말까

둘은
그럼 어느 시러베아들놈하고 시를 놓아야 하지
어느 후레자식하고 2차 간다지 하고 투덜대고 말까

무문관 내던지고
시도 술도 면목 없는 날 안개도 는개도 아닌 날

고금(古今)

형
내가 원효를 좋아하는 건
그의 십문화쟁론 때문만이 아니라우
그의 국산 화엄 때문만이 아니라우

누구에게는 도사리일지나

그의 일살십활론 그 때문이라우
까치 새끼 열마리 살리려고
독사 한 놈
지팡이로 때려죽인 것

또 하나 도사리일지나

어느날 밤 달이 구름에 숨었다 나왔다 하는
과부 요석의 방에 들어가
주안상 받은 것
당신이 그리 태어났듯이
당신의 참았던 씨로
아들 설총의 아비 되어
무애이다가

무엇이다가
그 복성거사 노릇 한 것
그 때문이기도 하다우

형
내가 안중근을 좋아하는 건
그가 이또오를
똘스또이도 미친놈이라 꾸짖었던
그 이또오를 쏴버리고
우리 조선
우리 조선
우리 조선
외친 그 때문만이 아니라우
그의 옥방 유서로 남겨진
동양평화론
그 동양평화론의 어느 행간
동양 각국이 함께 노니는
공동화폐론
동양 각국이 함께 노니는
공동군대론
그 탁론 때문이라우

거기다
한마디 써두기를
하루도 책 한줄 안 읽으면
헛바닥에 가시가 돋는다 함
아흐 그 때문이라우

형이나 나도 따로따로
그 무슨 독불장군의 소리 하나 내걸기로는 안되겠수
어떤 말은 다른 말과 함께일 것
바람은 비와 함께일 것
형이 내가 되고
내가 형이 되어버리는 그 산발하는 파도 자락 함께일 것

세살 때

그제도
하나 둘이었네
어제도
하나 둘이었네

오늘은 하나 둘 셋이었네

이제 되었네

장차
천을 알면 천의 번뇌 아는 것

절로 읊조리기〔自吟〕

산이 산을 안고
물이 물을 내쫓네
바람이 바람 부치고
비가 비를 이끄네
마음에 마음 물들고
가죽이 골수를 기르네그려

山抱山 水逐水
風吹風 雨引雨
心染心 皮育髓

분재풀이

해마다 두어번 맞춤으로 찾아오시는
무슨 사춤에도
섭섭해하는 안사돈 같은
몸살감기

그 몸살감기
섭섭해하는 치맛말 올려 물러나신 뒤로
이내 몸 앓은 날들 보내고 나니
눈에 새로 띄는 것
하나둘이더이다

먼 산이 부쩍 가까이 와
인과율 같은
이원론 같은 얼굴로 또렷또렷 빛 독촉의 얼굴이더이다

또 한가지

식탁 위
굽힐 대로 굽힌 분재 소나무
뒤틀릴 대로 뒤틀려
더 뒤틀릴 데 없는 곱사둥이 나무

거기에도
아내 눈길 가는 데 따라
내 눈길도 따라가더이다

저런

이제야 혀 차며
저런
저런
굵은 데도
가는 데도
가지도
우듬지 턱밑도
친친친친 동여맨 것
그대로 두고 좋아라 했던 것
더는 좋아라 할 수 없더이다

누가 말했던가 내가 말했던가
맺은 것 풀어내는 것이
삶의 모롱이라고

오전 내 두어시간 대중
그 분재 철사
한바퀴 한바퀴 풀어내는 동안
손으로 안되면
펜치로 돌려 풀어내며
어렵쇼
풀어놓은 철사 무더기
두어줌이나 쌓이고 나서야
비로소
분재 소나무 평생 굴레 벗어나
어안벙벙이더이다

막걸리 한잔
부어드리고 나도
얼얼하기보다
그냥 얼떨떨하더이다

최근의 내 비겁한 날들이 한 일 가운데서
가장 정치적이었더이다
분재 소나무 철사 풀어낸 일이
이러이러했더이다

부산 영도 한진중공업 해직노동자 복귀 위해
고공 크레인 몇개월 농성에 대한
그 소금꽃 김진숙에 관한 성명에나
구차한 이름 더한 것 말고
이것이었더이다

고리끼의 '어머니'는 아득한 곳으로 떠내려갔더이다
내가 나섰던
YH노조 사태도 그랬더이다

오랫동안 예술이란 해방보다 속박에 더 가담한바
분재 소나무의 그 아름다움이란
이 무슨 사디즘이나 무도한 무기(無期)의 고문 아니더뇨

이로부터 일본 분재의 극치 사절

안부

그대 아느뇨 모르느뇨
동으로 가거나 서으로 가거나
갖은 생각 다하니
한 글자 없네

君知否
君不知否
江東去江西去
萬念落處外 無一字

타고르의 노래

라빈드라나트 타고르 일가는
신의 혈족이시옵니다
바라문 그 이상이시옵니다
할아버지께서도
그냥 타고르가 아닌
마하트마 타고르이시옵니다
벵골어의 끝 간 데 모를 지역
그 지역 대지주에다가
대석학으로 모르는 것 없으셨사옵니다
세상이 동서남북이
다 우러러보는 현자 또는 성자이셨사옵니다
아버지 데벤드라나트 타고르께서도
뒷날 마하트마 간디를
그렇게 부르는 마하트마 타고르이셨사옵니다
대예언자에다가
대석학 대부호이셨사옵니다
형 드위진드라나트도
위대한 예언자이셨사옵니다
다람쥐가 무릎에 오르고
공중의 새가
그의 손등에 허물없이 내려앉았사옵니다

그런 신의 가문인지라
어린 라빈드라나트 타고르 역시
그 가문으로 하여금
열다섯살에 이미 시인이시옵고
음악 속에 묻혀
명상 안에 잠겨
기도의 시간으로 넘쳐흘렀사옵니다
아닌 게 아니라
그의 아버지도
강 위의 배에 앉아
여덟시간 아홉시간 명상에 잠기셨사옵니다
뱃사공이 노 젓지 않고 기다리고 기다렸사옵니다
그런 내림이라
라빈드라나트 타고르께서는
애초부터 성자로 보증받으셨사옵니다
기탄잘리여
신께 바치는 노래여 신성한 나날이여
이런 라빈드라나트이므로
아이 적에
영국인 가정교사의 귀족 영어에 능하셨사옵니다
그에 못지않게

고대 범어도 모국어 벵골어도
누구보다 능하셨사옵니다
조국은 다 남의 것인데
오로지 그는 신의 자손이셨사옵니다

그가 거대한 일본제국주의에 의한
동양의 내일이
어느 세월인지 모르는 시절
행여나
일본제국의 철학이
근대의 초극 운운한 것하고
얼마나 다른 바 있는지 모르는 시절
그 일본제국의 발밑에서
다 내주고
핏줄만 남은 조선에서 태어난 불초 소생이야
어찌 감히
아시아 신성 가족의 시인께
무어라
무어라
중얼거릴 노릇이리이까

소생이야
황토밭 가녘
서천축은커녕
공맹은커녕
동학란이나
강증산도
차천자도 없이
그냥 순무식의
동네 진리로 이어온
농투성이 씨내림으로
황토 흙벽으로 지은 집에서
이삼만(李三晩) 쪽지 붙여 노래기나 뱀 물리치고
만사형통으로
비 새는 지붕 아닌 지붕 밑에서 태어났사옵니다
삼복더위
언제 죽을지 모르는 아이로 태어나
식민지
분단
이런 막힌 골짝의 삶을 사는 동안
신으로부터 가장 먼 곳
신의 혈족으로부터

가장 낮은 곳
이곳이 기역 니은 디귿 리을 미음 비읍 시옷으로
이응으로
지읒 치읓 키읔 티읕 피읖 히읗
아로부터 이에 이르기까지
용케 마른 몸에 담아
삼현육각도 없이
거문고도 없이
달밤의 산조 반주도 없이
맨 노래를 불러왔사옵니다 맨입을 놀려왔사옵니다

마하트마 라빈드라나트 타고르 영전에 삼가 아뢰온즉
　당신과 불초 소생이 준엄히 함께할 백일몽 하나 있사오니 청허하
시압
　오늘 이후 아시아의 삶과 시 아시아의 시와 삶
　어찌하리오

독작(獨酌)

아슬아슬하게
다른 사람의 앞에 있거나
아슬아슬하게
다른 사람의 뒤에 있거나
그런 곳이
내가 사는 곳

까닭 없이 편한 날이 벼랑의 날인 줄 왜 모르리

별똥 연거푸 지는 밤
나를 아는 것은
무한을 모르는 것
틀림없이
세계 밖을 모르는 것

내가 사는 하루 이틀
어느날
곰곰한 날
무려 6백만년 전의 버러지이던 나
전혀 모르는 것
옛날 진로의 카아! 소리 안 나오는

오늘의 10대 소녀 같은 소주 한병
어느새 비웠으니
두병째로
간밤 꿈속
허공 밑바닥으로 추락하던
어릴 적 꿈속 그대로
앗 소리
그 꿈 깨어나
등골 식은땀으로 안도하던 그 어린 시절로부터
아주 멀리 와 있는 쎄인트헬레나의 후회막급의 고독
그쯤

재 한줌일 것

6년 전 토오꾜오 와세다 홀
그곳 시인 요시마스 고오조오와의 공동 낭독회였습니다
요시마스는
빠리에서나
베로나에서나
토오꾜오에서나
늘 박자 맞춰 읽었습니다
나는 박자도 무엇도 없이 읽었습니다

청중은 쿄오또에서 나고야에서
요꼬하마에서도 왔습니다

나에게는 청중이 초원이었습니다
거기 내달리고 싶었습니다
낭독 뒤
모두 다인종으로 어우러지는데
한 미녀가 다가와
그림 하나를 불쑥 주었습니다
내가 읽는 동안
나를 그린 그림이었습니다

불 속에 내 얼굴이 타고 있는 그림이었습니다

그녀는 주소가 적힌 쪽지를 주고 사라졌습니다
그뒤 나는 청초 요염의 주소 쪽지를 잊어버렸습니다
할수살수없었습니다

엊그제 그 그림을 꺼내보았습니다
화형(火刑)인가
아니면 화중백련(火中白蓮)인가
브루노인가 보살인가?

어쨌거나
그 불에 태워지건
그 불에 피어나건
그 불의 끄트머리 한줌의 재로 귀의 귀결하는 것
나에게 남은 내일모레 그것

심청에게는 연꽃이 물 위에 있음
나에게는 그것이 불에 있음
대단히 좋다마다

어느날의 소묘

바다가 육지를
혹은 육지가 바다를 정의하던가
그 둘은 각각
부딪치는 파도로부터
새로운 의미를 끌어내느니

셰이머스 히니의 어느 구절이던가
혹은
셰이머스 히니의 아내의 어느 구절이던가

기억 속의 엉터리 기억이
진짜 기억을 지워버리는 나의 삶
돌이켜볼 때마다
나의 삶은
또다른 것이고
또다른 것이다가

영영
어디로 가버리고 마는
허공의 미아인
나라는 소실점

명사록

저 옛적 그리스 명사들
플라톤
피타고라스
플로티노스
아리스토텔레스

저 페르시아 한밤중의 수피들

물 건너
흙 건너
괴테
위고
똘스또이
발자끄
마테를링크
예이츠
휘트먼
에드거 앨런 포

곁갈래로
벤저민 프랭클린

에디슨
윌리엄 제임스
엉뚱하게
헨리 포드

그대들이 다 전생을 확신하고
내생을 통감했느니
어찌 옛적 인도 윤회전생판일 따름이리오

그대들과 달리
애써
전생 내생 따위
불태워 죽일 이단일레
천인공노의 역절일레 하고

밥맛 잃으며 칼 갈던
아무개
아무개
아무개
그대들 또한
전생다생의 무엇인

내생 하처로 가는 무엇인
그 무엇의 원소 이합집산일 터

바로 거기

거기가 여기가
그대 전생 전전생 그 어느 때
누구의 화살 맞아 쓰러진 곳인 줄
언제나 알지 몰라

행로난(行路難)

가도 가도 이르지 못하고
와도 와도 아직 때 아니네그려
누구 이 일을 묻지 마시압
나 이미 개울물이 폭포수 되고 말았네

去去無到地
來來未現時
有入勿問事
我已溪盡瀑

한산

백범의 중국 행적 따라가보다가
한눈팔아
한산사에 들러
빙수 한그릇 사 먹는다

한산의 시 한수
한산사 일대에 맞지 않고
한산사에
한산의 그림자 맞지 않다

그러나 그냥 갈 수 없어
기름진 요리 뒤라
만당(晚唐) 그 무렵
한산 한편
목구멍에서 꺼내어 내놓는다

　사는 것 죽는 것
　어디에 견주는 바 알고 싶으신가
　우선 얼음물로 견주건대
　물 얼면 얼음이고
　얼음 녹아 물 아닌가

죽으면 반드시 다시 태어나
태어나면 다시 죽어 마땅하여라
얼음과 물 서로 어쩌지 않고
사는 것 죽는 것 아이고 둘 다 좋아라 좋고말고

欲識生死譬
且將冰水比
水結卽成冰
冰消返成水
已死必應生
出生還復死
冰水不相傷
生死還雙美

동행의 김형

여기서 어디가 좋을꼬
내가 묻기 전
내놓을 대답 있어 없어

바로 끄트머리 아니겠어

948

다 좋아라(雙美) 여기 말일세

오늘 해와 달 다 좋아라
오늘 길 한복판
암캐 수캐 뽈붙어 안 떨어지는 것 좋아라

행여나 덩달아 남과 북도 삿대질하다 말고 다 좋아라

이르꾸쯔끄에서

심사숙고 끝에 봄이 왔구나
자작나무 숲 언저리도
처녀도
지난겨울 2백일 이상
침묵의 얼음으로
굉음의 눈보라로 한살 더 어려졌구나

바랄 나위 없구나

거짓말같이
아무것도 첨가되지 않았구나

곰과 배암
천년의 세습 무당
안똔 체호프
그뒤의 데까브리스뜨
땅속에서 기어나와
이전의 기억 없이 눈 뜨는구나

더 바랄 나위 없구나

이로부터
바이깔의 선천적인 투명으로
바이깔의 후천적인 몽롱으로
불경(不敬)하거라

이교도이거라

귀가

3월에 올 하루살이들이
2월에 와서
춥디추운 하루의 몇시간을
살다 마는 일생으로
나도 살아가누나

썩은 달걀의 적막 속에서
죽어서도
입어야 할 옷 속에서
무어라고
무어라고 살아가누나

4월에 올 하루살이들이
3월에 와서
추운 하루 한나절의 몇시간으로
이 세상을 알고 가는 일생으로
나도
이것을 안다 하고
저것을 안다 하고
살아가누나

죽은 책들의 올데갈데없는 시간 속에서
이승의 행간
저승의 행간으로 살아가누나

밤 열시 오십분
안성행 막차가 첫차처럼 떠난다
지갑 속에 현금 10만원 있고
카드 있다

아내의 사진과 딸의 사진 있다

반도일지

8월 햇볕
9월 햇볕으로
소경같이 남겨진 논 한배미
벼 2천평쯤 실컷 익으셨구면
흐물흐물하시구면

이보시게나

칠흙이던
백년 원수도
다 익어 연분홍으로
흐물흐물하시구면

남의 만경강 외애밋들
북의 청천강 안주 팔십리 벌
거기도 귀머거리같이
무르익어
나락들 고개 숙이셨구면

봉화 오덕이네 집 뒤란
대추란 대추 우르르 익으셨고

남원 명희네 집
비알밭 두렁
무란 무
모조리 밑들어
생살이 히뜩히뜩 터져나오셨구먼

이제야

한반도 동서남북 사나웠던 뭇사람들께서도
지지리 못난
허수아비 사촌으로
옛날 옛적같이 순하디순하시겠구먼

  저 멀리 다른 나라 땅속 송진의 끄트머리 누릿누릿 묻힌 보물단
지 호박(琥珀)이시겠구먼

아침

나는 아침마다
뒷간에 간다

뒷간 좌변기에서
일어나
물 내리기 전
반드시 내가 내놓은 한무더기를 본다

나의 본래면목을 본다

안성이여 안녕

안성 가서 살겠습니다 하고
내가
서울 떠나는 인사를 하자
안성이라
안성이라
나도 안성 가서 살고 싶어
편안한 골에서 살고 싶어
안성포도 달기도 하지 하고
함석헌 옹이 부러워하였습니다

와서
둘의 부부 생활을 열었습니다
꿈속의 생활이었습니다
1983년 5월
돈 백만원이 곧 동났습니다
아내 상화는
입구까지 나가
차 만나
대학에 갈 수 있었습니다
다음 해 아기가 들어
그다음 해 5월에 태어났습니다

상화는 권하는 제왕절개 사절하고
아기를 낳았습니다
장모는 몇달마다 왔습니다
벗들도 왔습니다

안성 시절이 무르익었습니다
책 백 몇권을 냈습니다

안성 30년은 시의 30년이었습니다
상화의 교수 생활 30년은
서울 시절의 강단 10년을 이었습니다

이로부터 상화는 명예교수이고
나는 어제 그제 그대로
그냥 시인입니다

아기 자라나서
해외의 학생 시절 마치고 와
1백호 50호 그림을 그립니다

안성 30년

안성의 햇빛과 물
안성의 바람
안성의 더위와 추위
우리 삶의 절정은 길었습니다

날마다 절정이었습니다
또 하나의 해설픈 시작을 위하여
이 절정의 안성을 하직합니다

안성이여
안성이여
안성이여 안녕

오늘 참 좋다

이상한 노릇 아니라면 아니지

오늘
아내의 귀로
새소리 몇개를 들어 마지않는다

마당 가운데
멍멍이 에미나이와
새끼 셋이 조붓조붓 장난치는데
에미나이야 벙어리로
새끼들 소리만 있다
그 소리도
아내의 귀로 들어 마지않는다
또한 아내의 눈으로 본다
여태껏 잘못 본 것들을 새로 본다
좋다

꿈

신새벽 신앙 따위
잘난 고답시편 따위
못난 형이상학 따위 사절

어디에도
배고픈 이 없는
밥 먹고 지고

어디에도
전셋돈 없는 이 없는
내 집 거실에 앉아
TV 명화극장 영화
총 없는 영화
새벽 두시까지 졸지 않고 쫄지 않고
보고 지고

그 새벽 세시 지난 꿈

하루

일찌감치 하루의 가게 문을 닫아버린다

내 조국은
오늘도 무엇으로 무엇으로 흥청망청이었다
2백년 전의 전근대도
1백년 전의 근대도
잊어버린 지 오래
그따위 서푼짜리
없애버린 지 오래

아버지 같은
홀어머니 같은 뒷동산마저 다 파헤쳐졌다

시집 받은 날

매화 망울들
추운 바람 속으로
알알알이
떠네

어쩌자고 나비 한쌍
호를호를 왔네

전혀 꽃 피울 생각 없는 날
헛나비 한쌍 철부지로
왔다 가네

꽃에 나비 아니려나
나비에 꽃이려나

꽃 없는 날
시집 세권이 왔네
택배로 한권이 더 왔네

시론

옛사람 시를 지(志)라 했거늘
나는 그것을 의(意)라 함
지는 술잔이고
의는 술이라 함

내일모레쯤
누가 있어 시를 무어라 하기를 학수고대함

그래야 함
한번으로 정하지 말고
몇번으로
몇백번으로 정하고 또 정해야 함

달 사라질 때 그때까지

간밤

간밤 천둥번개 미쳐 날뛰어
내내 내혜쳐
쥐들
다람쥐들
귀신들
허공의 각 지방들
오싹오싹 놀랐지

돌멩이나
방금 숨넘어간 새 송장이야
어찌 굳이 놀라자빠지겠어

간밤 개울 한가닥도 아무 탈 없이
그저 무심심히 흐를 따름 아니겠어

무제

오늘 멀리멀리 바라보니
몇 세상의 파란 감추었누나
홀연히 한 마음 저물어
활연히 은하수 열리누나

此日千年眼
幾生萬波止
忽然一意暮
豁然開銀漢

황지의 노래

지하 갱으로
8백 미터
8백80미터
지하 갱으로
오늘도 3교대로 내려간 아빠
무사히 돌아오라고
살아 돌아오라고
아빠 신발 안쪽으로 코 돌려놓누나
엄마 신발 바깥쪽으로 놓은 옆에다
더듬더듬 가지런히 돌려놓누나

황지탄광 광부사택 제62호
방 두칸 섬돌 위
아빠 엄마 신발 한쌍 거꾸로 놓여 있누나
열한살 난 눈먼 딸내미 오키*
저 혼자 멋쩍은지 노래하누나
어디서 배웠는지
「돌아와요 부산항에」를 노래하누나

* 옥희. 그러나 제 이름을 문자로는 볼 수 없고 소리로만 들을 수 있으므로
 '오키'로 표기함.

서해

도무지 서해는 바다가 아니다

돈 빌린 적 없는
친척이다
친척의 마당이다

지는 해도 해가 아니다

떠난 형님이나
내일 돌아올 아우였다

나도 누구였다

봉춘이나
형욱이나
썰물 포구 뱃전에 내려앉은 새

한식

국이 식었다
식민지시대가 갔다
국이 식었다
식민지시대의 사람들이
하나둘 갔다
식민지시대의 어린이들이
오늘의 늙은이로 살고 있다
국이 식었다
오늘의 어린이들도
식민지시대 사람의 손자이거나 증손녀이다
밥이 식었다

경기도 용인 멸공 골프장 옆 호화묘지
그곳 삐까번쩍하는 비석들에는 왠지 이끼라고는 없다
으슬으슬하다

나의 프라하

여기에 온다는 것은
한번 이상 온다는 것
여기에 머문다는 것은
1년 더 머문다는 것

세상의 도시들은 날마다 부풀어간다

여기는 그럴 수 없는 곳

오래오래
제 스스로 피어나는
지상의 꽃
미움이 미움 이전으로 돌아가는 곳 나의 프라하

날개 접으며

가버린 과거에
이렇게 굶주릴 줄이야
이렇게 목마를 줄이야

그곳에 간다
기원전 천년의 도시
아무것도 남아 있지 않다
거리는 사막이 되고
집들은 바람이 된 곳

오직 폐허뿐
문명이란 폐허의 어머니였고
폐허는 문명의 잘난 아들이었다

내 날개 접고
내려앉으려다 마는
그곳에 간다

또 어디로 가나

어떤 폐허

그곳에 간다
기원전 2천년의 신전
몇개의 설화석(雪花石) 돌기둥과
한쪽 벽면이 용케 남아 있는 곳

그곳에 간다
돌기둥에 새겨진
새
벌레
물고기
사람들의 문자가 있다

아직도 그 뜻을 모르는 곳

제사장 3만명이 있던 곳
오직 태양만이 그때의 태양인 그곳에 간다

창세기

사흘 나흘 민들레 꽃씨로 떠나거라

저녁 아스름 어스름
산골짝 무거운 쇠북 소리로 떠나거라

이 눈물과 피눈물의 누리판 어느 첫걸음이야
시건방진 구름이
구름 걷힌 하늘이
감히 만들지 못하고
오로지
숱하디숱한 한뉘 작별이나 이별들
그 하고많은 밤낮들이 만들어내느니

떠나거라
쥐가 난 듯
네 궁둥이 불이 난 듯
서둘러 조각달도 보채며 뒤따르리라
떠나거라

봉화(烽火)

가리라
시뻘건 누대(累代) 핏줄같이
가리라
시꺼먼 역대(歷代) 원수같이
눈 부릅뜬 혁명 앞두고
한밤중 화들짝 깨어난 봉홧불로
가리라
저 봉우리
저 봉우리 건너
저 봉우리
저 봉우리 건너
저 봉우리
저 봉우리의 칠흑 속 건너
가리라
동트기 전
천리 밖 역모
기어이 관악 봉수대 이르기까지
숨지며
턱밑 칼끝의 목멱산 봉수대까지
가리라
가서

한 생애 멸하리라

내 심장의 백만 전사들 먼동 트리라

궁한 날

오늘 주민세 몇만 몇천원을 냈다

나는 돼지가 되어서도
시인이련다
돼지가 되어서
꿀꿀
구정물 속 주둥이로
새파랗고
샛노랗고
새빨간
새하얀
아흐 새까만
시 몇편을 꿀꿀 쓰련다

돼지가 되어서
꿀꿀꿀
어쩌다 꿀꿀이 죽통 뒤엎고
돼지가
멧돼지 되어서
봐라
이미 돼지우리 안과 밖 널린

썩은 시들의 하늘 어이할쏜가

벗에게

그대 이 소식을 들었는가
죽어가다가 말고
살아나
이 소식을 들었는가

삶은 죽음으로부터 온다네

태풍은 아예 무(無)로 온다네
그토록
천만번의 변화가 무로 온다네

내 발밑이건
손 닿지 않는
저 은하의 아득한 가뭄이건
고독으로
고독의 장님으로
빛 한줄기가 무로 간다네

그대 마을
아기 울음소리건
아기 울음소리 껴안은

그 홀어미의 안 나오는 빈탕의 젖무덤이건
무엇이건
유(有)로 오는 것 가는 것
아예 없다네

지는 꽃잎들이 무로 간다네

그대와 나도
덩달아
무로 오고
무로 간다네

그대 먼저 숨 놓고 가게
나도 가겠네
아니거든
내가 먼저 오고
그대가 곧 오게나

하루 나들이

오늘은 화요일 다음 수요일이다
연달아
아내의 강의가 있다
내일은 목요일이다
내일은 금요일이 아니라 목요일이다
오늘은 조카며느리와 조카가 오는 날이다
대문 밖에는
아는 것보다
모르는 것이 훨씬 많다
내면이란
날이 갈수록 가난하다

뜨락 구석 돌멩이를 찬다
여기서
저기로 가다 만다
저 돌멩이에게
무지무지한 시간의 망각이 잠들어 있다
한 자락 바람 속에서
몇만년 바람의 씨들이 우수수 울어옌다
가볍게시리
내 등뼈의 어느 골수에서 시간의 재생이 걸어나온다

오늘은 조카와 조카며느리를 본 뒤
열기 찬 강연장으로 갈 것이다
이제 진보는
진보의 적이라고 말할 것이다
이제 진보는
멈추는 진보가 되라고 말할 것이다
천국으로 올라가는 계단도
지옥으로 내려가는 계단도 그만두라고
심지어
자전거도
아기들의 세발자전거도
잊어버리라고 말할 것이다
두바이는 폐허의 해골이라고
나는 나의 해골이라고
근대여 안녕이라고 엥겔스의 미래학은 고전이라고
강연 뒤의 술주정으로 말할 것이다

오늘은 화요일이 아니라 수요일이다
내일은
누구에게도 목요일이다

초승달

어린 초승달 어느새 없구나

인류 1백50만년으로
내 외로움이 있구나

외롭다

이백 이후

칼집에서 칼을 뽑았다
칼날이
포롱포롱 울었다
흐르는 물이
마침 있어주었다

천행인바

네가 풀다발이 아니라
네가 가여운 암노루 모가지가 아니라
물인 것
아비의 적이 아니라
흐르는 물인 것

너!

물을 잘랐다
잘린 물에
칼자국 없이
피 한방울 없이
아무도 없이

그냥 흘러갔다

1천3백년 전 검객 이백이 하던 짓거리
1천3백년 후 내가 한다
다
지지리 못난 상호모방의 짓거리

그런 중에도
그대가 순 한족이 아니라
저 알타이 오랑캐 핏줄로
장안 주작대로
이쪽
저쪽을 으스대던 것
페르시아 작부를 희롱턴 것
그러다가 어찌어찌 신라에서 건너간
난해한 사투리 국서
대번에 해독하던 것

술 만잔에
시 만수이던 것

나 또한 떳떳할 것도 없이
못 떳떳할 것도 없이
칼집에
칼 꽂아 넣어버린 뒤
발밑의 물
천치백치로 멍하니 내려다보다가

술 한모금 없이
만취의 시 한편 기어이 나오고 마는 것

칼집 속
칼끝 으릉으릉 우는 것

나는 백골이로소이다

이 가로막는 무더기들 속에서
이 뺑들
이 아스라이 드높크기만 한 것들
이 쓰레기
이 쓰레기 말들 속에서
이 자동차 정체 속에서
저 호화찬란의 외부들
저 비천한 내면들
아무리 눈 딱 감아도
무덤까지도 쫓아오는 광고들 속에서
자고 나면 더 분말이고 마는 그대들 티끌들 속에서
저 잉잉거리는 투기
저 종교
저 굶주림
저 섹스
저 폭력들 음모들
저 아프간 무인 폭격 화면 속에서
이 부패 속에서
이 자유무역
저 공짜배기 정상회의들
이 혹한과 폭염 속에서

이 고독 속에서

삼라만상이여 소위 문명이여
나 또한 흐느끼는 욕망의 백골이로소이다

분노 없이 어떻게 진실인가

지금 어린것들이 죽어가고 있다
어디에 붉은 꽃 한송이 피어 있는가
지금 아낙네들의 시체가
함께 죽은 가축들과 함께 널브러져 있다
폐허 바스라
지금 일가족 전체가 죽어
울어줄 가족이 없다
어디에 부리 짧은 새 한마리 남아 있는가
바그다드

지금 사막은 잠들지 못한다
기원전 유적들은
동트면 또 잿더미
지구는 바야흐로 모독당한 행성이 되어가고 있다

모래바람 울부짖어라

오직 토마호크와 크루즈만이
스텔스만이
소위 결정적인 무기만이
지금 인류의 종말을 앞당겨 날아가고 있다

날아가 학살하고 파괴하고 있다

세상의 거리에 떠도는 진실아 골방들의 진실아
이 야만이 독판치는 시대에
분노 없이
어떻게 진실인가
천만분의 일이나마 함께할 아픔 없이
어떻게 백년의 노예로 잠드는가

결코 빌려온 것이 아닌
우리들이 세운 피땀의 기둥마다 새겼던 말
정의
해방
평화
기어이 찾아야 할 그 말들을 도둑맞았다
찾아라

반대하라

지금 지구의 양심들이 집결하고 있다
지금 세계의 진실들이 연대하고 있다

지금 단 하나뿐인 운명 가운데서
더이상 침략을 바라보고만 있을 수 없는 저항의 무한확대가 진행
되고 있다

또다시 우리는 분노한다
저녁밥을 먹으며 그들을 생각한다
물을 마시며
밤 열한시 술을 마시며
폐허에서
융단폭격에서
어쩌다 살아남아 굶주린 그들을 생각한다

아시아에서
동북아시아에서
유럽에서
뉴욕에서
런던에서
라틴아메리카 도처에서
지구의 이름으로 분노한다
인류의 이름으로 저항한다
부시 일당 가라

전쟁 가라

목이 쉰 채 울부짖어라

웃음판

저 1958년 늦가을 효제동 현대문학사에는
서무 김수명
교정 박재삼
편집 오영수 만돌린
그리고 주간 조연현이 단출히 앉아 있었네
1년 전 김구용이 잠깐 있다가 나갔네
어느날 키다리 화가 김환기가 상갓집 다녀와 바둑판을 쓸어버
렸네

서장대에서

시작에는 꼭 다음의 시작이 있으리라
해가 저문다
그 많은 것들에 사로잡혀 떠돌기보다
하나나 둘과 함께
고스란히 마음 드러내고 사는 삶들이
저마다 이름 없는 불빛을 밝힌다

여기 없이
어느 곳이 일생의 절경이겠느냐
아기는
지붕 위의 별빛으로 자라고
할머니의 허리는
좀 굽어서 하루를 다한다

여기 없이
어느 곳이 일생의 절경 아니겠느냐
부려놓은 짐에도
가슴에도
눈동자가 있어
화서 지나는 열차를 본다
또한 세마의 다음 열차를 본다

언젠가는 2백년도
1천2백년이리라
그 세월
어제런 듯
생시로 꿈결로
해묵은 날들 걷어내자면
여기 새로운 도읍의 시대 멈추어놓은
지난날의 시작에는
반드시 다음의 시작이 있다

나비 있고
꽃 있어
그동안 잠든 꿈 묻힌 그대로
땅속의 송진들
끝내 호박보석 아니겠느냐
저 바다 노을 밑
조개 속 아픈 진주 아니겠느냐

오늘밤 광교산에 물어라
화홍문 아래

얌전하디얌전한 물소리에 물어라
지지대같이
지지대 소나무같이
안의 비바람
밖의 바람 다 무릅쓴 뒤
이제 황금의 시대를 의젓이 물어라

예는 시작으로 새로움 아니냐
내일은
내일의 푸른 하늘로
지난날들을 다 물들이지 않느냐

그대여
그대들이여
팔달에 오라
팔달에 오면
북문과 남문 밖 아울러
넷으로
여덟으로 닭 울어 훤히 훤히 날 새이리라

광교 적설

광교산에 들어와
이제야
눈 내리시누나
눈 내리시어
바람도 와
눈발 기울어지시누나

한해 지나
이제야
비 오시누나
비 오신 뒤
잎새들 오밤중에도 빛나시누나

수원 광교산에 들어와
이제야
뒷산 누구네도
앞산 누구네도
묵은 깨달음 내버리시누나

저 개울물 봐
떠내려가는

허튼 깨달음들 좀 봐

광교의 날 1

날쌘 재능 사절

팔달의 하늘 아래
광교의 바람 소리를 소매 내려 듣는다

다음 날
장안문 밖에서
술 석잔을 마신다

옛날 외상술이 그리웠다

누구하고 짠 듯
구름이 인다

구름이란 무슨 탈 없는 혼령의 갖은 희로애락 그것이리라

광교의 날 2

비 맞는구나
비 맞는구나
수원 광교산이
빚 갚고
온통 비 맞는구나

내 알몸도 나와서
함께 비 맞는구나
내 마음도 나와서
공으로
비 맞는구나

이로부터 광교산과 나 밤마다 서로 단골이구나

옷깃

어쩌나

봄비에 눈썹 젖는데

아흔 찰나가 한 생각
한 순간이 스무 생각 아니랴

어쩌나
어쩌나

옷깃 여며
누구에게는 살다가 말 세상
누구에게는 다 살고 갈 세상 아니랴

어쩌나

늦가을비에 그대 어스름 가슴 젖는데

울타리

'울 밑에 선 봉선화야'를
애달프게 부르는 처녀가 있었지요
1949년 여름 끄트머리던가 가을 끄트머리던가
일등품 가마니 잘 짜며
가마니 바디 오르내릴 때마다
긴 가마니바늘 잘도 질러 드리며
흰 구름 뒤인 듯
보슬비인 듯
서럽고 그리운 노래 부르는
건넛마을 새터 처녀가 있었지요

바깥 곡식이야
남새 푸성귀들이야
아침 볕보다
저녁 볕에 부쩍 자라나지요

어제오늘 해거름에
벌써 16년 만인가 정잣말 앞길을 지나왔지요
스무남은 가호 모듬모듬 속
각자 오순도순
할머니가 세상 마치신 뒤로

눈썹 성난 손자가 커서
거뭇한 어른 목소리 나오는 세월이
아직껏 언뜻언뜻 머물고 있었지요

죽고
태어나며

이 세상에는 버젓이 나라는 것
너라는 것 있어
나라는 것
삼동 때
북풍한설인 양 늘어났지요
못지않게
한 떼거리 한 식구
우리라는 것도
흘러
흘러
밀물을 만나버렸지요

괜스레 깨달은바
우리라는 것이

우리 밥상
우리 방이라는 것이
혹여 울타리를 뜻하노라면
울타리 밖
축사 똥 무더기로 흘려도 되고
울타리 안
고모의 명경같이 깨끗한
이모네 박속같이
정숙한 뜨락이라면
아

나 밖의 것들
우리 밖 너의 것들을 두고
나라는
우리라는
울타리거나 벽이라면
아

생은 젖먹이 적부터 진작 쓰디쓰구려

밥으로부터

저 말인가요

저는
저는
방금 다 먹고 난 밥이야요

듬직히
밥통이야요

조곤조곤히 내려오는 동안
구리는 똥이야요
이 경황에도
똥창에 달라붙는 숙변 같은
오사육시럴 시 두엇이야요

내일 아침에나
그것 두엇 중의 하나
배고프려고
배고프다
배부르려고
몇만년 역대의 내일에도

1004

싸질러야 할 서정시야요

임종게 한 놈

엊그제 추기경 선종이라
이런 꿈인가
엊그제 길 건너
문씨네 초상나서
이런 꿈인가

간밤 꿈속

내가 저승사자한테 내둘려
시난고난하다가
슬슬 죽어가는데
후배 서넛
아무개
아무개
아무개
아무개가
안돼요 안돼요 하고 소리치더군

임종 허세 갖추어서리

이것

별난 것 아니네
다 하는 것이네
다
술 먹듯이 하는 것이네
라고
제법 의젓하게시리
뺑을 놔도

아무개가 또 소리치더군

안돼요
거기 가지 마시고
2차 갑시다
3차 갑시다

딸꾹!

꿈 깨고 나서 좀 무안하더군

마라도

하루만이라도
나비 나래 한잎 없이
지내고 싶네요
하루만이라도
미움 모르고
사랑 모르고
하루만이라도
세상의 허접쓰레기들
내 주린 오장육부에 담지 않고 싶네요

하루 한나절만이라도
수리부엉이 눈 부릅뜬
캄캄한 밤으로
그 참된 어둠속 빈 몸으로 잠들고 싶네요

오래전 토템이여 오랜 뒤 이데올로기여

하루 반나절만이라도
모든 집들이
빈집으로
아무 대답 없이 남아 있고 싶네요

부디 칼의 고요에 오소서

먼 과거와
먼 미래가
근접미래인 내일모레로 오시기 전
잠든 바람
깨어나 오소서

비닐 칸막이 짜장면집에서 나와
오직 마라도 파도 소리로
어버이도
자손도 여의고
눈 감았다 뜨네요
눈 감았다 뜨네요

단 하루만이라도
누구의 수평선이고 싶네요

최근의 일기

아침 여섯시 반 일어났다
새소리가 없다

80세의 긍정 사절할 것
체념 전무
80세의 타락 축출할 것
감히 치열할 것

서서
소리칠 수 없으면
누워서
소리칠 것

죽어서 소리칠 것

새소리가 있다

광교에 들어와서

하나의 밤을 온전히 지새운 아침 이슬을 밟는다
갖은 지상의 욕망들을 재운 뒤
저 혼자 남겨진
아픈 그리움으로
혹은
아픈 외로움으로 정화될 대로 정화된 대기 속에
나의 숨결을 내보낸다

삶의 벅찬 날들아
여기 들어와
그대 무릎 위 손을 얹고 쉬어라
쉬었다
다시 일어나
전혀 새로운 오르막길 솔바람 속을
한발
한발 내디디어
대지의 덕을 깨울 때
또 하나의 삶이
그대의 설레는 가슴을 맞이하리라

이로부터 태양은

성난 기쁨의 청년으로 중천에서 불타리라
이로부터 외진 눈썹의 넋인
그대의 초승달은
저 잉잉 울부짖는 고요로 눈부시리라

여기 들어와
나는 내가 아니고
짐짓 그대는 그대 아닌
또다른 그대와 나이리라

여기 광교 어머니 품안에 들어와

이로부터
저 고려의 처음인 묵은 광교의 지난날로부터
이제 막 태어난
태(胎) 비린내
젖비린내 나는 어린 삶의 시작이리라
그리하여
광교의 돌이리라 풀잎이리라 저녁 새들이리라
그리하여
침묵이리라 어느날의 천둥소리이리라

그리하여
수원 광교산
내일의
내일모레의 깃발 같은 앞과 뒤의 황홀이리라

이로부터
광교의 푸른 하루하루가 열리리라
오늘이 천년을 앞두고
오늘이 천년을 등지고 호호망망 열리리라

* 2013년 8월 수원 이거 다음 날 나온 작품임.

고은 시집

무제 시편

초판 1쇄 발행/2013년 11월 20일
초판 2쇄 발행/2014년 1월 21일

지은이/고은
펴낸이/강일우
책임편집/이상술
펴낸곳/(주)창비
등록/1986년 8월 5일 제85호
주소/413-120 경기도 파주시 회동길 184
전화/031-955-3333
팩시밀리/영업 031-955-3399 편집 031-955-3400
홈페이지/www.changbi.com
전자우편/lit@changbi.com

ⓒ 고은 2013
ISBN 978-89-364-2723-8 03810